U0486796

有一种力量,叫文学;
有一种美好,叫回忆;
有一种感动,叫青春;
有一种生命,在鲁院!

穿军装的牧马人

鲁迅文学院「百草园」书系

曾　剑 ◎ 著

CHUAN JUN ZHUANG DE MU MA REN

我会常常梦回号角连营，与老马对话，与年轻的马潇洒驰骋，同它们一起，慢慢老去。

江西高校出版社
JIANGXI UNIVERSITIES AND COLLEGES PRESS

图书在版编目（CIP）数据

穿军装的牧马人 / 曾剑著. —南昌：江西高校出版社，2017.5

（鲁迅文学院"百草园"书系）

ISBN 978-7-5493-5349-1

Ⅰ.①穿… Ⅱ.①曾… Ⅲ.①中篇小说—小说集—中国—当代②短篇小说—小说集—中国—当代 Ⅳ.①I247.7

中国版本图书馆CIP数据核字(2017)第101094号

出 版 发 行	江西高校出版社
社　　　址	江西省南昌市洪都北大道96号
总编室电话	（0791）88504319
销 售 电 话	（0791）88595089
网　　　址	www.juacp.com
印　　　刷	北京一鑫印务有限责任公司
经　　　销	全国新华书店
开　　　本	700mm×1000mm　1/16
印　　　张	16.5
字　　　数	203千字
版　　　次	2017年5月第1版 2020年7月第2次印刷
书　　　号	ISBN 978-7-5493-5349-1
定　　　价	45.00元

赣版权登字-07-2017-466

版权所有　侵权必究

图书若有印装问题，请随时向本社印制部（0791-88513257）退换

目录 Contents

穿军装的牧马人 …………………………… 1
冰排上的哨所 ……………………………… 16
在神圣的天空飞翔 ………………………… 30
向大海 ……………………………………… 41
像白云一样飘荡 …………………………… 60
岸 …………………………………………… 71
雪花白雪花飘 ……………………………… 83
故事平淡 …………………………………… 102
士官的白天和夜晚 ………………………… 114
饭堂哨兵 …………………………………… 136
循着父亲的目光远行 ……………………… 154
一路同行 …………………………………… 169
今夜有雪 …………………………………… 191
飘香的豆腐渣 ……………………………… 195
军营:我走了 ……………………………… 205
那年的那场雪 ……………………………… 223
少年醉 ……………………………………… 244

穿军装的牧马人

我穿上军装,来到这深山老林时,有一种被贩卖的感觉。我家是鄂西山里的,跑到这东北原始森林。我如果像电影里那些大兵,在崇山峻岭间真枪实弹地干几场,倒也像个兵。连队居然让我放马,成为整个连队执行任务时,唯一不带实弹的兵。

那是个灰蒙蒙的冬日,连队一个满脸通红的老兵,把我领到一群军马前,把一只狗尾巴草一样布满毛刺的旧马鞭递到我手中。我心里亮闪闪的希望,就在眼前的灰蒙蒙中淹没了。我没有立刻去接马鞭,而是把右手掌贴到胸前。我摸到了我的心,像这冬日山里的石头,又冷又硬。

老兵说:"怎么?"

我接过马鞭。老兵走了,他已退伍,几天前就该走的,就等着新兵来队,挑选新一任马夫。

在老兵的背影就要消失在马棚拐角处的那一刻,我一个百米冲刺,追上那个老农一样的背影,问:"为什么偏偏是我?"因为有怨气,我连一声班长都没喊。

老兵转身,把右手搭在我的肩上,把自己装扮成一位慈祥的长者。

老兵反问:"为什么不能是你?"

他说完这句话,伸了一下脖子,好像还想说什么,但没说出来,只盯着我的一张脸看。许久,他给了我一个僵硬的笑。

我的脸上有什么?我冲到溪沟边,弯腰。在水里,我看到了自己：黑皮肤，娃娃脸，月牙眼，自来笑，这不就是个山里放牛娃嘛！

我站起身，望着班长那个令人沮丧的背影，哀叹道："我会成为他吗？"

我顺着溪流，走向我的马群。

白雪覆盖的高粱地空寂辽阔。那些白色的马，黑色的马，棕色的马，枣红的马。它们毛色闪亮，像是抹了油。在雪地里，它们有的低头，有的仰望，有的在冰雪中"闲庭信步"。这些马的体型保持得很好，大都不胖不瘦，像军营里的男人，有着强健的肌肉。而我呢？我一身迷彩，高勒的迷彩棉鞋沾满污泥。我知道，我的样子像一个东北农民，我比东北农民还要辛苦。东北农民天冷就猫冬了，而我每天要在外放牧八小时。

我斜眼，看见水里的倒影一跳一跳的，那就是我。我的童年，基本上是在四个姐姐的背上度过的，她们造就了我轻度的罗圈腿。我走路一蹦一跳的，像轻轻跳着迪斯科。

为什么偏偏是我？为什么不能是我？这两个巨大的问号，像两把弯刀，砍着我脑子里的每一根神经，折磨着我。日后很长一段时间，我常站在山坡上，手握这两把无形的弯刀，胡挥乱砍，然后嘶喊，为什么偏偏是我？每当这个时候，我的那些马，都会抬起头，伸长脖子看着我。它们看不见我手中两把无形的弯刀，只看见我疯子一样手舞足蹈。

"看什么看！"我训斥着我的"兵"，"都欠收拾！"

它们就老老实实低下头去，故意把草吃得唰唰响。

除了马群，我还有一条狗，德国种，叫黑贝。黑贝就是我的通信员，而二十五匹马，就是我的二十五个兵。每天，我把它们赶到水草丰美的地方，让它们唱歌，唱《学习雷锋好榜样》。我说："这是饭前一支歌，好好唱，唱不好重新来，唱不好不开饭。"

我知道，它们不会唱，但是，我要唱。我长期在山里，没个人说话，再不唱歌，我会变得像它们一样，成为一个无声的战友。

时间长了，它们好像会那么一点点。我把它们赶到目的地，我唱饭前一首歌，它们静静地立在那里。我唱完，喊一声"开饭"，它们才低头啃草。

羊群有头羊，马群也有头马。我任命那匹俊俏的白马为头马。我看过金庸的《白马啸西风》，我也叫它西风。有几匹马不服，总要往前冲，我挥响马鞭吓唬了它们几下，它们就老老实实地跟在西风的屁股后面走。

事实证明，我很有眼力。西风为了回报我对它的赏识，竟然几次在我身边跪下，让我骑它。我只在很开阔的一片草地上骑过一回。它的蹄子轻快地响起，我神清气爽，耳边风声鹤唳。可当我跳下马背时，西风的喘息从它嘴里传来，那里像装了一只破旧的风箱，我就再也不忍心骑它了。

指导员到马场来看我。

指导员的到来，让我在这个冷意很浓的马棚里有了一丝暖意。指导员是来开导我的。指导员说："你真行，刚当兵就是班长。""班长？"我直着脖子问。指导员笑着拍拍我的肩，说："对呀，你不但是班长，你的兵员还是咱连最多的，你看。"指导员指着那些马说。我说："指导员，你就别逗我了。"指导员说："我怎么就逗你呢？它们都是战马，曾经驰骋过疆场。现在，都实行摩托化了，用不着它们了，不忍心把它们抛弃，就养起来，任它们老去，死去。但是，马班是有编制的，它们都有编号，军委首长都知道我们这儿有二十五匹马。"

说来说去，我干的是无用功，我还以为这些马，有朝一日能驰骋疆场，或是能成为某位将军的坐骑。

我感到自己像那些马一样，可有可无。不同的是，马等着死去，而我，等着成为一个老兵，然后离开。

我很烦，直到有一天，我发现了我的价值。

那天，我、马群，还有我的黑贝，走在冬日的暮色中。在林边雪地的映衬下，我看着我的狗，我的马群。我听着它们走在雪地上踏出不同的声响，和着树梢的风声，像一曲美妙的轻音乐。

黄昏沉寂，空荡荡的大地显得悲戚。本来放牧一天我应该很疲惫，可一只马鹿的出现使我兴奋起来。我其实并不认识马鹿，是一个老兵告诉我的。老兵说，马鹿像小马驹，但长着鹿茸，特别漂亮。马鹿见了我，并不惊跑，只是静静地立在那里，用两只充满灵性的眼睛望着我。我也望着马鹿。马鹿一动不动，在黄昏的光线里，像一张色彩强烈的油画。

然而，一杆猎枪，却要毁坏我眼前的这一切。那是一个身披翻毛羊皮坎肩的猎人。我走向他，用我的身体，挡住他朝向小马鹿的枪口，一动不动。

所有的马，都睁大眼看着我。我的黑贝也惊呆了，倘若猎人手里是一把刀，我想它就扑上去了。可那是一把猎枪，只要它一动，那枪机可能就扳响。黑贝没有动，它眼里不是怒火，而是哀求，是泪。

天地静得一枚松针掉下来都能听得见。

最终猎人枪口朝下，长吐一口气，人像泄了气的皮球，软了下去。他冲我喊："行，当兵的马夫，你行！"

"我行吗？当那个猎人远去时，我问自己。我吓出一身汗，心都快停止跳动，血好像凝滞不流了，他居然说我行。"

那人的背影完全消失在林子里的那一刻，我的血管跳得更厉害了，像解冻的冰河。是后怕吗？我问自己。是的，我后怕，但是，我行！我回答自己。我只是一个牧马人，制止猎人的捕杀，这不是我的职责，但是，我站出来了，站在一管随时可能把我打成筛子的老式猎枪面前。从那个黄昏起，我在我的心里，不再是一个可有可无的人了。我是个马夫，但我不可以被忽略！

我慢慢地对我的马好起来。我从来没有重重地抽打过它们，现在，我连鞭哨都不忍心挥响。

有一天，我遭遇了熊。

那天黑贝身体不舒服，我就没带它，独自赶着马群，走在附近的山洼里。我突然看见一个黑影，越来越大，越来越近。它竟然站了起来，是一头熊。我惊出一身冷汗，顿时感到头皮爆裂，冷汗仿佛从裂缝处流出来。

我只有一根防身警棍，没有刀，没有枪。但在那一刻，马的镇静提醒了我。所有的马都不吃草了，抬起头来，静静地望着那只大熊。

我学着我那些马的样子，把我的恐惧隐藏起来。我非常清楚，熊要是朝着我冲过来，马是无法救我的，马从来只会协助打仗而不会真正参与战斗。我就那么与熊对峙了片刻，熊并没有伤害我的意思。但是，我怕万一，万一它愤怒了呢。我就慢慢地猫下腰，悄悄地隐藏在一堆灌木丛中，又退到山路上，确认熊并没跟上来时，我撒腿狂奔到连队。

连长带着一个排的兵，荷枪实弹，带着锣鼓。我们回到放马处，熊正在吃一团野菜。连长让大家停下，静等着熊吃。熊吃了几口，连长举枪，我喊："连长，别……"然而，枪响了。我在枪响的那一瞬间，不忍目睹。我闭上眼，熊没伤我，我却带人来射杀它。

锣鼓刺耳地响起。不仅是刺耳，更刺痛我的心。是的，他们打死了一只熊，他们在欢呼。我酸涩的眼泪流了出来，这时，我感到一支冰冷的枪塞在我手中。我死死闭上眼睛，没去接。连长推我一把，说，这把枪以后就是你的了，以后遇到熊，就像我这样，不要打它，把它吓走就行了。

什么？熊没死？我睁开眼，看到不远处，那一个黑色的影子，正不紧不慢地往林子深处移动。

连长说："几年没见过熊了，真棒！"

黑贝的病一直没好。浑身发烫，很痛苦地小声哼着。我托人到镇上买回一些犬药，喂了，也没好。连队请来兽医，诊断是脑炎，治不了，建议给它多灌一些安眠药，结束它的生命，让它少受一些苦。我冲那个兽医吼叫："你先给我灌安眠药吧！"

兽医走后，我陷入了矛盾之中。我怎能亲自杀死它。黑贝的病越来越重，它虽然叫得很轻，但是是那种压抑着的痛苦的呻吟。它脑袋轻轻颤动，时常躲在灌木丛里，发出像苍蝇不一样的嗡嗡鸣叫声。它通人性，它怕我看见它痛苦的样子。它这个样子，反而让我更痛苦。

我请我一个在城里读大学的同学给我买了本兽医书，我决定当一个兽医，治好黑贝的病。可是，书还没收到，黑贝就自杀了。当时，我和它都在山洼里，黑贝无精打采地跟着我。我不让它来，它似乎害怕寂寞，硬是跟着我。天近正午，我突然看见黑贝一跃而起，像一枚炮弹射向两丈远的一块大青石，伴着沉闷的响声，黑贝倒在地上，七窍流血。它挣扎着，身体像一把弯弓，很快又拉直，瘫软了。我冲过去，看到它的眼像两块石子一样，没有了光泽。

我抱着黑贝回到连队，与战友们告别，很多战友流泪。我把它埋在马场前面的林子里，当最后一锹土落在坟尖上时，我一直克制着的眼泪还是流了下来。我给它立了个碑，写上"战友黑贝之墓"。

那天，似有一个火把，在我全身燎过，我满嘴是泡。我早早地把马圈进马场，来到黑贝坟头，陪着它，坐到太阳西沉。然后，在暮色中走回马场。

日月久了，黑贝坟头那块木牌被雨雪浸泡，烂了，黑贝的坟也矮了下去。我搬了块石头放在它的坟头，算作墓碑，之后，我再没有去给黑贝上过坟，因为它最终还是要回归大自然的。但是，每次回到马场，我还是忍不住朝着那片林子看一眼。

云雾山离马场三里地。夏日的云雾山，是一片雾的海洋。一天，我带着干粮，赶着马群，来到云雾山。抬眼望，云在雾之上，雾在云下，一片缥缈流动的洁白的世界。

我把马散放在洼地，独自往山上走。我想超越头顶的雾，我想与云比高低。放马久了，想撒野。

我在一片山槐遮蔽处，发现一个山洞。一个大石头门挡着洞口。石头门很沉，我憋出几个响屁，才把门推开。我进到里面，只听咚的一声闷响，门自个关上了。洞里黑漆漆的，我往里摸，好像里面很宽。我往外去时推门，怎么也推不开，我开始感到害怕。干粮在西风背上，如果不被人发现，我会饿死在这里。我一次次努力，汗流浃背，还是打不开石头门。洞里阴冷，我一次次冲里面喊："有人吗？有人吗？"听到的只是回音。

我绝望了。我试着摸墙壁，希望找到别的出口。我摸到柴火棒子一样的东西，这让我很高兴，这里一定有人住。但随后，我摸到了干枯得像鸡爪子一样的东西，没有一点肉感。一阵恐惧袭来，我感觉我摸到的是一具死人的骨架。但我很快说服自己，不是，是柴火，是手指状干枯的树枝。我不敢再摸了，怕摸到更令人心惊胆战的东西，甚至怀疑墙壁上爬着蛇。

这一日长于百年，我饿了，困了，疲惫地坐在地上。我听到石门响，我冲石门喊："有人吗？"回答我的，是马的咴儿咴儿声。是西风！可是，它来了有什么用，它又不会开门，也不会像黑贝那样，能回连队通风报信。

但西风的到来，毕竟壮了我的胆，让我不再惧怕这黑漆的洞。我跟它说着话。门还在轻微地响动着，像马皮在墙壁上磨蹭的声音。后来，石头门终于开了一道缝。我伸出手去，死死地抠住门缝，怕它再次合上。我和西风合力，将石门打开了，我钻了出去。那一刻，我回头，在门洞透过的光线里，我看见里面有两具人的骨架。那两个骷髅上，几个窟窿放着黑漆漆的光。

我头皮一下子绷得紧紧的，像被一双无形的手，死死地箍住。

石门砰的一声关上了，也不知是有机关，还是它本身的重量作用。

天其实并没有黑，只不过日头偏西。我已没有心情放牧，赶着我的马群回马场。

离开云雾山，我惊飞的魂魄才回到现实中来，我看见西风额头、脸上血肉模糊。它为了推门救我磨成了这个样子！我走不动了，搂着它的脖子，哭得鼻涕眼泪糊了一脸。

西风自此破了相，我手下最帅的一匹马，变成马群中最难看的。

这次事件，是我心里的一个秘密，除了我的马群，我谁也没告诉。我怎么能告诉连长？这不是向连长暴露自己的愚蠢吗？

连长还是看到了西风的伤，问，怎么回事？我说，山上一块滚石砸的。

"滚石能砸成这样？"连长疑惑地看我一眼，走了。我怕连长追究，但连长的冷漠让我有一丝痛感。连长居然没问我伤着没有，难道在他眼中，我还不如一匹马？

那个晚上，在马棚里，我没敢灭灯，直到天快亮开，我才迷迷糊糊地闭上眼。我做了一个梦，在那个山洞里，一个活人，慢慢变成一堆白骨。

我吓得坐起来。

外屋的马,摆尾声、咳儿咳儿声、打嗝声、放屁声,声声入耳,将那暖烘烘的臭气传过来。

不干了,说啥也不干了,明天就找连队干部。我怕连长,就找指导员。可是,第二天,我找到指导说时,竟然没能把我不想放马的话说出来。我只怯怯地说:"指导员,给我再弄一只狗吧。"指导员说:"省军区军务部已经给你买了,拉布拉多进口猎犬,过几天就送过来。放心吧,我想着这事呢。放马怎能没有猎犬?一只狗,就是一个兵力。"

我笑了,但同时想起了黑贝,想起它自杀的情景,眼泪流了出来。

拉布拉多进口猎犬很快就送到了马场,我叫它的名字拗口,后来就简称拉多。

山洞的秘密折磨着我,我想,我还是说出来吧,不说出来,我会疯掉。

那天,连长带着云雾山哨所的一个班进了山洞,看见了那两架白骨。他们联系当地派出所,法医都来了。最后结论,洞是日本人修的。这两个人,死于十年前左右,一男一女。而十年前,几里地之外的一个村子,有一对恋人失踪。他们美丽的青春,就这样化成了两具白骨。

有两种传言,一是说这两个人,到洞里寻求浪漫,进去后,就出不来,饿死在那里。另一个版本是,他们的婚姻受阻,便殉情在山洞里。我倾向于第二种说法,这样,他们的死是主动的,不那么痛苦。

在山上放牧,美艳的公野鸡经常碰到,野猪也碰见过两三次。野猪并不可怕,只要装成一具挺立的僵尸,它那两对尖牙就不会伤人。反倒是人,难得见一个,见到了,就是麻烦。有几次,我碰到老百姓到俄罗斯的土地上,采摘那种白色的蘑菇。我只是个牧马人,不负责巡逻,禁止这些人越界采蘑菇不是我的职责。可我总还是忍不住,把他们劝回自己的国土上。

我最怕遇到女孩子,她们三人成群,两个成伙,拎着篮子,旁若无人地越过国界线。我让她们回到这边来,她们嘻嘻哈哈,不睬我。我生气,她们就笑。我恨不得放狗,可又怕吓坏她们。我就站在那里,铁青着脸等她们。她们闹几下,笑几声,也就过来了。

她们过来后,我就赶着马群,急忙走开。我胆小,见了女孩就想逃。

可是,夜里,我却总是主动走近乡妹子的,还敢同她们说话。

"月亮走我也走,我送阿哥到村口,到村口,阿哥是个边防军,十里相送不分手,不分手……"

梦里,总会有这样一位乡妹子,站在遥远的村口,冲着我唱这首歌。

那个乡妹子就是秀清。是几个月前,家里给我介绍的邻村一个姑娘。我们通电话,秀清问我干什么的,我说:"成天跟马在一起。"我没敢说得太明白。秀清说:"好啊,骑兵,真威风!"我们就这么处上了。处了一年,秀清让我回家,可马离不开我。我没敢说马离不开我,我说部队训练任务太紧,回不去。秀清就说:"你回不来,我去看看吧。"我想拦,还没找到合适的理由,她已经出发了。

秀清要来队,让我头疼。我把这事闷在脑子里,闷了两天,闷到她下午就快到了,我才找指导员,把这事向组织报告。指导员很高兴,说:"下午到,是吧?好说,下午我找个人替你放马,你洗个澡,换上一套干净的军装。连队不是还有几匹马可以骑吗?你就骑你的西风,虽然西风破相了,但它跑起来还是蛮潇洒的。你给她来一个'白马啸西风',把她拽上马背,带着她在山道上跑,没个不成的!"

谁知,西风长年在大深山里,很少见过女人。秀清红色的上衣,淡青色的裤子,山里女孩子走路如风。西风看到一片红冲它而来,受了惊吓,狂奔而起,把我扔在路上。那是近一个世纪前,日本人修的水泥路,虽然没有骨折,足让我在地上躺了半个小时。

第一次见面,秀清呈现给我的,是一张面无血色的脸,一双惊恐的眼。我想对她解释,可我嘴笨,什么也说不出来。本来就木讷,常年在山里放马,语言功能退化了。

在连队招待房，我还是不会说什么。后来，我想，就把她当一匹马吧，不需要说话，只伺候着。我给秀清打水洗脸，倒水沏茶；之后，我递给秀清一只苹果。我说："吃苹果。"秀清说："不削皮？"我说："有苹果吃就不错了，还削什么皮。"

不管怎么，终于对上话了。这时，通信员敲门，喊道："马跑得满山都是，谁也整不了，连长说让你去。"西风像风一样消失了，我找了整个晚上，也没找着。马是有编制的，丢了可不是小事。直到第二天上午十点多钟，我才在一条溪沟里找到西风，它被困在了那里。我把它救了。我赶着西风往连队走，我说："西风，你老实点，我欠你一条命，今儿个还你了。"

我赶着西风回来时，秀清的行李包已背在肩上。

秀清说："养马，在家里也可以养呀，干吗非要到部队来。"她又说"你不就是一个穿着军装的农民吗？你还不如农民自由呢！"秀清走了，自此没了音信。后来听家里人说，她跟一个搞建筑的包工头走了。

我迎风而立，风在我脸上，刀刻一般。我把我不屈的形象，挺立在全连战士面前。

连长不但给了我一杆枪，还有子弹，是空炮弹。连长说："没有弹头，但会喷出火光和火药味，足可以把野兽吓得屁滚尿流。"连长除了给我枪弹，还决定配给我一个新兵。新兵叫单凯，瘦得像旱地里的一株高粱，脑袋大身子细。说是来放马，不如说是来养身体。我固执地认为，人太瘦了就是有病。连长可真绝，一个是穿着军装的马夫，一个是穿着军装的病号。不过，总算多了一个会说话的，我这个光杆班长司令，也真正意义上带起了兵。

单凯那说不上俊但也算不上丑的脸，一下子扭曲变形。我像是在镜子里，看到了多年前那个从老兵手中接过马鞭时的我。

我说："走吧！"终于有了兵，我语气很硬，完全是下命令。单凯没反应，他长吁一口气，转过脸去，透过树梢，看那遥远的落日，之后，他整理一下背包，跟谁赌气似的，把步子迈得飞快。

这兵貌似老实，其实有脾气，不能来硬的，要感化。我冲上去，想抢过他身上的背包，他却飞也似的，把我甩出几丈远。

大雪飞扬。雪被风卷进马棚，在马棚里满屋飞舞。马受了惊吓，把栅栏撞开了，马全跑了。

风雪中听不到马蹄声，也看不到马走过的痕迹。马怕风，灵性的马，一定是顺风跑到山洼里去了。我带着单凯，往山里追。在岔路口，碰着连长，他带着全连的兵出动。我们很快找到了马，但马就是不停下来，我们又不能丢下马，就这样跟着军马走，一直跟到滑青山脚下。山洼里风小，马终于停下来。我们试着把马往马场赶，因为是逆风，马的眼都睁不开，更别说行走。我就对连长说："你们都回去吧，你们守在这里，马也回不去，与其大伙都挨冻，还不如我们两个人守在这里。"

雪天，巡逻任务也重，连长就带着兵回去了。雪地里，只有我和单凯。连长回去后，又带着两个兵，给我们送来饭菜和汤，放在保温盒里的。那汤不热了，只有温乎气。我们喝了，心里暖暖的。

我和单凯站一会儿，活动一会儿，两个人彼此提醒、鼓劲，怕冻死在山里。我们守了整个夜晚，第二天早晨八点多钟，风停了，我们踏着深深的积雪，把马往回赶。

我浑身冻得哆嗦。单凯的眼泪都流出来了，他一路走一路哭，哭了二里地。一边哭一边擦泪，怕眼泪在脸上结了冰。一边擦泪一边自言自语："这当的什么兵，这兵当的为了什么？"又自我回答："都是父母的错，让我来当兵！"

我也哭了，单凯停止哭来安慰我。他说："班长你别哭，这不马上就到了吗？"马群也都停下来，不嘶叫，静静地望着我。又慢慢地都耷拉下头，像是很自责。拉多跑过来，用它的脸蹭着我的腿肚子。之后，马群移动了，它们默默地往马场走。

雪地无声，马蹄在雪地里踩出清脆的声音，宁静了整个雪野。一路无人，洁白的天地间，只有一只狗，二十多匹马，两个军营牧马人。雪地里的单凯、马群和狗，在我眼里，是一幅磅礴大气的油画。

我们快到连队时，一连人站在雪中迎向我们。我和单凯的脚冻青了，军医用雪给我俩摩擦脚，按摩脚掌，硬是把我们青色的脚，变成肉红色。四只脚保住了，军医大汗淋漓。

雪化后，老兵退伍了，我留了下来，成为一名士官。指导员说："马是有编制的，可忽略不得。你这样的老实人，最适合放马。"

我冲到雪花飞舞的林子里，喊了一声"爹"。我说："爹，儿子出息了；开春了，一定回去看你。"

春天我并没回家。

马班的整个夏日都是在马点度过的。

马点就是临时放马场。夏秋时节，我们像游牧民族，赶着马进山，在野草茂盛的山里或河套搭帐篷，建临时马圈。那时，我和单凯每天三点起床，做早餐，准备午餐。早晨四点，我们带上午餐出发，晚上天黑回马点。大山沟里没有电，整个夏天，陪伴我们俩的是一个小半导体，还有我们从连队带去的几本书。一个夏天，那书也被我们翻烂了。

马无夜草不肥，我们晚上要起来给马添草，难得睡一个囫囵觉。夏日，蚊子、蠓子多，躲避不及。穿着长袖衣服，戴着网罩，蠓子还是能叮满脸。草爬子常爬到我们身上，浑身瘙痒，一抓就冒黄水。上厕所成了一件非常困难的事，比上厕所更难熬的，是寂寞。冬天寂寞难耐时，可以在雪地里抽支烟，那寂寞，就慢慢地随着那缕青烟而逝。夏天防火，烟都不敢抽。

七月一日，我被批准为一名预备党员。指导员和连长带着一面党旗来到马点。我对着党旗宣誓。我非常激动，流了一脸的泪。泪水把我的过去都冲走了，也冲走了马点的苦，我走向了新的一天。

开春后，单凯走了，被送到地方农业大学学兽医。

我又恢复了一个人的放牧。

四姐在深圳打工，知道那个叫秀清的没看上我，心疼我，把她一个车间的四川妹子介绍给我。这次，我直接告诉她我是部队放马的。

人家回信了，没说行，也没说不行，谈了她在那里的工作，也问了我的工作累不累。

我望着远山近水，我的拉多，我的马群，之后，眼前就是那个四川妹子。她叫陈晓，一个很洋气的名字，肯定也是一个洋气的女孩，人家能看上我吗？一个穿着军装的放马人。

晚上拉多睡了，马也消停了，我疲惫地躺在床上。我每次入睡前，无一例外地想起陈晓，那个我不曾谋面的川妹子。我连照片都没看过，但脑子里有一个模糊而漂亮的轮廓。我不让自己想，因为一想就失眠。但我做不到，还是想她。有几个晚上，我成功了，不想她了，她在深夜，却自个到梦里来了。

"这是恋爱的滋味吗？"清晨，我任凭马嘶狗叫，赖在床上不起来。

除了想四川妹子，我最想的人就是父亲。

母亲生我那年，我的农民父亲五十岁。父亲给我起名黄叶青。父亲识的字少，为何给我起这么个诗意的名字，我懂。我是他唯一的儿子，是他生命的延续，使他秋叶泛青。我这个名字，引起很多人误解，以为我爸至少是个乡村教师。

父亲最喜欢我这个宝贝疙瘩。这年初，父亲病了，托人发了加急电报，就想我回去看看，就想见见我这个老幺。单凯学习还没回来，别的人我放心不下，我说："等一等吧。"就把中秋节等来了。连队给我送来饺子，包得现成的，肉馅素馅都有。其实，我很想跟大家一起体验中秋节包饺子的快乐。

白天的日头似乎还有些毒辣，但阳光照在我的身上却感觉不到温暖。这夜无月，夜并不黑，我也感觉不到夜风的凉意。我想，莫不是自己麻木了。我坐在帐篷外，久久不进屋，成为拉多和马群眼里，一个盼月的人。马就在我身旁躺着。马嘴里喷出来自它腹腔里的温热的气味。我似乎已习惯了这种气味。

我远离故乡，却是那个离故乡最近的人。这几天，我夜夜梦回故乡，与父亲相见，幻想中的那个川妹子的样子，却越来越模糊。

是心灵感应吗？第二天，我正在林子里放马，通信员坐着营部的吉普车，给我送来一份电报。我的老父亲，突发心肌梗死，最疼爱我的那个人去了。

我手捧那份电报，一屁股坐在地上哭起来。我哭得很伤心，越哭越想老父亲，越哭越觉得自己可怜。那些马都站立着，不吃草，静静地望着我。我突然感到，这些军马就是我的亲人啊！

每次回连队取给养，我总会到营院后面看一眼射击训练场。我面前的射击训练场总是寂静的。而我，从这寂静中，隐约能听见子弹的喧嚣与呼啸。多少年了，我没打过实弹。九七式全自动步枪，我从没摸过。炊事班的人都能打上枪，我不能。我的马，一天也离不开我。

马群在暮霭中的小树林里像云朵涌动，山谷的深处，雾正在慢慢地积聚起来，把白桦树湮没了，使山冈渐渐阴暗下来。

我领着狗，赶着马群往连队走。无论走多远，回到营区，最后踏上的是那段长长的一米多厚的水泥路。我每次踏上这条路，心情总会很复杂。这是日本人修的，营区后的军营仓库，也是日本人留下的。他们把路修到这里，疯狂掠夺。他们砍树，开矿，杀人。我们赶走了他们。

这个时候，我的脚踏在坚硬的水泥路上，就特别有力，特别神圣。

指导员来马点，问我进退走留的打算。我才知道，作为兵，我几乎已经干到了头，十二年了，时光过得真快呀。我说，我听上级安排。我回答得轻描淡写，因为我心里清楚，晋升三级军士长太难了，全团总共就那么两三个名额，各专业各行业，大眼小眼都盯着呢，怎么会给我一个放马的。

离老兵离去的日子越来越近，我越来越难过，甚至烦躁。以前烦它们，真正要走了，竟然那么留恋。要走了，也不知道，我除了放马，还能干啥。我抚慰着一匹匹马，年老的、年轻的，搂着它们的脖颈，跟它们说话，话还没出口，声音已哽咽。它们听懂了我的话，摇头，摆动尾巴，踏出一片马蹄声。

下了一场雪，天凉了。我穿着摘去军衔的军装，站在长长的站台上。火车就要开了，我却不上车。我眺望着远山，眼前是那游动的马群，耳畔全是马蹄声响。

列车员第三次催我上车。就在我要钻进列车的那一刻，我听见一个声音，响亮地喊着我的名字。

"黄叶青，黄叶青！你别走……"

我转过脸，长长的空荡荡的站台上，团长狂奔着，向我冲过来。团长后面是营长，营长后面是连长，连长后面，是我新选上来的那个叫王小旺的兵，一张与我颇有些相像的放牛娃的脸。

我给团长敬礼，团长没有还礼。团长说："你不用走了，上级特批你为三级军士长。"团长语气平淡，却像冬日里的炊烟，让我感到家的温暖。我当兵离家那天，年已七十的爹说他不送我。他坐在自己的屋子里不出来，可是，当我走到村角转弯处，回望我家的那青砖瓦屋时，我看见爹还是走出来了，他站在门前的土堆上，朝着我张望。我的眼泪，就是在那一刻，像初春的水流一样划过我的脸。

我把背包扔在那铺土炕上，冲出去搂抱我的军马，一匹匹地搂着，搂着它们的脖子就不愿松开。年老的，年轻的。我知道，是它们的存在，才有我存在的价值。人在军营，不就是图个存在的价值吗？

当然，我最终还是要走的，兵如庄稼，一茬又一茬。但我知道，这辈子我再也忘记不了我的军马，每一匹，都铭刻在我心里。再过几年，当我回到鄂西那个我称为故乡的小山村时，我的心，也一定会留在马场。我会常常梦回号角连营，与老马对话，与年轻的马潇洒驰骋，与它们缓慢地走在芳草萋萋的坡地上，同它们一起，慢慢老去。

冰排上的哨所

这年冬天,兴凯湖只下了一场雪。雪不大,湖边的远山上雪若隐若现,像鱼的鳞片。山脚的柞树上,金黄的叶片顽强地挂在枝头,飒飒有声。柞树下,枯草东倒西歪,一绺一绺,像仕女的发髻绾在一起。看得出,这是一片未被砍伐开采的处女地。

车从山脚驶上湖面。行在冰上,像行在裂纹密布的碎玻璃上。不远处出现一个大冰包,是渔民凿冰捕鱼留下的。司机打转向,想绕开它,车竟然像陀螺一样,在冰面转了五六圈。我屏住呼吸,死死抓住扶手,只觉得心被甩到了嗓子眼儿。

司机叫李宝石,下士,他让我叫他石头。我让石头停车,要下来步行。人在透明的冰面上,像悬在空中,脚不敢用力,唯恐一下将冰踩破,跌入冰窟。我像一个小脚老太太,捣着碎步缓慢前行。石头让我上车,他说,这么走下去,三十多里的路程,走到太阳落山,也到不了地方。其实天空并没有太阳。

我钻进车,闭了眼,强迫自己进入一个个与冰雪无关的梦境,但无济于事,车似乎飞了起来,又似乎正奔向万丈深渊,我吓得将眼睛开,看着苍茫的天空,把牙关咬紧。

行了一阵子,石头说,前面那国旗下,就是我们的目的地——边防某部二连的哨所。我放眼望,看到了一点红,那红随着车的晃动慢慢大起来,那点红也就成了成片的红,火焰般点燃了我内心的兴奋。我对冰的恐惧弱了,说话的声音都变了,颤抖着。石头以为我是冻的，说："首长，再套上一件大衣吧?"我说我不冷。他就以为我是紧张，说："首长，你别怕，我不也在车上坐着吗?"我说："我不怕，我是兴奋。"我提醒石头，我不是首长，只是个作家。石头马上改口道："作家老师稳住。"

哨所立在湖冰上中俄两国国界线旁。兴凯湖封冻后，为防止渔民越界捕鱼，边防二连新增设的，名曰"冰排上的小木屋"，很浪漫。我就是奔这浪漫而来的。我来采风。

眼看就要到了，一堆凌乱的碎冰隆起在眼前，拦住我们的去路，石头说那就是所谓的"龙口"，是湖喘息的地方。湖里水闷在冰下，时间长了，需要呼吸，就会找一个冰薄的地方，拱破它，湖面就会出现一个长条形的破裂的冰面，几十米、上百米的碎冰挤在一起，像一条巨龙，因而得名。龙口随处可见，没有规律可循，或许我们的脚下就暗藏一个龙口，一脚踩上去，那龙口就开了。很多渔民为此冻伤了脚，有的被截肢，也有的直接就掉进冰窟窿里见龙王去了。

石头只顾他的介绍，不知我脊背已冒出冷汗。我们眼前有四根碗口粗细的木头，左右各两根，横在龙口上。显然，这龙口早就开了，这四根木头，就是龙口上的桥。石头问我："会游泳吗?"我点头，其实是自我安慰。在冰下，会游泳又有什么用，只不过多扑腾两下。见我点头，石头让我下车，让我从木头上走过去。我踩着两根木头，像过独木桥一样有惊无险地过去了。我站在前面看石头行车，小车前两个轮子行在里侧木头上，后两个车轮，行在外侧木头上，车轮紧紧咬着木头的弧形面，我看得胆战心惊，不敢呼吸，唯恐我的气息把车从木头上震落。石头到底将车开了过来，我悬着的心落了地。

小木屋被粉刷成白色的。木屋四周，是冰块垒的院墙，墙壁上雕刻着红色的四个字"中国边防"。院墙门洞立柱上，雕着龙和鱼，龙嘴和鱼唇上都顶着冰球，亦是红色，名曰"鱼龙戏珠"。

门洞正对去约三十米，是一面国旗。插旗杆的底座，也是大冰块堆砌而成，共三层，由大到小，成阶梯状。国旗的红与"中国边防"四个红字相映衬，在这水晶般的世界，红得令人心动。国旗在风中飘扬，猎猎有声。

国旗右侧几步远，是一人多高的岗台，也是由冰块堆砌而成。岗台四周，是长城状的围墙。一个哨兵站在岗台上，面对红旗，手握钢枪，披着白色斗篷，与这苍茫纯白的世界融为一体。他面前的冰墙上，刻着一张中国地图，地图中央刻着六个字："祖国在我心中"。

整个哨所，俨然一座水晶宫。

国旗下，四个身着冬季迷彩服的军人站成一排，迎接我的到来。

加上正在站岗的哨兵，哨所共五个人。连指导员胡伟峰，高职低配当哨长。小木屋窄小，多一个人都挤不下。我来了，就得有兵跟着石头的车回连去。这意味着整个晚上，四个人的岗哨就变成了三人，每人要多站一个小时。滴水成冰，多站一分钟都是一种煎熬。我过意不去，他们直说没事，作家来采风，他们高兴。他们说的像是真话，因为他们脸上的笑容是真诚的，从那冻得通红的脸上凸显出来。

胡指导不站岗，他不定时起来查岗，观察哨所周边情况。他实际上是站流动岗。

我在小木屋外面转了转，看着遥远的弧形冰面形成的地平线。湖大得无边无际，天罩着湖，湖盛满天，天与湖连成一片冰的世界。我蓦然发觉，有时候，单一并不意味着单调，相反，却颇为壮观，给人一种不可抗拒的力量。

我仰头望着岗台上的哨兵，冷风吹着他，他表情凝重，他在想什么，我不知道。我猜测，每个哨兵站在上面，想的问题肯定不一样，但有一点是肯定的，因为他们要用脑子里的问题，来驱赶内心的寂寞和周身的寒冷。当然，他们的表情都是一样的，那就是：凝望。

石头的车向西远去，湖里静下来。突然，远处传来很大的声响，像夏日的旱雷。我惊出一身汗，怀疑是石头的车出了事，胡指导告诉我，是冰裂的声音。胡指导能根据冰裂声音的大或小、闷或是脆，判断出冰裂处的远近、方向。胡指导说，冰在东边爆裂。他安慰我说，石头是团长的司机，全团技术最好，你就放心吧。

夕阳西沉，紫红的光线涂抹在湖面，魔法似的将冰变成一片淡蓝，远近层叠的雪堆得像是蓝色波涛。此刻的湖，更像是一片无边无际的海。我想起兴凯湖的另一个名字：北琴海。

冷风切割着我的脸，提醒着我，外面不可多待，我只得进屋。屋里转不开身，一侧是堆放在那里的被子、褥子，这里没有空间让它们像连队的被子那样整齐划一；另一侧，是器材，发电机；墙上挂着三支冲锋枪，墙角是一个子弹箱。

哨兵都是大个子，是胡指导精心挑选的。个子大对非法捕鱼者、越境者就是一种威慑。可这几个大个子使小木屋的空间显得更加狭小。外面太冷，除了哨兵外的三个人都挤在屋子里，现在再加上一个我，更加转不开身。

三点钟，他们抬出发电机，准备发电蒸饭。我中午在陆地上的连队吃得多，进入湖里，一直处于紧张状态，现在一点也不饿。我劝他们晚点做，胡指导告诉我说，因为迎接我，饭已经晚了。我走出小木屋一看，这才明白。因为气温太低，发电机一会儿像愤怒的狮子吼几声，一会儿像挨了刀的猪哼两下，功率极不稳，有时干脆灭了火，得去拽绳重新启动。

看了一会儿，新鲜感没了，我有些无聊。看电视，电视信号不好，没有图像，声音像从沙尘暴里传来的，沙沙响。胡指导说，要不看碟吧。说着，举起一张碟片《射雕英雄传》。我摇头，说看了五遍，他又将《士兵突击》在我眼前晃一下，我摇头，说看了三遍。

胡指导尴尬地站我面前，在狭促的空间里，他的胸脯几乎贴在我脸上，我极力把头往后仰，躲避着他粗大的呼吸。我说："没关系，我是来采风的，看碟片城里有的是，干吗要跑这么远？找个人唠唠吧。"我向门外瞅一眼，三个兵，一个站岗，一个拽发电机，一个整菜，就指导员闲着。我其实是不想同指导员唠的，他们当了几年干部，估计大话套话多，但眼下没得选。

胡指导是哈尔滨人，黑龙江大学俄语系毕业，大学生军官，到边防五年了。他告诉我，他上湖都瞒着他爱人，怕她担心，不敢说他在湖冰上，只说部队冬季训练任务紧，暂时回不去。他爱人预产期快到了，他还没上过陆地。

我惊问："这么大的事，怎么能不回家，换一个干部来不行吗？"

他说:"不是这样的。上级要求,进入湖心哨所,必须要有一位连主官,而连长是新毕业的大学生,从没上过湖,我不放心,就主动申请到湖上来。我是老戍边,算今年是第三次上湖,比他们有经验。"胡指导说:"也就四个月,很快就过去了。等湖快解冻了,哨所撤回连队,我再回老家,就能见到儿子了。"我笑了,起身到小木屋外方便。下士李金武递给我一双防滑鞋。说是防滑鞋,其实就是一寸宽的铁片,上面钉上两颗铁钉子,横系在鞋的脚心处。走在冰上,钉子咬着冰面,身体平稳得多。

李金武胖脸蛋,赤峰人,蒙古族,外号大蒙古。他把我送到厕所门口后,竟然还跟着我。我说:"你跟着,我尿不出来。"他说:"是胡指导的安排,怕你出现危险。万一你脚下出现龙口,我也好施救。我说,那你就在厕所外面吧。"

厕所是冰块垒的围墙,不足一米高。蹲下去,得像鸵鸟一样将头埋起来,才能不那么难堪。站着小便,就毫无遮拦。我不习惯,我说,你离远一点吧。他就撤了几步,我正要尿,突然脚下一声响,那尿就吓回去了。大蒙古冲过来紧紧扶住我的肩膀。我像得了前列腺炎一样,再也尿不出来,憋得下腹胀痛。看脚下,有一道裂痕。大蒙古说:"没事,这样的裂痕,成不了龙口。先回去吧,放松情绪,一会儿尿就来了。"

我想喝点水好快点尿出来。大蒙古说:"千万别喝水,晚上起来一趟老遭罪了。"我说:"不喝水怎么行?你们长期不喝水,高血脂,脂肪肝,啥都来了。"他一笑,说:"我们的热量还不够呢,怎么可能得那些富贵病。"

发电机又熄了火,大蒙古去拽启动绳。拽了十几下,那发电机像一只野兽突然从山洞里奔出来,我吓得一步跳开,顿时来了尿意。我怕大蒙古跟着我,就说看看天色,偷偷地跑到小木屋后面撒了一泡尿。一转身,才发现大蒙古还跟在我身后。

大蒙古凑上来,小声问我:"老师,你来采风,是要写我们哨所吗?"我点头。他问:"用什么形式?"他这么问,让我觉得他有些文化,对他有了好感,我说不知道,也许是小说,也许是散文,但不是新闻报道。

"不是新闻报道？为什么？"

我说我不会写报道。他又问我："写小说，你会用我们的真名吗？"我摇头说："没想好。"大蒙古眼里流露出失望。我赶紧说："我尽量用真名，只要你没意见。"他说："老师你发表了一定要寄我一份，我邮给我对象看。我总想把这冰排上的哨所写信告诉她，总是说不明白，就知道苦、累、寂寞，找不到别的词。"

我问大蒙古，住在冰上怕不怕？他说，去年是我第一次在冰上住，很害怕，现在我是老兵了，习惯了冰裂声后，湖里的夜显得格外静，倒睡得安稳，湖水拍打冰面的声响都成催眠曲了。

岗台上站的下士是姜高峰，安徽人。在小木屋右侧凿冰取水的，是山西的魏子龙，今年刚签的士官，下士军衔没发下来，还戴着上等兵军衔。

胡伟峰、李金武、姜高峰、魏子龙，我默念着他们的名字，都很响亮，很阳刚。莫非入湖的哨兵，除了身高体壮，还必须有一个响亮的名字？我忍不住偷偷乐了一下。

一个兵站岗时，另两个兵去巡逻。他们外出巡逻前，向国旗敬礼，受领巡逻任务。四十五分钟后，他们巡逻回来，向国旗敬礼，报告巡逻情况，之后换岗。重新组合的两个人，接着巡逻。

站在湖冰上看落日，真美。成片的紫，在夕阳里亮着，能看见淡紫的弧形地平线向两边泻去。湖面上空气清冷，冰在阳光下像耀眼的镜子，似乎是眨眼间，太阳隐去了，换成了月，毫无遮挡地将明澈的光洒在湖冰上。

直到晚上八点，那米饭才焖熟。记不清负责烧火的大蒙古拽了多少次启动绳，我想他今天的体能锻炼够本了。

米饭说是焖熟了，其实只不过有了米饭的香味，吃到嘴里依然是夹生的。魏子龙点燃煤气，热菜。所有的菜都是剩的，不是别人吃剩的，是连队把菜炒熟或炖熟后，带到哨所冻上的，开饭前热一热。这里的条件，很难做一道新鲜菜。我手捧一碗夹生的米饭，吃得很香，几乎没用牙，像吞果冻一般，造了个碗底朝天。

虽然住在湖上，脚踩着冰，头枕着冰，水却是要节约用的。取一桶水，要到凿开的冰窟窿里取。怕有意外，得两人同行。而且，取水得抓紧，因为几分钟冰窟窿就能冻上，还得再凿。烧热水也很困难，所以一盆水，我洗了脸，胡指导洗，接着，三个兵洗；加少许热水，我洗了脚，胡指导洗，接着，三个兵洗。

电视还是雪花，无事可干，指导员说："那就早点睡觉吧。"小屋的暖气是自烧的，怕煤气中毒，睡前就将炉子里的煤压灭。炉子灭了，就得把暖气管里的水放干净，否则下半夜会将暖气管冻得爆裂。但因为水烧得太烫，一下子全放完，同样会造成水管爆裂。于是，我们就得等水管冷却下来再慢慢放水。这一等就是两个钟头，我困得不行，还不能睡。土暖气里的水没有放，无法铺被褥，就那么一块地方，被褥铺下去，小木屋里，一块搁脚的地儿都没有，更别说拿个脸盆放暖气包里的水。水会湿透我们的被褥。

热水放完时，已近十二点钟。我们打地铺，躺下。

被褥冰凉，冻得我直抖，躺了一会儿脚就冷得麻木了。我说："为什么不配电热毯？也不贵。"胡指导说："电压不稳。"小屋右侧那个风力发电机，只能供小木屋照明，电视都不能总开着。反正开着也看不清，好像全国各地都和我们这儿一样大雪纷飞。

我是一个怕冷的人。我用矿泉水灌热水放在脚头。大蒙古说："不行的，要是夜里忘记掏出来，那瓶子就成棒冰了，会冻坏脚。"

大蒙古又说："老师，要不我同你睡一个被窝吧，我给你取暖。"

"取暖？"我睁大眼问。

"对呀，我年轻火气旺，体格大也有热量。小时候，我爸叫我火炉。"

在这冰天雪地里，火炉的诱惑实在太大了。我说："来吧。"他就钻到我的被子里，我们一人睡一头，他还把他的被子扯过来，压在我们身上。他侧着身子睡，把我的脚抱在他胸前。我的小腿贴在他肚子上，像贴着一个暖水袋。我麻木的脚，慢慢地就温热起来，感觉很舒服，渐渐地我就睡着了。

突然哨兵喊："都起来，有情况！"我坐起来，听见了巨大的爆裂声，像晴天霹雳，担心是小木屋附近出现了龙口。依靠着木屋板睡的魏子龙一声嘶喊，原来头发上有水汽，睡着后头发与木板上的塑料布粘在一起，坐起来时，拽得他生疼。

指导员带着哨兵，打着手电去找龙口。找到了，距小木屋有两百米，好在离得远而且只是裂痕，并没有水溢出来。凭指导员的经验，不会发生危险。哨兵继续按排班表站哨，我们接着睡，然而，哪能睡得踏实。

李金武又钻进我的被子，同样抱住我的脚，但是，他的肚子已经不是刚才温热的暖水袋了，是冰凉的。外面的冷空气，把他的热量都抽走了。我在外面待的时间短，我想，我身上可能比他要暖和，就学他抱我那样，把他的脚抱在我的怀里。

一夜如梦。

清晨醒来，微波炉在一侧响动，一股烤臭鱼的味道。我寻鞋，看见大蒙古拿着我的鞋，将微波炉打开，将两个黑乎乎的东西塞进我的鞋里。他说，鞋垫给你烤干了，你穿吧。"用微波炉烤鞋垫？"我诧异地望着他，问："你们每天都这么烤？"他笑道："不是的，发电机发的电很少，我们没那么奢侈。"

我将脚伸进大头鞋里。脚热乎乎的，眼睛也热乎乎，眼泪差点滚出来。

我走出小木屋，先是看了日出，红日在遥远的湖面，像是静止在那里，等你一眨眼，它突然往上蹿出一指高，好像在同我玩着游戏，似乎还狡黠地冲我笑。这样几次，那太阳就由红变白，明亮刺眼。我在明亮的光线里，看清那龙嘴和鱼唇上顶着的，并非雕刻的红色冰球，竟然是两个苹果。这么大的两个苹果，不吃，冻在那里，也太奢侈了。胡伟峰说："上次团长带来一箱苹果，先拣小的吃，剩下这两个大的，舍不得吃，吃了就没了，就冻在上面，望梅止渴。"我听了，心里有些酸涩。

远处有一歪斜的阴影，胡指导告诉我，那是俄方的冰上哨所。前几天，俄方边防军也上到湖上，刚住一天，哨所下就出现了龙口，幸好是在白天，他们逃离了小木屋，再也没敢回来。

胡指导说:"他们不上湖,就用直升机巡逻。他们的边防军人太奢侈了。"

平时,我是盼望白天的,夜总是伴着恐惧而来。但是,湖里的白天,似乎更让人心里不甚踏实。夜在黑暗的遮掩下,湖面给人的感觉似是厚实的大地。天明了,太阳出来了,脚底下晶莹剔透,能听见湖水在底下拍打着湖冰。我双腿发软,一丝担忧爬上心头。不时有冰的爆裂声,像远空传来的旱雷。

早晨吃的是饺子,连队煮熟后,带到这里来,埋在雪堆里的。饺子煮过一次,再煮,味道就差了。我吃了三五个,就吃不下了。胡指导以为我客气:"说,你吃吧,吃吧,还有。"我看那两个兵吃得香,怕他们舍不得吃,就说了实话,我不喜欢吃。胡指导抬一下眼眉,好像很惊讶。他放下碗筷,打鸡蛋,炒剩米饭。当胡指导把米饭递到我手中时,我才知道,他是给我炒的。我说:"我不吃。"他说:"那我给你煮方便面吧。"我赶紧拿起碗,把米饭往嘴里扒。

早饭后,站岗的、巡逻的,都走了。我在小木屋里坐了一会儿,只觉得寂寞像阴影一样袭来,我问胡指导,他们怎么打发这漫长的一天?指导员说:"孤寂能成才,这两年,他们上湖上执勤,学会了一些乐器。大蒙古会吹笛子,姜高峰会吹口琴,魏子龙是第一年上湖,来前到市里买了一把吉他,会弹几首曲子。"

我说:"不忙的时候,我想听听。"胡指导说:"不忙,巡逻其实不用这么频繁,让他们多走一走,是怕他们闲下来想家。"

巡逻回来后,李金武拿起笛子,很小心地贴上笛膜:

寒风飘飘落叶
军队是一朵绿花
亲爱的战友你不要想家不要想妈妈
声声我日夜呼唤
多少句心里话
站岗执勤我保卫国家

风吹雨打都不怕

我喜欢这个蒙古族壮实的小伙子，一个粗犷的军人。他优美的笛声，伴着他的铁骨柔情，在这间小屋里静静流淌。

姜高峰的口琴独奏《妈妈的吻》，把我带回大别山脚下那个叫竹林湾的小山村，我感到眼泪在眼角转。我想，他一定也在自己的音乐声中，回到了他安徽老家那个小山村，因为我看见他眼里也噙着泪。音乐在这不足九平方米的屋子里荡漾，虽然偶尔有一个破绽，但在我听来已经很专业，很感染人了。而我，已不敢待在这屋子里，我怕我眼里的泪，会当着他们的面滑落下来。

胡指导同我谈白鱼。胡指导说："因水质好，无污染，兴凯湖水可直接饮用，湖里白鱼这几年价格飙升，一条四五斤重的白鱼，卖到上千块钱。利益的驱使，渔民在每年湖面冻冰时，越界到俄方湖面凿孔捕鱼，常引起两国纠纷，这也是他们在国界线旁的冰面搭建临时哨所的原因之一。"

我问："白鱼好吃吗？"胡指导说："好吃，肉鲜且嫩。"一旁的大蒙古说，他夏天在湖边巡逻，冬天在冰面站岗，无数次见过白鱼。特别是解禁的日子，每天看着一车一车白鱼从身边拉走，白晃晃一片，却从未吃过。

我疑惑地望着他。

胡指导说："他说的是真的，我来兴凯湖四五年，也就吃过两次。"

说话间，听见巨大的冰爆裂声，看见桌上水杯里的水在晃动。我吓得弹跳起来，他的表情却很平静。我问大蒙古："怕吗？"他说："不怕，刚上湖时还很兴奋，但现在习惯了，麻木了。"我说："麻木可不好。"他说："麻木只是偶尔，一听说湖上有情况，立刻就兴奋了。"

岗台那边偶尔有动静，是哨兵站的时间长了，受不了，跺脚取暖。

第二天晚上,我刚躺下,大蒙古又往我被子里钻,我拦住了他。因为怕打搅我,胡指导不让他起来站岗,他的那班岗胡指导替他。如果是一晚上,也就罢了。我要待七天,连续七个晚上,还不把胡指导的身体拖垮了。我说:"大蒙古兄弟,你自己睡吧,我一个人睡习惯了,两个人我睡不着。"

谁也没想到,大蒙古的母亲突然来到湖上。

大蒙古的父亲去世得早,母亲把他带大,又把他送到部队。大蒙古写信,说这年冬天回家看看母亲。请假条都写了,连队把他派上湖,他就把请假条团吧团吧,扔纸篓里了。大约五天前的一个夜晚,大蒙古的母亲梦见儿子被风雪卷走了,醒来后,她抄了儿子的部队地址,就来了。

胡指导亲自带车,把大蒙古往陆上的哨所送,说是让他们母子见一面。行到离目的地十八公里处,一条三十多米宽的龙口拦住了去路。胡指导就与连长通话,让母亲到龙口处与大蒙古见一面。

母子面对面,却无法走到近前。母亲站在对面,同儿子说话。当娘的说:"儿啊,咱知道当兵苦,没想到这么苦。儿啊,你啥时回家啊?"

大蒙古哭了,先是抽泣,后来哭出声来,大张着嘴,大张着嘴,却一句话、一个字也没说出来。

我的眼里全是泪。胡指导用厚厚的棉手套,擦拭他的眼睛。

整整一天,我们沉默寡言。天像我们的心情,阴沉下来,接着下起大雪。雪鹅毛般飞洒,一米之外看不清人。胡指导说:"这就是所谓的'大烟泡'。"一看日历,今天是连队往这儿送粮的日子,快断粮了。这样的天,是送不了粮的。看不清路,遇到龙口就完了。

我们被困在这里。吃过晚饭,我们就剩下两个馒头,两小袋咸菜。第二天早晨,大蒙古烧了一锅开水,将馒头掰碎,扔进开水锅里。把上次遗忘在窗台上的方便面调料也倒进去,每人盛一碗,挺了一天。

那碗馒头汤,我这辈子再也忘不了。

雪停了，胡指导带着大蒙古去取给养。他驾驶一辆雪地摩托，大蒙古驾驶一辆，我坐在大蒙古身后。本来没下雪，疾驰的雪地摩托兜起冰上的积雪，打在我们裸露的脸上，像无数钢针迎面刺来。

连长站在龙口对面。之前裂开的龙口，还没有完全冻实。连长过不来，胡指导也过不去。连长用细绳系着一块冰，往这边扔，扔了十几次才成功扔到这边冰面，胡指导捡起冰，解下绳，两边人就联系上了。细绳连着粗绳，粗绳上有滑轮。那边一个高个子兵当滑轮立标，这边的"立杆"自然是大蒙古。那边把粮食和菜分成小袋，挂在滑轮上，这边拽细绳，滑轮就在粗绳上往这边驶来。终于运过来一些馒头和菜。正要运水果，那边的高个子手没劲了，松了，滑轮掉入水中，提起来后竟然冻在绳子上，滑不动了。连长说："没办法了，你们坚持一下，明天再来。明天带根木头杆，支在冰上。"

送来的菜里有白鱼，是团长让团招待所炖熟的，我们一热，全碎了，品相很不好，但是，吃着果然很鲜嫩。

小木屋右前方的湖畔上，是俄罗斯的图里洛格村。太阳出来时，看得见村子的轮廓，在望远镜里，能看清村街里的胖女人在走动。

谢团长上湖的那天，阳光充足，太阳似乎一下子离湖近了。那条原本骇人的龙口，竟然冻得实实的，车不费劲就开了过来。

团长给哨所的每个人准备了两双棉鞋垫。他按大小号，直接把棉鞋垫递到他们的手中。大蒙古把鞋垫塞进大头鞋，手在里面摸索了两把，惊呼道："哎呀，正好，首长，你是怎么知道我穿四十四码的呀？"团长笑，让胡指导和魏子龙试了，都说正好。大家都笑了，他们的笑感染了我，在这冰天雪地里，我的心里突然涌起一股暖意。

团长带车往南，说是到俄罗斯的会晤站去，协商让他们出人，到湖上设哨所。团长说，这么长的边防守护，不能都扔给我们。

我很好奇，就要一同前往。团长面有难色，告诉我，参加会晤的官员，是有严格规定的。见我很失望，说："行，反正我同他们的谢辽沙熟得很，你装成一个司机，跟着我们，但得像哑巴一样，一句话不能说。"我直点头。

俄罗斯的会晤站很简陋，立在一片白桦林里，只有一层，顶上鱼刺似的立着钢筋，看样子上面还要接着盖。为什么不一气呵成，难道他们资金如此紧张？团长告诉我，不是资金的问题。北国天寒地冻，为了保证房子的质量，他们建三层楼的房子，每年建一层，让水泥有足够的时间沉淀，凝固。而中国，是一年盖三层还要抢工期。这样，中国的房子，寿命也就三十年，而他们的房子，会在这片冻土上挺立百年。

我听了，心里有一种说不出的滋味。

谈判并不成功，谢辽沙耍赖，谢团长不走，我看着两谢"唇枪舌剑"。后来不知怎么，他们竟打起了台球，打得难解难分。不谈就罢了，早点回去，竟然跑到这儿打球，这个传说中特有才干的谢团长，高大的形象一下子在我心里矮下去。

他们一直打满七局，最后，谢团长险胜。谢团长放下球杆，冲谢辽沙摊开双手，摇头笑。我像跌入云里雾里，不明白他们搞什么鬼。莫非在赌博？胡指导小声翻译给我听，说，他们的确是在赌博，谢辽沙输了，答应在湖上设三个哨所，派兵上湖。

这么严肃的问题，怎么能用这种方式来断定。

谢团长说："他玩邪的，我就跟他玩邪的。"

"如果输了呢？"我问。

"放心，我还有招。"谢团长很轻松地笑。

什么招呢？团长没说。团长只说，无论何时，两国边防军人都需要把关系处好。

第二天，湖冰上离那个歪倒的小木屋旁不远处，果然新立了小木屋，屋旁有俄方士兵巡逻，有俄罗斯国旗。

天气预报，湖上将有一场特大暴风雪，考虑我的安全，团长要把我接上陆地。

我走的那天早晨，胡指导一脸伤感，他的眼红肿得厉害。大蒙古甚至低头抽泣。我走过去，拍打着大蒙古的肩，说："我夏天还来。

那时候，我跟着你们一起，在湖边巡逻。"

大蒙古抬头，一下子哭出声来。他告诉我，嫂子早产了。昨天她挺着个大肚子晾衣服，抻了腰。是个女儿，现在还在医院的保温箱里，也不知能否活过来，将来是否能健康。

胡指导把大蒙古拉开，说："你回屋里去。"胡指导看上去很平淡，但我是过来人，我知道，他一定很自责。因为在这样关键的时候，他没能守在爱人身边，他没有尽到一个丈夫的责任。

"我跟团长说去，让你回家看看吧。"

他摇头。他说："这里不让用手机，消息是从团里通过电台传过来的，团长知道，他让我回去看看。我不回去，我又不是医生。"

我想安慰胡指导两句，却不知说什么好，只把手伸过去，够着他宽厚的肩膀，使劲捏了捏。我也是军人，我知道，我们在军营中遇到的困难，从不退缩，而一旦家里遇到难处，却往往不敢面对，常常是逃避。

就在我伸手去拉车门的那一刻，身后传来大蒙古的声音。他说："作家老师，我为你吹一首歌吧，'不管以后将，如何结束，至少我们曾经相聚过。……人的一生，有许多回忆，只愿你的追忆里有个我……'"

是一首《萍聚》。我一直克制着的眼泪，到底流了下来。

"老师，夏天还过来采风……"身后，他们异口同声地喊。我只觉得胸腔里一股热浪奔涌。我不敢回头。我怕我一回头，太阳会照出我满脸的泪光。我心里清楚，从今往后，一到冬天，冰雪覆盖大地之时，我就会想起兴凯湖，想起这间小木屋，这个冰排上的哨所。永志不忘。

在神圣的天空飞翔

一

边防六连向北，有一个瞭望哨。许多年前，瞭望哨只是一个木头搭成的望火楼，立在一大片林子里。

某个下午，望火楼北边的树林着火了。当时，骑兵班四名战士正在执行任务，发现情况后冲过去灭火。但他们从此没有回来。火扑灭后，当地老百姓在沼泽地里，找到四具遗体。他们已被烧焦，但仍保持着各自的姿态，像煤雕一样。

老百姓从他们陷入泥土的、还没被烧烂的军裤和鞋，判断出他们是军人。他们裸露在泥水之外的部分，衣服全部烧没了，肌肉烧成了黑炭。

"他们是我们六连的兵。"班长说。

他们被埋在沼泽边的路旁，只有参天古木和兴凯湖松相伴。多少年过去了，新兵入营，老兵退伍，都要到他们的墓前扫墓。

"这四名烈士叫啥？"夏士连问。

"你管那么多干啥？不该问的不问，火车上就告诉过你们。"班长说着，指着林子里的四个坟包。这就是那四个烈士。

"咋不给他们立个碑？"夏士连问完就后悔，吓得吐了一下舌头，等着班长训他忘记了班规。但班长并没训他，只平淡地说："真正的英雄，不需要立碑。"

夏士连很想采些野花，放在那些荒草萋萋的坟包上，但时值冬日，无一野花，倒是两旁的雾凇，圣洁得动人，平添一分肃穆。

从六连向南再向东，行约五公里，就是松阿察河。松阿察河是兴凯湖唯一的出水河。河水清澈，水质很好，可以直接饮用。20世纪70年代初，连队吃的水就是从松阿察河用平板车拉过来的。从连队到河边，至少要走一个小时。农场的老百姓看到兵们用木板车拉水太辛苦，便把一头年轻力壮的黑毛驴送给了连队。这头驴初到军营业务不熟练，需要一个战士牵着它到河边，装满两大桶水后，再牵着它由原路返回。经过两周训练，这头笨驴终于进入了角色，成为一名能独立完成任务的驴。每天清晨，炊事班战士将两只桶绑在它的背上，它就会驮着桶来到河边。哨所战士把水灌满，轻轻拍一下驴屁股，它就会把水驮到炊事班门口。卸下水后，又是轻轻一拍，驴就原路返回，如此反复。若是在路上遇到战士，它还会停下来，叫两声。

五公里的路，毛驴从没走丢过。往返河边的路高低不平，水驮回连队，桶里只剩一半。雨雪天气更是困难，水洒在驴身上，结成冰。全连的用水，就靠这头驴。兵们心疼它，用水很省，半盆水，洗完脸洗脚，洗完脚洗袜子，洗完袜子的水留着浇菜地。

后来，连队盖了新房，也打了深水井，用不上毛驴了。毛驴似乎知道发生了什么，又似乎什么也不知道，它每天依然到松阿察河边，又走回来，如此反复，尽管它身上已没了水桶。

毛驴变得沉默了，不再那样叫得欢。

以前，毛驴每天驮水，兵们不嫌它叫声难听；现在，毛驴是"闲人"了，它的叫声，变得有些多余、刺耳。连队就决定把毛驴放生。他们把毛驴送到很远的林子里，结果，毛驴自己回来了。第二天，他们用布蒙上毛驴的眼，送到一个更远的地方，三天后，毛驴还是回到了连队。毛驴累了，明显地老了，叫声也悲凉。炊事班的人，心疼得流了泪。连长就说："算了，养起来吧。"

毛驴在这个连队寿终正寝。他们在营房后面的林子里，给这名不会说话的战友挖了个坑，埋葬了它。

很长一段时间，战士们都觉得连队里空荡荡的。

现在，连队有四层楼的营舍，有军营招待所，都配备着太阳能、有线电视和二十四小时热水，很是舒适。毛驴的坟，已被杂草掩盖。

夏士连盯着那个旧茅棚。它的确太旧了，如果不是被树林遮掩着，它就与这新式楼房更不相称了。

班长见他盯着茅棚发呆，捅他一下，"你干啥？你该不会问，这头驴叫啥吧？"

夏士连说："不管它叫啥，不该问的不问！"

"告诉你，它小时候叫小黑，后来叫老黑。"

夏士连抬头，望着班长，只觉得眼前黑黑一片。

二

风凛凛

雪飘飘

风雪中巡逻在祖国边防前哨

铁脚走千里

汗水洗战袍……

这是夏士连到六连后，听到的第一首歌。当时，班长把他们新兵集合在一起，教唱了这首歌。那一刻，夏士连被震撼了。在他听来，这歌不但旋律美，词也写得好。他讲述着戍边战士驻守边防的故事。

歌是不是班长写的呢？夏士连没敢问。

不久，夏士连跟随班长参加巡逻。这是他当兵后第一次执行任务。夏士连穿着厚厚的棉衣、脚蹬着沉重的大头鞋，整个人行动缓慢，像一只大笨熊，但心却跳得欢。

大雪封山，连队被阻隔在另一个世界。路是崎岖的，路的一头是闭塞的边关哨所。有一段路叫十八弯。弯弯转转，一边是山，一边是湖，稍不小心，就会滑下崖去，跌进湖里，要么在冰上摔死，要么砸进冰窟，再也起不来。路滑，滴水成冰，就是有经验的老兵，或者是当地的老猎人，对这段路也充满了恐惧，称它为"死人湾"。

月弯弯
星闪闪
战士执勤在祖国边关
钢枪手中握
何惧虎狼犯……

班长不时地哼着这首歌，夏士连跟着他走在巡逻的路上。兴凯湖湖面吹来的风，刀子般切割着他的脸。头顶的太阳很大，但没有一丝暖意。这地方是不宜唱歌的，冷风灌进肚子里，全身都冷。班长无疑是在给他们鼓气。

一行七人，夏士连走在最后。开始时路还好走，夏士连心想，这巡逻也没歌里唱得那么邪乎，不就是走路吗？无非就是穿得多一点，走在雪地上，就当背沙袋跑步练体能了。可是等到上了松阿察河的堤坝，一切都变了，每行一步，都那么艰难。被风吹散的雪堆积在凹处，以为是平地，一脚踏上去，没到膝盖，拔出来，鞋里全是雪。夏士连学着老兵的样子，把裤脚掖进鞋子里，深一脚浅一脚地走。就这样走了两个多小时，夏士连感觉腿肚子开始酸软，迈的步子也越来越小，越来越吃力。

累了，不能停下来休息，雪地坐不得。望着眼前老兵们的背影，夏士连不知道他们日复一日、年复一年地巡逻是怎么坚持下来的，他一想到自己也将这么没完没了地走下去，心里就犯怵，不知道自己会坚持多久。

由于夏士连的原因，队伍的前进速度慢了下来。夏士连不好意思拖后腿，可双腿还是不争气，就是迈不快。他气得捶打自己的腿。班长安慰他说："没关系，歇一歇，攒足精神，我们一定能完成今天的巡逻任务。"

夏士连受到鼓励，抬脚迈出一大步，没想到，一脚捅了个冰窟窿。就在他发出惊叫的那一刻，班长迅速回身，一把揪住他的衣领。夏士连没有受伤，也没有继续下陷，只是鞋湿了。夏士连的嘴唇几乎是在瞬间变得乌紫发青。他咝咝地吐着冷气。班长几下褪掉了夏士连的鞋，又解开自己的鞋，给夏士连换。夏士连缩回脚，班长一把抓住他的脚，把鞋往上套。班长说："赶紧换上，要不，时间长了，这脚就残了废了。"夏士连问："你呢，你的脚就不怕残了废了？"班长说："我是老边防，习惯了，有经验对付寒冷。"

夏士连换上班长的鞋，一时直不起腰，他在低头揉眼。他哭了。

班长所谓的对付寒冷，就是不断地跑动。怕夏士连他们跟不上，他就原地跑，就是不让那双脚停下来。

中午，他们终于到了松阿察河源头，夏士连跟着班长，踏上了通往哨塔瞭望室的八十九级台阶。

台阶一级一级叠向高空，夏士连也一下一下向着高远的天空迈去。台阶上的铁板，被老兵们的脚磨得白亮白亮的，是的，一步踏上去，没有脚印，时间长了，铁板都留下了印痕。这白亮的印痕，不就是他们一代又一代边防兵戍边信念的映照吗？

他们在瞭望室匆忙吃了面包、火腿，接着往回走。

回到连队，留守战士已进入梦乡，连长和军医在等他们。军医用雪给班长搓脚，两个多钟头后，班长那双冻得毫无血色的脚，慢慢地变红，而军医那双冻得通红的手，慢慢地苍白如纸。军医对夏士连说："再晚回一个小时，你们班长的脚就保不住了。"

夏士连走出宿舍，仰望满天繁星。皎洁的月光从雾凇枝杈空隙间穿过，映在营院的操场上，整个营院是明澈的。夏士连立在空旷的操场上，班长巡逻的背影，班长把鞋脱给他的情景，像放电影一样，在他眼前飞逝。慢慢地，夏士连的心静了下来。他心里清楚，自己没有退路了，他已经离不开班长，他只能沿着这边防路走下去，跟着班长的背影，直到自己变成班长，给新兵们一个班长那样的背影。

三

新兵最怕紧急集合的哨声。当紧急集合的哨声响起时，夏士连几乎是六神无主，脑子一片空白。他完全是因为新兵营那几次紧急集合训练，本能地往身上套衣裤，寻找鞋袜。

当夏士连穿戴完毕，被枪带、水壶带、望远镜带等各种装备的带子五花大绑，站在连队集合场时，连长已经在开始动员，他这才知道，这次不是训练，是真的有情况。

连长说："接到举报，有人走私货物，要从湖冰上过。全连除了哨兵、留守小分队，全部荷枪实弹，按平时训练时划分的地域，各班沿不同的角度前行，直奔各自的口子处把守。出发！"

时间是晚上十一点。夏士连跟着班长赶到口子处，就地潜伏。就这样趴了一夜，到第二天早晨六点，天刚有些亮光，他们接到了连长命令，撤。估计走私者听到了风声，取消了计划，或是改行陆地。

班长重复着连长的命令：撤！他站起来，还没站稳，就倒下去了。夏士连急忙往上冲，同样，也是被什么东西绊倒了。绊倒他的，是他们自己的腿。那腿完全冻僵了，麻木了。班长说："都坐起来，揉腿。"

他们坐在冰上，褪掉鞋，撸起裤腿，用雪摩擦脚和腿肚子，慢慢地就有了冰凉的感觉。有了感觉，他们才站起来，往连队的方向走。这时，他们看到远处的龙口处，那些隆起的冰块后面，似乎有人影晃动。

"跟我走！"班长从嗓子眼里挤出的一道命令，像一把匕首，尖细而锋利。越过那些零乱的，像龙角一样的冰块，他们看见五个人。四个缩头缩脑蹲在地上，另一个人，趴在冰上，从臃肿的白色羽绒服里，乌龟似的探出头来。

班长想上前，那蹲着的四个人突然一跃而起，举着一尺多长的片刀朝着班长砍来。

"你们瞅准时机,不要盲目出手!"班长喊道。话音未落,他已经迎了上去。

夏士连哪见过这阵势,不知如何是好。手拿警棍,想往前冲,又怕误伤班长。只见班长躲过最靠近他的那人的刀,伸手点在那人肚子上,那人像得了阑尾炎,捂着肚子,在地上滚成一团,手中的刀一声清脆的响声跌落在冰面。另一人也举刀砍来。班长飞起一脚,刀飞出几丈远。另两个人围上来,班长下蹲,一个扫堂腿,全倒了。夏士连乘机冲上去,用枪顶着其中一人,喊道:"不许动!"

班长喊:"别开枪!"夏士连这才知道,他一紧张,枪栓其实并没拉开,幸好这几个家伙没发觉。

四人全被擒,身上有毒品。"班长太厉害了!"夏士连惊叹一声。班长说:"不是奉承的时候,那边还有一个呢!"

夏士连朝班长手指方向看,那里果然还有一个人。他怎么那么老实?近前一看,原来他的一只脚踏进了冰窟窿,怕惊动巡逻兵,就那么趴了一会儿。现在,那只脚已经冻在冰窟窿边沿,动弹不得。

得紧急处理,否则这腿就得像柴火棒一样被锯掉。班长同战友联系,离他们最近的口子处赶来四个兵,把四个贩毒者扭送到地方派出所。班长和夏士连留下来,把这名贩毒者解救出来,直奔地方医院。

医生检查后,问:"谁是患者家属?"夏士连看看班长,班长看一眼夏士连。

"他是犯罪嫌疑人……"夏士连说,班长打断他的话。班长说:"他是患者,我是患者家属。"

医生说:"那好吧,你来签字,他左腿要截肢。"

夏士连吓得啊的一声大叫,好像突然迎胸被人捶了一拳。班长也呆立在那里,面无血色。

"必须吗?"班长问。

"必须。"医生说,"抓紧,越拖,要截去的部位就越往上。他现在昏过去了。"

班长一拍脑门,无奈地说:"那我联系派出所吧。我也做不了主,他醒来,别再管我要腿。"

派出所所长带着两个民警赶了过来,与班长交接签字,班长就带着夏士连离开了医院。

那人看上去也就十七八岁,与夏士连差不多。可是,他的一条腿就要没了。夏士连不敢想。他应该在家读书,要么就像夏士连一样,到部队来锻炼,他不该这么早出来挣钱的,也不该为了挣钱,做这些偷偷摸摸违法的事。现在,他要截肢了,要失去一条腿,这将使他日后的生活,变得更加漫长、艰难。回去的路上,夏士连一直不吱声,想着那个年轻的小伙子,那一双由胆怯而后忧郁的眼神,他永远忘不了。

班长拍拍他的肩,说:"别太难过,截肢的事,我们每年都会看到。那些非法捕鱼者,每年都有几条腿扔在湖里。"

"这么危险,他们为什么还要干?"

班长说:"利益的驱使。他们在冰上,凿一个窟窿,将电动网放进去,几十米上百米长的电网,一天一夜,能捕十几吨白鱼,少则十几万,多则三五十万。"

夏士连很想隐藏内心的不快,但是,他做不到。他不认识这个人,截不截肢与他也无关系,但是,他就是不开心。

夏士连想,以后还会遇到那个人吗?他日后的日子怎么过?他爸和他妈都联系上了吗?来看他了吗?他妈见他少了一条腿,会不会晕死过去。会的,要是我的妈,她一定会。

夏士连知道,无论今后能不能遇上他,他这辈子再也忘不了他的情景。

四

排长喊夏士连同他一起上湖执勤时,夏士连嘴里还塞着半个馒头,他一边将那半个馒头像鸭子吞田螺一样往下咽,一边往排长身边跑,生怕排长不耐烦,换了别人。这可是他第一次被安排同排首长一起执勤。他跑到排长身边时,那半个馒头已经咽到了喉结处,撑得他的喉结像趴在脖子上的一只小耗子。

排长身边是班长。夏士连冲进宿舍,三分钟就将自己全副武装。他坐上摩托雪橇,跟着排长和班长出发了。

封冻的湖,像个被冰雪覆盖的草原。他们沿着湖冰上的国界线,艰难地行走。

天突然下起大雪,是那种"大烟泡"。夏士连知道湖上风雪大,但大成这个样子,是他没想到的。漫天的大烟泡,让人睁不开眼。排长和班长一人拿出一个防风镜戴上,班长还给他准备了一个。这让他既感动又难堪,说明自己出发前装备准备不充分。

夏士连没心没肺地跟着他们往前走。反正上有排长,中有班长,他也就凑个数,相当于跟屁虫。怎么走,往哪个方向,闷着头跟着走就是了。走了一阵子,他突然撞了班长的背。偏离原路了,排长班长都停了下来。

这茫茫雪野,夏士连只觉一阵恐惧像大烟泡一样弥漫在周身。他紧紧拉着排长的手,说:"排长,咋办?"排长说:"没事,我用北斗定位。"排长操作着北斗定位仪,之后,又出发了。行不多时,再次停下来,这样反复几次。最后一次,干脆停下来不走了。夏士连问排长怎么了,排长支吾一阵,还是告诉了他实情。原来,他们迷路了。气温太低,北斗定位仪出了故障,可能是电池冻凝固了。夏士连只觉苍茫的天一下子压了下来。他知道,在这个大冰湖里,迷路意味着什么。在湖上迷路,是不能贸然前行的,如果三个荷枪实弹的中国军人,不小心误入俄罗斯的湖面,定然弄出国际新闻来。

"不能走,等连队的战友来救我们。"排长说。看他那架势,连队要找不到他们,他宁可死,也不能盲目行走,以免误入俄罗斯境内。

"冻死在这里,也不能走?"夏士连问。

排长沉默无语。

排长的沉默就是回答。

白毛风还在刮着,大烟泡依旧。夏士连又冷又饿,更加紧张害怕了。他在冰面上跺着脚。他想,难道今天我们要在这里冻成冰雕?他有气无力地耷拉着脑袋。

排长安慰他。排长说:"小夏,没事的,连长一定会带人来找我们。"夏士连依然害怕,班长也拉紧他的胳膊。排长在他们面前,笔挺地站着,眼里没有一丝胆怯。

班长的手,排长的目光,传递给夏士连一股力量。夜幕悄悄来临,他们还在大湖上寻找出路,却几乎是原地踏步。如果天完全黑下来,他们清楚,他们的处境将更加危险。那一刻,夏士连想到了连队的那四名救火的烈士,想到了死。也不知怎么,思想斗争反而减弱了,心趋向平静。可能是排长和班长的态度坚定了他的决心。

排长想通过手电,给遥远的连队一个信号,但离得太远,雪太大,手电光射不出去。

许久,雪下得小了。夏士连忽然看到了一丝亮光,他高兴地对排长喊:"排长,你快看,有亮光!"排长也高兴得喊起来:"我也看到了,我们就要回家了。"

那光越来越近,果然是连长带着战友在寻找他们。

雪依然那么下着。天地全是雪,放眼望,雪使湖面更加辽阔。他们走在雪的纯白里,走向他们的连队。

走了大半夜,一行人回到连队营院,灯光下,夏士连看见国旗,高兴得流下了泪。

多少天过去了,那夜战友们手电发出的光亮,一直在夏士连心里闪亮着,陪伴着他直到冬去春来。

五

像是一夜之间,春天来了。数不清的鸟出现在松阿察河畔,河水平静如镜,河旁杨柳垂枝。鸟儿从南国飞回来了,许多战士叫不出名的鸟。夏士连惊叹,这真是鸟的天堂。

夏士连跟着班长巡逻,走近了,鸟儿也不飞开,仍是悠闲地散步。夏士连从没见过这么大胆的鸟,就问班长,班长说:"鸟从来不怕我们,因为我们从没伤害过它们。"

接着,夏天也来了。

七月初的一天,夏士连从哨所往连队回返,走在松阿察河边,他看到一只鸟从树上往下落，不是飞翔，是坠落。就在小鸟快落到地面的瞬间，他飞身一跃，将雏鸟接住，身体却失去了平衡，摔下路旁斜坡。夏士连一个侧滚翻，将小鸟稳稳地护在手中。小鸟完好无损，他的手臂、腿上却受了伤，擦破了皮，鲜血直流。夏士连强忍疼痛，爬上大树，将小鸟放回鸟窝，继续往连队走。小鸟得救了，夏士连高兴，他边走边悠起了手里的水壶，一不小心，水壶背带从他手中滑出，水壶飞到了松阿察河里，眼看就要没入水中。这时，只见一只白鹭，利剑一样掠过水面，蜻蜓点水一般，衔住水壶带，飞身而起，把水壶挂到了刚才被救的那只小鸟所栖的树上。

这是报恩。

这个真实的故事，在他们六连，像传说一样到处流传。

中秋节来临，夏士连突然很想家。这个中秋节，兴凯湖没有月。都说边关月明，家乡的月才明哩。夏士连固执地坐在军营外的石头上，坐成全连官兵眼里一个望月的兵。

其实，夏士连心里是有月的。他心里还有很多东西。他觉得这时间过得也太快了，秋天一过，冬天就来了。冬天来了，新兵也快来了，自己就快成为一个老兵了。

他不想这么快就成为老兵。老兵有什么好，也是这样一天天、一月月地站岗、巡逻，还要呵护新兵，却不再被老兵呵护。夏士连这么想，不免就有些伤感。

但岗还是要站的，巡逻也少不了他。每次站在瞭望塔前，他就会想起那四烈士；走到松阿察河边，他会想起白鹭；进入营院那一刻，他总会望一眼树林里那个茅棚，连队那头他未曾谋面的老毛驴，就会隐隐约约向他走来。他就神思飞扬，变成了四烈士中的一个，变成了那头黑毛驴，最后变成了白鹭，在这片神圣的天空飞翔。

向大海

一

月亮升起老高。岛在深蓝的夜空下披着一层银光,脚下是无际的海水。远处的指航灯倒映在海面上,海水波光粼粼。粼光从脚下向远处散开,一个浪,又从远处向脚下袭来。天水相接。我面向大海,凝望着海水,凝望着远处的灯塔。班长在我对面不远处,在夜的微暗里,挺立成为一个朦胧的剪影。

下了岗,我在前,班长在后。手电光闪动在我们脚下,照着那条忽明忽暗的路。我极不情愿地踏上它。路逼仄,曲曲弯弯,向岛的深处延伸。进到岛的腹地,就感觉不到它是岛,是一座山。

今天下午刚上岛,晚上就站岗。一路上,领兵干部告诉我们:"三山岛,是个迷人的岛。你们到岛上,那就是旅游,就是疗养,就是做客。"

磕磕碰碰回到连队。班长给我打了两牙缸水,我刷了牙,没有洗脸洗脚。"累了,早点睡吧!"班长说。班长除了不开口,开口就是吼,把我的睡意赶跑了,幸而有悠扬的熄灯号,抽丝似的把我的睡意又拽了回来。一夜无梦,没有听到传说中骇人的紧急集合,我们睡得很香,几乎是自然醒。早晨起来,想好好地洗一把,结果依然是每人两牙缸水，班长在那里给我们分发。我想多舀一牙缸，班长问："你想把晚上的预支了？""预支？"我恍然明白，这水怎么用，用多少，是有数的。我说："水在哪里，我自己去打吧。"班长说："好吧，你跟我一起去。"我跟着班长，走到炊事班门口。班长扶起一辆双轮推车，车上平躺着一只油桶。油桶的肚子切去一块椭圆形的大口子，这是水车。

　　班长姓王，叫王超越，连队干部叫他超越，把他叫得很兴奋，后来我们背地里也叫他超越。我跟在班长身后走，沿着山路，来到我们昨天登岛的那个小码头。一条粗大的挡浪坝，是通向中山岛的路。班长说："路是天然形成，全是海沙和鹅卵石。"小山岛与中山岛孤立开，虽然只有十几米远的距离，却是风口浪尖，风浪拍打着悬崖峭壁。班长说："站在遥远的大船上看这三个岛，大岛是丈夫，中岛是妻子，他们手拉着手，领着儿子小岛。这三个岛，是完整的一家人。"

　　我跟着班长走了很长一段时间的路，空水车颠簸着，把我的手震得生疼。我以为这里有一口井，竟然只是一眼泉，用水舀子舀两下，还要等一会儿，那泉眼才像一只委屈的眼睛，慢慢地溢出泪来。

　　下坡时，两人都拽着车把。上坡时，我在前面拉，班长在后面推。一桶水，虽然用盖子盖了，还是颠出了大半，裤子和鞋，被水和尘土弄得像涂抹了迷彩。

　　我午休醒来的时候，起床哨还没响，阳光亮晃晃地从窗玻璃照过来，这岛上采光真好。我将头凑到窗玻璃上，鼻子贴上玻璃。玻璃对面晃动着一个影子，是一条蛇，它从窗台翘起头来，两眼放着白光，而红色的蛇信子，像烧红的弯针，朝着我勾动着。我吓得滚落在地，惊呼道："蛇，蛇！"班长在我的惊呼中坐起来了。整个班的人都坐起来了。我的一声惊呼，算得上我们新兵上岛后的第一声紧急集合哨，不但我们班上的人都坐了起来，指导员和春阳军医都赶过来。走廊里响起零乱急促的脚步声。我的眼泪都吓出来了。班长把我拖拽到床上。我看到郭水旺，也就看到了我自己：脸如纸一样苍白，全无血色。极深的恐惧穿透迷茫的眼神，从眼睛的深处流露出来。班长将脸凑到窗前。班长说："过来！"他让我到窗前看那条蛇。他说："它不伤人，习惯就好了。"我隔着玻璃，看见它已下了窗台，在窗外那块平地上爬行。它有手腕粗，尾巴在平地上摆动，而头和前半截身子，已经钻进了紫竹林。

我自此没有忘记那条蛇，它好像一直蛰伏在某个地方，觊觎着我。我忘不了它那双冰冷的眼，它带着寒气。那次虽然隔着玻璃，但玻璃的冰凉，让我感觉是贴着蛇的脸，这种感觉许久挥之不去。

班长说："中午太阳足，它出来晒太阳，顺便给你们这些新兵见个面，打个招呼，以后就是朋友了。在岛上，没有他们，我们都得喂耗子。"

我后来果然看见一场蛇鼠大战，但不是我想象的那么激烈。蛇缠着老鼠，老鼠一动不动。都不出声，一点也不像是搏斗，把我恶心的好多天没有少年男子的正常生理反应。

下午开始走队列。营房门前那片逼仄的地方就是操场，还不如我家的碾场大呢。我总是走不好，总担心蛇会悄然从那片紫竹林里爬出来，被我踩着。直到岛上霜降，班长说蛇冬眠了，我才慢慢地淡忘了它。忘记它后，突然觉得岛上空荡荡，了无意思。

这就是我闯入的世界。我想走，当逃兵是不敢的，那得上军事法庭。我只想换个地方，到团部去，到我们对面那个美丽的海滨城市去。我把自己变成一条蛰伏在暗处的蛇，等待着时机。

三五天后，岛上来了几个军医，在营院住下。第二天一早，不让我们吃饭，给我们每人抽了一管血。之后，军医带着我们的热血，乘船而去。又过了几天，郭水旺被一条船接走了，据说与那管血有关，这叫退兵。我与郭水旺是一个班的，当我们到海边送他上船时，我哭得像泪人，而小个子郭水旺，更是痛哭流涕。一个人哭，带动了所有的新兵都哭了，却又不敢放声大哭，表情压抑，五官云聚，原本年轻稚嫩的脸庞，惨不忍睹。

指导员站在码头上，发表演说："同志们，团里动一次船不容易，费油费钱，还有谁想走？不想在海岛上干的，赶紧站出来，一起走。看好了，这是郭水旺离去的地方。你们想走，很容易，从这里踏上船，也就十几步。十几步，你们就自由了，不用在岛上了，就踏上人生的另一条路了。上来吧，谁不愿意干的，上来吧，给你自由！"

我的脚，本能后退两步。不走了，不走了。看人家郭水旺，一张被泪水分割得一塌糊涂的脸，多么惨痛，他是多么想留下。

除了拉水，连队平时不让我们到海边，都在这山洼子里圈着，人圈着，心也圈着。只在周六的下午，除了站岗的，坐班的，新兵被统一带到海边，坐在礁石上，看海，想亲人。无论家在南国，还是北疆，都朝着同一方向，好像家在同一个屯子。我们在海面迷蒙的雾气里，都能看见自己的亲人。只要面朝大海，海上就会出现家的影子，海市蜃楼似的。亲人们的脸庞越来越清晰，爹的，娘的，弟弟的。我眼前竟然还有李泽川。

我与李泽川非亲非故。去年，他到我们竹林湾山里勘探认识的。我脑子里最后浮现的，是细竹那双胖乎乎的脸。她随着海风而至，仙女般踏在浪尖上。

我们像一群垂钓的人，坐在礁石上，但我们不钓鱼，我们探亲。指导员说："今天是我们的探亲日。"指导员说这天我们可以放肆些，把亲人的照片带到海边，还可以放声与亲人说话。我看见战友们把亲人们送的礼物拿出来，向着大海显摆，我按捺不住，把细竹为我织的红色围巾拿出来围上，在战友们的呼喊声中，我爬上最高的那块礁石，迎风而立。那是我快乐的一天。阳光无遮拦地照耀着，我胸前的红围巾像两条红色的火舌，轻轻舔吻着我。我感到整个胸腔被爱情激荡着，像这风中的海浪。茫茫的海面上，远处路过的船，缓慢地驶向更远处。海无边无际的蓝，无边无际的寂静。无边无际的思念啊，就是我这一刻的心境，它是幸福的。

二

指导员说："今天下午，新兵下连！"我们站在队列里，由连队干部裁决。连长看我的目光有些不屑，可能觉得我太瘦，怕我拖军事训练的后腿。

"你就当连队通信员吧。"连长说。

通信员还没当热乎，连队选人去接受卫生员培训，连长又说："让夏雨去吧，他倒挺像个卫生员。"我是那么盼着离开岛，可刚上到船上，思念就像船尾翻起的白色的浪花，越拉越长，伸向我刚离开的那个岛。

在医院里，我碰见了郭水旺，像做梦一般。原来他没有被退兵，他是被选去给团首长当公务员，这次重感冒，住到医院来了。郭水旺说："到团部我才知道，所谓退兵，其实是演戏给那些不甘心留的新兵看。"

我愕然无语。

郭水旺出院后，每逢双休日都去看我，给我带水果和零食。这个与我相处时间最短的同年兵，竟然成了我最好的朋友。

我回到三山岛时，岛上已进入夏季，是岛上最美的时光。岛像一副3D画，立体，动感。我沿着那条曲折摇摆的路，往大山岛腹地走。路旁的枝叶，像绿色的海浪扑打过来。空气是清爽奢华。我贪婪地呼吸，吐故纳新。

就在我大步迈向连队时，一条蛇挡住了我的去路。我停住脚，静静地看着蛇。蛇将头翘起来，盯着我。我知道遇见蛇不能惊慌。我任凭冷汗在脊背上爬行，却只能站立，不敢奔跑。

蛇悄然钻进林子里，那是一条手腕粗的蛇。我想起来了，它就是我上岛后碰到的第一个动物，就是它在那个午后贴着窗琉璃翘头看我。我本来忘记了它，它却像幽灵一样，在我离开半年后，一上岛就撞见它，而且它是那平静，好像一直等在那里迎接我，好像我们是老朋友。

蛇凝望我几眼，走了。沿着它爬行而去的地方，荆棘和杂草颤动，瞬间静止，蛇彻底消失了。我继续前行。我跨过蛇刚才躺卧的地方，好像蛇还在那里躺着，好像我不跨过去，就会踩着它。

春阳军医站在营门口迎接我。看见我，春阳军医很高兴，他终于有了卫生员，不再是光杆司令。看见春阳军医，我噙在眼睛里的泪终于滚落。春阳军医问我怎么了，我说："又是它，吓死我了。"春阳军医明白了，说："你都是老兵了，还怕它？连里知道你回来，中午给你加菜哩，我亲自掌勺。"

岛上病号少，闲来无事时，春阳军医喜欢越俎代庖。

我与春阳军医同住一屋。我身兼两职，是卫生员，也是通信员。战友调侃，说我是首长身边的人，是连队的三号首长，我有些飘飘然。

周六下午，我们简短"探亲"之后，开始撒野，一个个脱得一丝不挂。略为偏西的日头，照耀着一群雄性的男人，照耀着我们凸起的胸肌，紧绷绷的臀部，一片赤裸裸，很是壮观。

我没有参加这赤裸裸的队伍，我一直怕在别人面前坦露我的身体。他们的赤裸，让我想起李泽川。那是一年前的一个下午，天出奇的好，阳光照耀着大山，山洼难得一次没有雾。溪水缓慢流淌。

李泽川脱去上衣，裤子，直至一丝不挂。他一步步往溪水凼里下，身子从脚背，到小腿，到大腿，一点点地淹没在水中。我从未这么看一个人的身体，哪怕是一个男人。我转过脸去不看，可又忍不住去看，看他怎么从容地下到水里。我望着他赤裸的后背。他那已经开始发福的身体，激发着我的想象力又破坏着我的想象力。

李泽川完全淹没在水里。片刻，他慢慢露出头，一步步往边上走。汗水从他热气腾腾的太阳穴处往下流，在他光洁的面颊上划出一条条晶莹闪亮的小道道。我接着看见他的脖子，接着是白胖胖的肚腹。阳光耀眼地照着他白亮亮的城里人的身体，白得刺眼。那白亮的水滴，从他的头发梢落下，顺着他的胸肌流淌，经过他的腹部，闪耀着转瞬即逝的黄昏的光。他还在往上走，我难为情，不好意思看。他却毫无羞涩地站在那里，像一尊高大、轮廓分明的汉白玉石雕像。他说："夏雨，你也下来吧。这么清亮干净的水。"我忘记应答。我望见温暖阳光从远处斜射过来，被树叶切割成鳞片状，洒在李泽川光滑白净的身体上，散落在地上，风一吹，地面亮闪闪一片。

"过来洗吧！"我再次听见李泽川喊我，我下意识地收了一下小腹，好像我也一丝不挂地暴露在他们面前。我说："我不洗，我回家洗！"

李泽川头悄悄来到我身边，我以为他不洗了，他却突然将我按住，抽下我的皮带，剥去我的上衣，褪下我的裤子，我便像一只洗净了的水萝卜，呈现在他面前。他把我扔进溪水凼。我羞愧得直想没进水里不出来。李泽川冲我笑："城里大澡堂里，赤条条一大片，你到城里还不洗澡了？"

"我不到城里！"我大声说。

眼前的情景，果真如李泽川所言，赤裸裸一片。我笑了。我拉起水车，到中山岛拉山泉水。他们海水浴之后，要用淡水冲洗，要不，皮肤会奇痒，甚至溃烂。

春阳军医好像也不喜欢这样露天裸浴，他爬到半山头吹笛子，曲调是低沉缥缈的，有些感伤，或许是想起了他那个叫白杨的大学同学吧。春阳军医大学毕业来到军营，她继续读研。岛上信号不好，他们以书信来往，但据捎信件的司务长说，他们的通信明显地少了。

野山羊立在春阳军医旁，凝望着他，立着耳朵静静地听。夕阳的光线漫过来，太阳似乎离得更近。朦胧的光，在岛上铺了一层淡紫，像遍布沙滩的海藻。

三

听指导员说，以前地方钻井队来打过两回井，打了一个多月。第一口井打浅了，没出水，再往下打，都是岩石，怎么也深入不了。第二年，他们换个地方打，井又打得太深，过了海平面，与海水连上了，水又苦又咸，吃不得。

"没关系的。"指导员望着春阳军医和我，说："一个春阳，一个夏雨，咱们岛上风调雨顺。"

经过一个春天的消耗，那些装咸菜的水缸都空了，放在厨房的一侧。十几口缸排列在一起，像列队的壮士，颇是壮观。真是人多力量大，那么成缸成缸的咸菜，说没就没了。

进入夏日，潮气日重。身体像在咸水里泡过的鸭蛋，一摸，滑溜溜的一层涎液，每天都得洗澡。每晚八点钟，各班派出一个人，拎一只桶，到炊事班领取热水。回到班里，再往每个人的脸盆里分发。水有限，锅也有限。一锅水烧热了，不够分，再烧一锅。今天一二三班先洗，明天三四六班先洗。

我分得半盆水，是我和春阳军医的。我倒给他一大半，剩下的一点水，毛巾扔进去，像海绵一样，就把那点水汲干了，毛巾摆弄不开。春阳军医把他盆里的水，又倒一些给我。他那盆水，就快见底了。他说："算了，合在一块洗吧。"他又说："你年轻，干净，你先洗。你洗了脸，我再洗脸。之后，你洗脚，我再洗脚。"

我望着那一盆水，生活呀，咋这么惊人地相似。我想起我遥远的过去，那是我人生一片无法抹去的灰暗。那天，我家几个男人正在抹汗，李泽川在暮色中走进我家。父亲、我，还有弟弟夏天三人共一盆水，就在堂屋里。竹林湾的男人，是不洗澡的。只有女人，才打了水，到里屋倒插了门，坐到大木盆里洗。男人躲到里屋，坐到盆里去洗澡，是一件丢人的事，会被人骂成是假女人。男人只会在堂屋里抹汗。而这个时候，屋子里有无女人，孩子，男客女客，都不用躲避。竹林湾乡风淳朴。

我爹，我和小弟站成一排。大半盆水，一个毛巾。我爹洗了脸，退下，我上。我抓起盆里的毛巾，搓一下，洗把脸，退下；弟弟夏天再上。之后，我爹洗前胸，后背。我爹抹后背时，两手反剪到背后，一上一下拽着毛巾。毛巾贴在他脊背上，像锯似的来回拉动；接着是我洗前胸后背，接着是夏天。接着，我爹把毛巾拧干，放在右手上展开，左手撑开裤腰，右手伸进去，前后左右地掏着擦着，之后，把毛巾进盆里，系好裤子，退下。我上，我抓起毛巾，解开裤子，用左手撑开，右手正要往裤裆里伸时，看见李泽川盯着我笑。尽管李泽川并无恶意，却伤害了我。我将毛巾重重地扔进盆里，说："我不洗了，我一会单独洗！"十二岁的弟弟夏天就走上前去，拿起毛巾，学着爹的样子，先解开裤腰带，裤腰仍卡在腰间。他把毛巾拧干，展开在右手上，左手撑开裤腰，右手伸进去，擦洗他那鼓溜溜的屁股。

李泽川看着夏天，一脸好奇。他的目光从他身上，移到盆里。我们这样擦洗，看似没洗干净，盆里的水，在灯光下，却已变得灰暗了。稍微停一下，那盆底就沉淀着一层黑色的泥。

娘瞪着我说："你不将就着这盆水洗，就没得水。"

我说："缸里还有。"

"缸里的水，不洗菜？不做饭？不喝？不知道老娘的苦！"

我说："我自个去挑水。"

"哪里去挑？"

"山那边，溪水凼。"

"五里地，你挑去吧！"

"五里就五里！"

"还翻山。"

"翻山就翻山！"

自这个夜晚起，我发誓我再也不与别人共用一盆水，永远不！

"不洗能睡得着吗？"春阳军医问我。

"我到泉水边洗。"

"那我陪你。"

月光下的泉水，像一摊水银，白亮白亮。春阳军医站在一块石头上，披一身月光。白天的时候，他也喜欢站在高处，比喻坡地，或者礁石。我总觉得他像悬崖上的一只鹰，随时准备起飞，飞向更高远的天空，海岛留不住他。

我找了几个与我要好的兵，将炊事班柴火棚里闲置的几口缸挪到棚外，摆在阳光下。我们一趟趟地拉水，从早晨到傍晚，才灌了三个水缸。那个小小的泉水凼，再也溢不出更多的水来。但这已经够幸福的了。黄昏临近时，水缸经过一个下午的暴晒，水温上升。我近乎赤裸地坐到缸里。班长说："这是腌菜的，多不好。"我说："咱们的脸盆，不是又洗脸又洗脚？秋天腌咸菜时，我多涮几次。"班长说："就你能！"但他终于经不住诱惑，比我还放肆，连裤衩那最后的遮羞布都褪去，赤条条坐进缸里，一边洗浴，一边哼起歌。他夸我聪明。他哪里知道，这一招，也是那个叫李泽川的技术员教我的。我家有几口半人高的缸，装粮食的。夏日的时候，有一口缸的粮食吃没了，积满了雨水。太阳一晒，水发烫。李泽川半裸着坐了进去。他泡了半个时辰，跳将出来，他对我说："你进去洗吧。"我站着不动，李泽川说："进去吧，体验一下啥叫温泉。"我在他的怂恿下，脱了衣裤，钻了进去。我从没这样全身地被热水包裹过，这种舒坦，我找不到词语来形容。山里人脑子实，祖祖辈辈，就没想到用缸，来泡个热水澡。

四

春阳军医受命，到陆上一家医院培训，时间是三个月。春阳军医走前，叮嘱我怎么给药，怎么急救，我这才想起，我是一名卫生员。我心里暗喜，我早就受够了这种边缘人的尴尬，我的春天来了。我也不到山上跑，海边也去得少，就坐在卫生室里，等着来病号。陆续盼来几个人，是感冒。我给他们拿药，反复叮嘱他们：多喝开水。第二天，他们来了，说没有好转。我说："还是开水喝得少。"那几个病号笑了，自此谑称我为"开水哥"。"开水哥"三个字，像三杯开水泼洒向我，我的脸火辣辣地又痛又烫。我望着五颜六色的药片，和一团团永远也扯不到头的白色纱布，眼泪在眼眶里悄然转着圈。我知道，我一闭眼，那泪滴就会滴落。我努力地睁大双眼，走出连队，走到海边，凝望着蔚蓝的大海，和纯蓝的天空。海浪声声，海风送来那股咸涩味道，它那么熟悉。它的黏湿让我无所适从。我盼望春阳军医回来。明知一个月时间未到，但每天我都会来到海边，站在码头眺望。

到底把春阳军医盼回来了，我迎上去，原本想笑脸相迎，却是一脸泪水。

春阳军医回岛的当晚，就做了一台手术。说来也巧，他上岸的那个黄昏，海上有一艘渔船发出求救信号。船靠岛，一个渔民躺在甲板上，不断地呻吟。他抽搐成一团，头发湿淋淋的，整个人像刚从水里捞出来。

"急性阑尾炎！"春阳军医按了按病人的小腹说，"来不及送陆地上的医院了，赶紧上岛！"

在连队卫生室，春阳军医叮嘱我："听我指挥，动作要麻利。手术能否成功，他能否活下来，就看咱俩的了！"

给器械消毒，麻醉，输液。我是助手，负责递器械。我紧张。我说："春阳军医，我不行，我怕做不好。"春阳军医说："你行的，来吧，你得帮我，没有你，我一个人做不了！"

岛上没有无影灯，六个兵分立四周，用强光手电从不同的角度照着病人的小腹。在陆上医院进行卫生员培训时，我见过动手术，但那时，我只是静立在一旁观看，这次直接参与，我紧张，两股微颤。我强迫自己镇定。递错一柄手术器械，都可能会要了这个渔民的命。

手术结束时，我像一摊泥，但我挺住了，没让自己趴下。我拖着酸软的腿，精心照料渔民。渔民在岛上住了一周，恢复挺好，我给他拆的线。

这是我入岛后最为辉煌的一页，春阳军医和指导员在多个场合表扬我。指导员还把我和春阳军医合作的这次手术写成事迹，报到海防团。指导员说，他亲自去给我们请功。

我一直很平淡，从未想过立功，指导员这么一说，我倒惦记上了，天天盼着团里的批示，想象自己把三等功的喜报邮寄回家时，父亲那张脸将是怎样的神采飞扬。父亲是一个爱面子的人。还有细竹。父亲在信里说，她常上我家，旁敲侧击，探听我的消息。

但我这个功，最终没能被批准，团里同样没给春阳军医立功。或许这样救人的事，在海防团太普通，或许还有别的原因，比如连里没向团里请示，擅自把渔民带上岛。到底为何，指导员没说。总之，空欢喜。

入了秋，菊绽山野，寒雁南飞，一场霜在夜幕里落下，树枝上挂了一层银白。霜在清晨的阳光里晶莹剔透。随着太阳的升起，白霜慢慢融化，慢慢地就成了烟雾，消失了。正午时，霜化净，树叶露出本来面目，干枯，焦黄。风一吹，树叶纷纷飘落。慢慢地，只有光秃秃的枝丫伸向天空，呈现出仙女飞天的姿态。但紫竹林不荒凉，紫竹林里的竹子四季常青。

我除了喜欢看海，也喜欢看竹林。我站在深秋的竹林前，突然看见那条蛇，它凝望着我。我的心很明显地蜇痛了一下，仿佛蛇信子刺中了它。但我没有惊叫，一直么故作镇定地盯着它，脚步很轻地悄悄地后退。退回连队，躲到卫生间，我哭了。班长问我怎么回事，我流着泪说："又是它，为什么总是我第一个看到它，它为什么总这么跟着我。"他问是谁，我往竹林一指，他明白了，安慰我道："没事的，它喜欢你，跟你打个招呼。它是我们的老朋友，我说过，没有它们，耗子会把我们啃得只剩下骨头。"

班长说："我去告诉它，让它离你远点。"班长去了，他冲林子里喊，喂："朋友，夏雨胆小，下次离他远点，别吓着他，听见没有，走远点！"

我们看见竹林旁的杂草颤动，像一阵微风远去。班长说："它走了，走远了，不会再吓你了，它其实是喜欢你。"

雪花满地。先是细末的，渐渐大了，雪片随风飞舞，很快把整个岛，用洁白严严实实地盖了。三山岛，便像一艘巨型的白色战舰，傲立于海上。

年关到，想家。腊月中旬，伙食很好，每天都有肉，有青菜。腊月二十五这天，海面突然起了风浪。司务长说："趁浪还不是太大，上陆地去准备年货。"

司务长上了陆地，几天却不能上岛。除夕这天上午，指导员带着我们，到海边接司务长。眼前风浪一丈多高。岛上没有信号，指导员用军线向上级做了报告，无法与司务长本人联系，只知道他上了船，天气不好，不知他是否返回陆地。

"我不希望他回来，我等在这里，不是盼他回来，是害怕他回来。"指导员说。话音刚落，就见一艘登陆艇出现在海面。它像穿越一堵又一堵的墙，在波浪里钻进钻出。那些波浪随着风向的改变，变换着形状，像怪兽。登陆艇几乎成了潜水艇，跌跌撞撞。指导员不敢呼吸，停止呼喊。我凝望着那艘登陆艇，死死地盯着，生怕一眨眼，它就消失了。

"他到底要上岛！"指导员说。

很长时间，那只登陆艇既没有靠近，也没有远去，就那么原地斡旋。几个老兵请求出征，要驾驶另一艘登陆艇去接他，被指导员喝住了他们。指导员说："浪向我们这边，逆风而行，那无疑是飞蛾扑火。"说话间，就见海面升起一股浓烟，接着，我们看到了一小片火光。

我们静静地看着那浓黑的烟柱，那火光。几个新兵，已经开始抽泣。

风浪像流水线作业，一堵浪灭了，一堵浪又起。我们向着大海，明知悲剧是不可避免地发生，还是企盼出现奇迹。除了风声浪声，就剩下我们彼此的心跳。就在我们绝望之时，一长串的轰鸣声在遥远的海面响起，接着，我们看到了一架直升机，出现在海的那边，由远而近。

司务长被直升机送到我们营院门前的时候，全身几乎一丝不挂，除了那条军绿色裤衩，他的衣服，都蘸上汽油，燃了，原来那烟与火光，是他的求救信号。

回到岛上的司务长，神情有些漠然，像是梦游中。指导员让他休息，他没有。他一边剁着饺子馅，一边念叨："除夕夜，战友们怎能吃不上饺子呢。在岛上，'春晚'看不上，再吃不上饺子，这还叫过年吗？"他一遍一遍地说，完全是自言自语。此后一连好几天，司务长都是这种梦游状态。在大海上，他到底经历了什么？肯定不只是我们看到的那么简单。

我感到忧伤。忧伤来的时候，像一场绵绵秋雨，暗含凉意，浇透了心灵深处的每一片土地；忧伤去的时候，却像墙角的光阴，走得很慢很慢。就算今晚走了，明天又悄然而至。

雪停了，天空中露出一轮白色的太阳。我走到海边，坐在礁石上。阳光明晃晃地从云朵中穿过，我感到寒冷深处的一丝暖意，感到那轮太阳很低，很强烈，好像单独为在这三山岛上停滞，单独在抚慰着我。一对海鸥悬在空中，像两朵遗落的云的碎片。海浪轻轻地拍打着这个古老的海岛。海岛像是摇晃着的,像是一个梦境。我有一种不真实的感觉,这种感觉自我上岛后一直都有,好像海岛是行走的,是一艘航空母舰。岛像是我们的客栈,像是我们流动的家。

五

南山洼在大山岛的南面,朝着一片海湾。这里曾有一个海军部队,不知何年何月,海军搬走了,留下一片旧营房。孤山野地,向来无人。但那天,我们竟然发现一块新平整出的菜地,接着看见一个耄耋老人。他在旧营房的一张旧床上,睡得正香。那床上没有被褥,只有干枯的野草。老人头发花白,衣衫褴褛,但呼吸均匀,可见身体还不是太糟。面对连队的审问,老人说:"我不是坏人,我只是这个岛上的老兵,今天,我回家了,不走了。"

他说着,手伸向怀里,掏出几张破旧的纸,他说那是他的立功喜报。我们接过来,上面的确有"三山岛"几个字,字迹模糊。

可是,这岛是军事要地,除了我们守岛连,不准有人居住,任何人来了,都要遣送走。指导员要向上级报告。老人抓住指导员的手,说:"莫要报告,莫要报告,我只是想死在岛上。我死在岛上,你们把我埋起来,这样,岛上不就没有居民了吗?"

"你要自杀?你为什么要跑到这里自杀?你这不是害我们吗?那我更不能留你了,我们负不起这个责!"指导员声音像海浪,一浪比一浪高。

"我不自杀,我是说,老死,自然死亡,明白吗?"

"明白了,你是到岛上来养老的,"指导员说,"可我们这是连队,不是敬老院。我做不了主,我得向上级请示。"

"孩子,求求你,莫请示,你请示,他们知道了,就得把我押回去。我真的不想回去,我只是想死在岛上,埋在岛上,同我们的老战友们埋在一起。孩子,如果你一定要报告,我这就跳海!"

指导员无奈地叹气。他在岛上干了整整四年指导员,面临提升,这老头，从大海上一杠子斜挺过来，这不是下绊子么。

"我真的不是坏人。"老人望着指导员说。之后，他将目光转向我，满眼乞求。

我说："要不让他待几天看看？我看他也不像是坏人。他真要是坏人，这年纪，这身板，怕也是小鱼翻不了大浪。"

指导员瞪我一眼。他走到海边，看一眼那个破旧的木船。老人已将它砸漏了，一半船身没进水里。他破釜沉舟了。

"那就先留下吧。"指导员对我说，"总不能让他去死。"

连队留下了老人，但不让他生火做饭，南山洼不能有人居住的迹象，上级巡逻船要是发现了，可不得了。我负责给老人送菜，馒头，开水。老人也知道配合，白天在屋子里睡觉，天黑了，才到海边走。

而老人突然而至，让我觉得新鲜，多了一丝温情。

我很想知道老人的身世，有无后人，但他从来不讲，他说到最多的就是死亡。南山洼有一片坟，老人指着那片坟说："他们都是我的战友，是当年修筑工事时，牺牲在这里的。那是20世纪50年代末和60年代初的事，那时条件太差，完全靠人工，牺牲了不少人。这岛下全是山洞，有的通向悬崖，有的通向海底，有的连着海平面。这样，万一出现不测，岛上的人，也有很多逃生的出口。那时候，我们都学会了潜水。"

老人一脸严肃，不像是在编故事。至于他说的山洞，我们进去过，他说的没错。

"我想死在岛上。"老人说，"等我死了，你们把我埋在这里，让我与我的战友们在一起。"他在坟地的最南边，给自己挖了个坑。看见那个新坑，我一阵心悸。

"你家里人呢，他们不找你？他们该多着急。"

"没人找我了，我就一个人。"

我心里突然一冷，滋生出一丝怜悯。海风凉。毫无遮挡的阳光，照着老人那张苍老的脸。老人的脚有点瘸，我以为他过海时受了伤，要给他包扎，老人说："不用了，旧伤，在这个岛上打山洞时留下的。"

连队给老人送了新被褥和迷彩服。天阴下来，接着下起了小雨，雨给海岛装饰了一层薄雾。老人把我带到房后的洼地，那块菜园里的青菜，在雨后疯长。这是我入岛以来，看到的实实在在长在土地上的青菜：细密的水萝卜，翠绿的葱。一泓泉水，在薄雾里，像一面蒙了哈气的镜子。

老人拔了一些菜，让我带到连队。我说："爷爷，你留着吃吧。"老人笑道："看你说的，我这儿不能生火，你知道的。"但他还是在递给我的菜里，往回抓了一把。他说："这泉水种的菜，生吃口感更好。"

我们从来没想到来这儿种菜，从未想到这儿能种活菜。岛上终于有了自己种的青菜，老人待得仗义了，他说："我不白吃你们。"指导员给老人菜钱，老人生气道："我要钱有什么用？"

那几天，老人笑脸常开，满脸都是核桃纹。我想，那一定是他人生最快乐的时光。我们坐在海滩上。身后是一片秋日的树林。阳光洒落，满目金黄。风中的阳光在潮润的沙滩上，碎银般闪耀。

老人又一次谈到死。他说："等我死了，你们就把我埋在这里。"他指着林子里那片坟。我头皮一紧，颤声道："爷爷，你身体好好的，不要老说死。"

"我身体是好，可总有一天会死的。死后能与战友们在一起，我高兴。"他拉着我的手，走出小屋。他的手像柴火棒子一样，磨得我的手掌生疼。我们坐在海边的礁石上，夕阳照耀着我们，海风吹拂着我们。我突然觉得，我是与自己的爷爷坐在一起，一股温暖而幸福的感觉将我包裹。我突然觉得，我早逝的爷爷，又回到了我身边，我被包裹在暖暖的温情里。

哪知半个月后，老人就走了。那天，我照例去给他送饭。在小屋门前，我喊爷爷，无人应答。我走进去，老人静静地躺在床上。我喊了好几声，没有回答。他死了，穿戴整齐，毛巾是湿的，脸盆两壁上还挂着水珠。显然，他给自己净了身。他换了一身洗得发白的旧军装。这显然是有预谋的死。

"爷爷，你怎么这么不讲究啊？"我埋怨着，眼泪奔涌。我急忙往连队跑。我自己感到奇怪，我竟然一点也不害怕。记得小时候，村子里死了老人，我不敢去跟前看，好多天，都不敢从那家人门前路过。

"他没有骗我们，他是跑来死的。"指导员说。

墓地背靠大山岛，面向大海。连队埋葬了他。入土的那一刻，全连列队，向他行军礼。每次来南山洼巡逻，我们都会到坟前，静立片刻，我们怕老人孤独。奇怪的是，战友们并不害怕这个新坟，不害怕这个死去的老人。司务长是到坟地来得最多的人，每次来，他都要坐上半天，一句话也不说，只默默地抽烟。他一坐在那里，大伙就默默地走开，把满世界的寂静留给他。我后来才知道，他的第一个孩子，就埋在这片坟地。那是一个早产儿。那年，他的妻子来岛上探亲，动了胎气。那几天也是风浪大，一连七天上不了陆地，孩子没活下来。

"是个男孩，他是我们岛上最小的烈士。"指导员望着遥远的海面，平静地说。

我的心一阵刺痛。

夕阳给海面装饰了一层玫瑰色的薄雾，一切都像梦幻，像传说。

六

秋日的凉意，并未阻挡我们看海的热情。我盯着阳光下的礁石落在沙滩上的阴影。时间过得真慢啊，阴影其实就是看得见的时光，它缓慢地产生位移，它悄无声息地就流逝。我不觉到部队两年了。昨天夜里，指导员找我谈心，希望我留下来。他说岛上需要我。当然，连队最终会尊重我的意见，也就是说，走与留，最终由我自己决定。

我从军挂里拿出围巾，把它围在脖子上。微风掀起红色的围巾。蓝色的天空，宁静幽远，海面波光荡漾，浪拍打在挡浪坝的洞穴，有节奏地脆响。我静静地听着，凝望大海。太阳使云彩成玫瑰色，那玫瑰色的深处，一个女孩子的身影，就像藤蔓一样缠绕着我，像彩蝶一样无数次地光顾我的梦，是细竹。她总是在梦里翩翩而至，又急匆匆飞向远方，没入竹林。

几天前，我收到家里的信，是父亲写来的。父亲的字歪歪扭扭的，像乡村路上的蚂蚁，但意思说明白了。父亲说，李泽川在我们竹林湾发现了矿，竹林湾建了矿厂，因为占地，招收了一批工人，细竹成为一名正式矿工。这一喜讯，相伴着一个令我不快的消息，飞扑到我心里，我的心差点碎了：细竹跟那个同李泽川一起来的小金子好上了。

父亲说，你娘做主，让李泽川认你做干儿子，李泽川应下了。你娘说让你早点回来，让你干爹在矿上给你安排个工作。文字无言，可娘的声音，就响在耳边："李老师，你那么喜欢我家雨，就认他当干儿子吧，把他带到城里去，给他找个事做，让他将来孝敬你。"李泽川笑道："好啊。"娘的话让我难为情，李泽川的回答，我当时也只当是讲笑话。

宁静的竹林湾，变得喧哗了。变得喧哗的竹林湾，是一种什么样子呢？

人生啊！

如果不是李泽川，我或许还在山里。

那天下午将尽时，一辆三轮摩托车放着响屁，艰难地开进山里，来到我们竹林湾。车上下来几个人，那个干部模样的人就是李泽川，大伙叫他老李。老李其实并不老，也就四十出头。他们说是来勘探的，说我们竹林湾四周的山里，可能蕴藏着萤石矿，一种白得近乎透明，深处泛着绿光的石头。我放牛时捡到过，没当回事，在手上把玩几下，牛跑远了，那石子就扔过去了。

一同来的那个年轻人就是小金子。他们勘探，白天到山里，怕山里有豺狗和野猪，夜里就住到村子里。

他们就是这么闯进了我的生活的。

"出去走走吧，到外面的世界去，看草原，看大海。"李泽川离开竹林湾时对我说，未提带我到城里的事。就在这年初冬，海防团到镇上招兵，我就报了名，细竹陪我去的。娘却不同意我与细竹在一起，娘说："细竹是你能够得着的？"娘的话总是那么精准地刺到我的痛处。细竹长得好看,姑父是副镇长。细竹每个月都上镇上住几天,她姑说要给她在镇上找个小伙子。我不回应娘的话,只是步子迈得没有先前有力,有些犹豫,有些无奈,有些零乱和躲闪。但我穿上军装后,细竹的态度变了,竟然在我临走前,送我一条亲手织的红围巾。谁知现在,他竟然同小金子处上了,唉!

我摘下细竹条红色的围巾,我知道,我再也不会将它围在脖子上了。我走向大海那,向着大海,闭了眼。眼前一片绚丽,一片光辉,而脚下,海浪拍打着坚硬的礁石。我的双脚感到礁石的震颤。我像站在一只硕大的船上,船随着海浪动荡着。我静静地听着海浪声,哗,哗……我静静地听着。走还是留?我问大海。浪远去了。浪在最远处又趑回来,撞击着礁石,撞出一片声响。那是海的回答。

像白云一样飘荡

时令进入腊月。下了一场冬雨，接着零零落落飘起了雪花，但人们并不感觉到冷。因为每年也就见一场雪，所以都很兴奋，女人顶着雪花，拔地里的胡萝卜，或是端了盆，到水塘边洗衣服，手冻得通红，呵口气，接着洗。男人们挑两只桶，里面盛了大豆，上豆腐坊磨豆腐。有一个跛腿的，不小心滑倒了，黄豆散了一地，他不气不恼，爬起来，连泥一起装入水桶，回家重新淘去。村子里有鸡叫声，猪嚎声，此起彼伏。人最多的地方，是村头那口清水塘，渔匠正在那儿撒网。年轻力壮的，都喊着号子拉网，白花花的鱼，钻出水面，又跌落下去，溅人一身水。有家嘴馋的，院子里先飘起了腊肉的香味。这时候，狗是最狂的，过年了，鸡、鸭、鹅、猪，什么都杀，就是不杀狗。

黑鱼不去看这些，黑鱼站在高高的送水堤上，顶着飘飘扬扬的雪花，眼前却是鲜红一片。那个穿红夹袄的新娘子，占据了黑鱼的脑海。黑鱼从没见过这么漂亮的女人，她在微雪中一脸红晕。独眼的三奶掐着指头，小声嘀咕了一会，恍然抬头说，这个漂亮的女人，生错了时月，要是早些年，是要做娘娘的。新娘子是上午在一片唢呐声中娶过来，成为银山媳妇的。

黑鱼想着这个女人，浑身胀胀的，总想尿，却总也尿不出来。路过的村主任仰头说："黑鱼，回吧，要病的。"他也许在想，在雪地里干活很正常，要单待在雪地里，就不是那回事了。黑鱼没理他，村主任又问:"你没病吧?"黑鱼低头,小声说:"你才有病呢?"村主任听见了,嗔怪道:"这黑猴,碰不得,谁碰挠谁!"

村主任哪里知道,黑鱼满脑子正想着晚上闹洞房的事哩。

听大人们说,新婚之夜,那些结了婚的,或者曾经结过婚的男人,都要去闹洞房。他们用极押韵的话,极富想象力的词,将新郎新娘引入那种神奇的幻想之中,直到他们烦躁得坐不住了,有经验的人便吆喝所有的人撤出来。这还不算完事,他们还要耐心地听壁,听洞房里没有动静了,知道新郎新娘疲劳而畅快地进入了梦中,便悄悄撬开新房的门(正屋的门,新郎的父母故意给留着),一拥而上,去抢夺新郎新娘的被子,第二天,卡在湾里的神树上,让新郎新娘拜天地,拜树神。黑鱼从没闹过洞房,只在去年看过新郎新娘顶着被子"舞狮子",黑鱼总要上洞房去,黑鱼爹不让,说黑鱼太小。黑鱼爹每年都这么说,但这次,黑鱼没有像以前那样无可奈何地低下头,黑鱼大声说:"我不小,我十二了。我都尿稠了!"黑鱼爹摸摸黑鱼的头,笑笑,说:"那就更不能去了。"

夜晚,雪停止了飘洒,大人们踏着薄薄的积雪,呼唤着:"走哇,走啦!"黑鱼爹就放下碗往外走,黑鱼娘骂了句:"老不正经的!"她不让黑鱼爹动身。过了不长时间,门外又有人喊黑鱼爹,黑鱼爹故意说:"黑鱼娘不让去,你们自己去吧。"屋外的人便蜂拥而入,劝说黑鱼娘:"你男人不去?教书匠不去,洞房还有得闹?谁都知道他口才好,能把那些事说得天花乱坠。"黑鱼娘便骂道:"去、去、去!"黑鱼娘是叫那些人去,那些人便故意喊道:"啊,同意了,走了!"说完就去拽黑鱼爹的胳膊,黑鱼爹乘机溜了出来。黑鱼爹进了洞房,如同偷渡的人越了境,进入安全地带。女人是不能闹洞房的。

黑鱼尾随黑鱼爹,偷偷地进入了洞房,挤入人群中,他们已经闹上了。黑鱼见村主任点了支烟,吸了一口,让新郎含在嘴里,要求新娘不用手,将烟叼过去吸。新娘羞答答地将脸贴过去,噘起好看的樱桃嘴。因为怕烟燃着的那端烫着新娘,新郎也极力将脸贴过去,噘起嘴,于是,他们就当着大伙的面亲嘴了。两人配合了十几次,新娘才将那支烟含在嘴中。屋子里的人笑成一片，有人甚至杀猪似的尖叫。

村主任笑过之后，走到新郎新娘面前，要新娘坐到新郎的身上去。新娘扭扭捏捏的，漂亮的脸上泛起好看的红晕。村主任说："你不干？你不干那就坐到我身上来。"说着坐在婚床上，一把将新娘抱在自己的两腿上，还怕新娘坐得不踏实似的，使劲将新娘的身子往下按。新娘在村主任的身上不断挣扎，新郎大概怕村主任过了瘾，一下子就把新娘抢过来，稳稳地让她坐在自己的大胯上。

黑鱼抽出身来，走出新房，走出银山家大门。门前就是清水塘。黑鱼身体胀胀的，想朝着水里尿泡尿。清冷的月映在水里，银山家的房屋倒映在水里。灯笼映在水里，散发着幽静的红光，水里像一座富丽堂皇的龙宫。黑鱼转身，他可不想得罪龙王，他朝着一棵香樟树尿。香樟树在冬日也是有香味的，银山媳妇闻不到他的尿臊气。

黑鱼尿了，膨胀的身体轻松了。他回到洞房。一个叫发财的，站在洞房中央的凳子上，手中举一只茶杯，让新娘给他斟茶，规矩是新娘不准踏凳子。大约这是以前闹洞房惯用的一招，新郎很老练地递给新娘一个茶杯，抱起她，新娘正要斟，发财将杯子往高了举，老半天才斟了半杯茶，将新郎折腾得满头是汗。新郎笑着说："别以为你结了婚，你的儿子也老大不小了，到时候看我怎么闹。"发财笑道："闹吧，把媳妇闹到我的床上才好呢！"人群中便哄笑一片，有人骂他老不正经。

黑鱼爹终于出场了。黑鱼爹说："我说的第一句话是新郎说的，我说的第二句话是新娘说的。我说完，你俩学着说一遍，要爽快点，否则，你俩今晚别想美事。"

黑鱼爹用那种诵古诗的语调，抑扬顿挫地说：

"细瓷杯，盛白酒。"

新郎学着说：

"细瓷杯，盛白酒。"

黑鱼爹又说：

"晚上睡觉肚贴肚。"

新娘低下大红脸，不说。众人起哄，有人就要把稻谷皮往婚床上撒。新娘急忙道:"喝了白酒睡两头。"黑鱼爹说:"不行不行,新婚之夜,睡两头,以后还不得分居。看来你们是要我出新招了。"

新娘赶紧说:"肚贴肚。"说完自己忍不住笑了,但她立马憋住笑,将头更低地低了下去。黑鱼爹说:"不行,偷工减料,表述不明。别人还以为你们大白天肚贴肚哩,重来一遍。"这时,再次兴奋起来的村主任复又走到新娘面前,新娘也许是怕村主任动手动脚,急忙说:"晚上睡觉肚贴肚。"新娘的声音细如丝竹,脸如一片火烧云。新郎就不一样,他笑得嘴都合不拢,眼里闪着幸福的光,仿佛已进入他渴望已久的那个梦幻般的世界。

黑鱼爹好像兴致未尽,倒了一小杯白酒,端在手中,在新娘面前晃了晃,他眯缝着眼问:"嘴对嘴,腿缠腿,中间钉螺丝,你说美不美?"新娘扭过脸去不回答。众人附和道:"快说,美不美?"新娘知道,今晚的话,无论她懂还是不懂,都不是什么好话。但不回答是不可能的,他们不会就此罢休。新娘细声说了句:"不美。"黑鱼爹说:"不美?不美喝酒,喝点酒就美了。"说着就将酒杯往新娘嘴边送。这不是一般的白酒,里面早掺了辣椒末,新娘当然不敢喝,只好说了句:"美。"大伙满足地哄笑一片。

村里人说黑鱼爹是才子,黑鱼却不这么认为。"细瓷杯,盛白酒。"与"晚上睡觉肚贴肚。"似乎没有什么因果关系。"嘴对嘴,腿缠腿"也太直露。黑鱼说:"爹,你说得太白了。"黑鱼爹说:"你这个小杂种,怎么跑这儿来了?还不快滚!"黑鱼说:"我也要闹洞房。"黑鱼爹说:"小杂种!你有这本事,老子就不当教书匠。"

黑鱼说:"教书匠有什么了不起,不就是个民办老师吗?"

黑鱼爹说:"臭小子,你将来当个公办老师,让你老子脸上也见点光!"

大伙又起哄,说:"让他来吧,让他来吧。没准这会他就能让你脸上见光。"

黑鱼一步跨到屋子中央,说:"新郎新娘听着,我说的第一句,是新郎说的,我说的第二句,是新娘说的,我说完后你们赶紧说,不要拖拖拉拉的,我第一次闹洞房,要给面子啊。"

"好，就给小秀才一个面子。"人群中有人说。

黑鱼说："阿哥有个大萝卜。"

新郎笑着说："阿哥有个大萝卜。"

黑鱼又说："阿妹见了乐呵呵。"新娘的脸上再次涌起潮红，用极细的，然而大伙都听见的声音说："阿妹见了乐呵呵。"黑鱼说："阿哥让阿妹拔萝卜，阿妹说'丢了萝卜别怪我'，阿哥说，'不怪你，谁叫我是你的情郎哥'。"

新郎新娘就这么说了，屋子里沸腾起来，笑声冲上屋顶，撞击得瓦片发出噼里啪啦的响声。村主任说："黑鱼有水平，比你老爹还有发展。"

经黑鱼一闹，新娘的胆子大了，她一步走过来，说："这位小兄弟长得眉清目秀的，你有没有萝卜？"说着手就伸过来要抓黑鱼。大伙大声疾呼："他有，你拔不拔他的？"黑鱼急忙拨开人群，钻了进去。但钻进去后，黑鱼立马后悔了，心想，如果让这样一个美人摸一下，那感觉一定美妙极了。

大约闹到三更时分，大伙都倦了，村主任宣布闹洞房到此为止。人群便闹哄哄地往外涌。村主任挤到黑鱼身边，小声说："小子，考验你的时候到了，今晚我们要揭新郎新娘的被子，明日要挂到神树上去。这两个家伙太狡猾，门上了暗栓，刀是撬不开的。他们送客时，你顺势钻到床底下，等他俩睡熟了，你偷偷起来，打开门，我们在外接应。注意，动作一定要轻。"

这不是当地下党吗？黑鱼想起《两个小八路》里的大兴小武，想起《闪闪红星》里的潘冬子，他们都是那么机灵那么勇敢，我得向他们学，一定要完成这个光荣而艰巨的任务。

大伙都往外挤，新郎新娘送客，没人注意黑鱼，黑鱼顺势钻到婚床底下。

床下很潮，地上冰凉的潮气侵入黑鱼的身体。黑鱼盼着新郎新娘快点上床，快点睡去，黑鱼想早点离开。新郎一定也困了，他对新娘说："早点睡吧。"新娘说闹了一身汗，想擦洗身子。新郎就出去打了水来。新娘却说："你先洗吧，你们男人简单。"新郎便又拿出个大盆，将刚打来的水一分为二，把暖瓶里的水往盆里兑了些，脱光衣服，试探着踏进去。

由于床沿的遮挡，黑鱼几乎移到了床边，也只能看见新郎腰身以下的地方。但这大半截赤裸的身体，同样让黑鱼惊讶不已，黑鱼以为他们只有在昏暗的床上，才那么有情趣。他们居然在灯光下就那么大方，仿佛一对老夫老妻，新郎将水往自己身上撩。他转过身去，让新娘给他擦背，新娘娇滴滴地"嗯"了一声，从新郎手中接过毛巾，在新郎宽大的脊背上轻轻搓揉。

黑鱼第一次看见一个男人当着女人的面，脱得赤条条的，内心隐隐有一丝羡慕，几分妒忌，恨自己不是新郎官。

地气大概已侵入黑鱼的全身，或许已顺着毛孔，流进黑鱼的血管。黑鱼全身酸软无力，黑鱼必须赶紧离开。在新郎新娘上床后，不知过了多长时间，床上静止了，响起了呼噜声。黑鱼悄悄爬出来，他该走了。这个村主任，一定是骗黑鱼。黑鱼举手，正要开门，传来三声猫叫，接着又是三声，是村主任来了。

黑鱼迅速地打开门栓，有人便闯进来，冲锋陷阵的样子。黑鱼还没来得及把新郎设的陷阱告诉他们，其实黑鱼也并不想告诉他们，他以为一定是村主任冲在最前面，黑鱼想摔他一个狗啃屎。果然，就听见有人摔倒的声音，黑鱼跑过去，村主任居然好好地站在黑鱼的对面，见有人摔倒，也不去扶，一步跨过去，扯起新郎新娘的被子。

力大无比的村主任，不费吹灰之力，就扯走了被子，像旋起一阵风，像拽走一片云，露出两片洁白的云朵。但云朵很快消失，新郎新娘把床单拽起来，裹住了身子。

黑鱼没想到，冲在最前面被摔倒的是黑鱼爹。黑鱼扶起他，没好气地说："你这个老流氓。"黑鱼爹说："你这个小流氓。你才十二岁，将来怎么得了。"黑鱼说："我不会像你那样讨个老婆吗？"黑鱼爹说："小杂种，那是一两年的事吗？"

黑鱼回到家，仰面躺在自己的床上，半天不能入睡。窗外清冷的月光照进来。月光里，银山和银山媳妇的影子时而轮番浮现，时而重叠出场。

银山时常穿一身绿色的军装，戴着军帽，走路脚下生风。站立的姿态也帅，像山里一棵松树。有时，银山会脱去军上衣，露出里面的白衬衣，人显得那么干净，像是从清水塘里钻出来的。难怪那么好看的银山媳妇，会从城里嫁到山里来。听大人们说，银山媳妇是菜农。菜农在县城仅次于工人，他们不种水田，不种旱地，只种蔬菜和鲜花，不像山里人这么辛苦。随着县城的扩建，他们还有机会成为县城里的工人。

到底是当过兵的！黑鱼的耳旁，回响起大人们的话。他们望着银山媳妇俏丽的身影，称赞的却是银山。他们的话，在黑鱼的心里埋下了一颗种子，一个叫作理想的东西，在他心里滋生：长大了，当兵去。

月光慢慢地暗了，之后，又慢慢地有了光亮。人们在老柳树上，看见了新郎新娘的被子，被夹在高高的树桠上，像一个巨大的喜鹊窝。

老柳树长在清水塘塘坝上。清水塘的水，总是那么清澈，平静，只要没有捣衣妇，没有光屁股的男孩嬉水，清水塘就是安详的。东、西、北各一条溪，泉水流进清水塘。南面一条出水沟。清水塘是活水，所以长年那么清澈。

老柳树三人合抱粗，是村子里一棵神树。树老得空了心，中间成了一个洞，树神就住在洞里。

老柳树下，已是人头攒动。男人不下地，女人不升火，都涌到塘坝上，看新郎新娘拜树神，接被子，耍狮子。除了新郎新娘，黑鱼也是这个早晨的主角。黑鱼猴一样爬上树，去树上取被子，然后，扔给树下的银山和银山媳妇。这活神圣。扔得准，飘到岸上，这对新婚夫妇接稳了，明年能生个大胖儿子，两小口会白头偕老。新娘高兴，会掏赏钱，运气好的，扔被小男孩能挣够下学年的学费。这样机灵的小男孩，在大人们的眼里，将来也是有出息的，是要吃国家饭的。

新郎新娘接了被子，不能随便抱着就回家，一手抓个被角，将被子顶在头顶。女人前，男人后，跳"狮子舞"。跳着，闹着，将整个村子转一圈，再把各家各户拜一遍，才能回到新房，猴急地过他们的日子去。

新媳妇的被子被扔进水里的，将来的日子就不顺。有一个叫和平的娶媳妇，就因为被子扔得太飘，新郎新娘没接稳，湿了一个角。婚后，他们夫妻总不和谐，三天不吵五天吵，吵着吵着就砸锅摔碗，日子过得惊天动地。还有一个叫天福的，洞房闹得挺好，被子没扔好，湿了大半块。好好的一家人，运气一下子就差了。起先两口子并没当回事，依然高兴地过日子，生儿子，可是，三年后的一天，天福媳妇到城里打工，成了别人的老婆，再也没回竹林湾。

所以，扔被子的小男孩，是精选细选的，要机灵，眉眼俊俏，年龄在十二三岁。孩子太小，没力气，肯定把被子扔在水塘里。孩子太大，就可能不是童男，不吉利。

黑鱼瞅一眼树下，银山翘首，一脸倦怠，却咧着嘴笑。银山媳妇低着头，扭捏着。黑鱼给自己加油，一定要让被子飞起来，像银山和银山媳妇手里的风筝，稳稳地飞到塘坝上，落在他们手中。他要让银山媳妇一辈子在山里，不去给城里人当老婆。

黑鱼瞅一眼新郎新娘，昨晚那两个水萝卜状的人体，浮现在黑鱼眼前。他浑身燥热。他抱住被子，使出全身力气向下扔。被子上，两只鸳鸯在白色的浪花里戏水。鸳鸯像在飞翔，浪花像白云一样飘落。

没有人注意黑鱼，所有的目光，都朝向那飞翔的被子，朝向银山媳妇。黑鱼被冷落，他无助地仰头看天。蓝天下，白云就在头顶飘荡。他伸手，却触摸不到云朵。他垂下头，看见水里的蓝天离他那么近，白云在蓝天里，随着微波轻轻飘荡。白云旁，银山和银山媳妇顶个被子，慢悠悠地跑动。他们脚朝着天，头朝水里。他们都映在清水里了。水面，升腾起一股清香的味道。黑鱼突然那么强烈地想跃入水里，去追赶银山媳妇，去同水里的白云一起飘荡。

黑鱼摸索着脱光衣服，把它们夹在树枝上。他低头，看了看清澈的水面，飞身一跃。

后记：

那个黑鱼就是我。时光逝去二十年，我成为一名军官，在东北某部队当团长。很多个夜晚，当训练场上的厮杀声，车辆的轰隆声远去，营区静下来。我躺在床上，那个闹洞房的夜晚，那个扔被子、耍狮子的早晨，时常会像梦境一样，出现在我的眼前。

去年腊月，我回到鄂东北那个我叫作故乡的竹林湾，找寻我昔日的少年时光。

当兵的回家探亲，湾里的人，都会到家里坐一坐，问问寒暖，听一些国家大事。我从面外带一些当地的糖果、烟酒，散发给来玩的每一个人。来玩的人家，会回赠一些鸡蛋、花生，或地瓜片。让当兵的吃，让当兵的煮熟了炒香了带给战友尝。礼尚往来，送祝福，送吉利。

娘的记忆好，知道湾子里二百多号人，谁上我家来玩过，我给他们散发过糖果。谁没来，没送鸡蛋花生或地瓜干。我要走的前一天下午，娘说，怪了，银山媳妇咋不来看你，我又没同她吵过架。我们家同她家，一直有来往的。

我心里一颤，仿佛娘看透了我的心思。我在家的这几天，每次听见门外有动静，心就会动一下，以为是她来了，可每次，都不见她的影子。我掩饰着我脸上的不安，劝说着娘："各人有各人的事，人家太忙了，别计较。"

娘说："忙成那样？一根烟的工夫都没有。要不，你带上糖果，主动上她家去坐一坐。"

我不想去。我故意看看天色，说："算了，太晚了，下次吧。"娘说："下次？下次等到猴年马月。"

娘的话音刚落，银山媳妇进来了。娘笑道：说曹操，曹操到，你可真不经念叨。

银山媳妇红着脸笑。她一身鲜亮的红棉袄，脸上抹了粉。看得出，她精心打扮了一番。

银山媳妇拎着一个大竹篮，里面满满一篮花生，花生上面摆满了鸡蛋，少说也有三十个，这在竹林湾是大礼。娘一边去接，一边客气着："你真是礼性重，你的两个伢崽还在读书，要补身体，留给她们吃吧。"银山媳妇说："还有，还有哩。"声音并无多大变化，有着县城菜农的味道。声音的深处，夹杂着一丝颤抖。

我给她递烟。竹林湾的女人是不吸烟的，但烟要接着，这是礼节，夹在耳朵上，带回去给自己的男人抽。但银山媳妇硬是没接，她的男人银山在武汉，没回来过年。

我一直不敢仔细看银山媳妇，只是偶尔极快地扫她一眼。我怕我看清她脸上的皱纹，那无疑是一柄柄弯刀，会将她留在我心中的美丽，生生剔除。

银山媳妇坐不住，好像我家椅子上有钉子。她站起来，先是说谢谢我。我不知他要谢我什么。她又说："不怨你，是风水破了。"说完，她低着头匆匆离去。我望着她竹竿一样的背影，一头雾水。

娘懂儿的眼神。娘盯着我，说："她是谢你那年把她的花被子扔得准，没有被水打湿，她们接住了。银山媳妇心眼好，你跳进水里，把她吓得，她盯着清水塘，大气都不喘，差点晕过去。后来你从北岸水竹林钻出来，光着屁股冲大伙挥手，她才长吐一口气，同银山扯了被子，舞起狮子。"

"你那年被子扔得好，她的两个孩子都聪明，儿考上了大学，女在县一中读书。"娘说着，哀叹一声："伢崽是出息了，她却累出一身病。"

娘说话时，不看我，目光散淡地盯着脚旁觅食的溜达鸡（它们在乡村也变得金贵了）。娘说，那年你给她扔完被，扔得又准又稳，你慢慢爬下来不就好了，偏偏要往水里跳，溅了人家被子上几滴水。银山媳妇知道了，对谁都没说。还是银山在外面有了女人，她才同我说起这件事。

我朝着娘一笑，很快，又在山风里感到一阵寒意。娘又说："银山媳妇是好人，从未埋怨你，说是风水破了。你去看看清水塘吧。"

往清水塘走的路上，一辆大卡车在我身边飞驰，车上拉着一株老态龙钟的松树，树枝在我眼前掠过，惊飞几只山鸟。我儿时只见过鸟儿掠过树梢，从未见过树在鸟的身旁飞奔。生活真的超越了我们的想象。我抬眼望，路两旁的山，俨然两个癞疤头。山上那些长了十年二十年的松树，像乡村主任大的人一样，都飞奔到城里去了，去装点城里的人花园、广场。我盯着脚下新修的柏油路。我们儿时渴望有这样一条通向城里读书的路,现在,路像一条僵死的巨蟒,硬硬地躺在脚下。我怅然若失。

我眼前的清水塘,完全是一个大粪池。绿头苍蝇落在那些漂浮着的一次性纸杯上,落在塑料碗的边沿、爬行在方便筷上。儿时的清水塘,飘浮的是木板,木板上歇息的,是我们光屁股的小男孩。一切都变了,家家户户装了抽水马桶,安了下水管,像一根根大肠,直通清水塘。清水塘四周的养猪场、养鸡场、造纸厂,如同一个个蹲在塘边,正在排泄的肥硕屁股。

神树死了,我记忆中塘坝上所有的柳树都死了,被沼气熏死了,被粪便沤死了。湾子里人娶媳妇,完全像城里人那样,拍照、录像、请车,不再闹洞房,不再需要小男孩去神树上取被子、扔被子;新郎新娘不再拜树神,舞狮子。没有鸟在柳梢鸣叫,没有风吹树枝的瑟瑟声,没有光屁股的小男孩,从树上朝着水里的白云,飞身而下。

我闭上眼,企图沿着时光之河,逆流而行,回到我的少年时光,回到我的清水塘,在那里,与白云一起的飘荡。一股凝重难闻的气味将我裹挟,我如入泥沼,思绪受阻,怎么也到达不了我的清水塘。

岸

十七岁的孟吉祥躲在草垛里，冷空气使枯草变成一根根冰冷坚硬的钢丝。风透过枯草的隙缝钻进来，针芒一样，刺痛他周身每一块皮肤——裸露的和被衣服包裹着的。他颤抖着，牙磕着牙，咯咯响。他的目光透过枯草，也如针芒，向深邃的草原探去。

草原无边无际。孟吉祥蹲在草垛里，好像是蹲在庙宇的中心，无边无际的黑暗，向四野，向他的头顶和周身，无边无际地扩散。

孟吉祥想回家，可是，他不知道往哪儿走。这里是科尔沁大草原，孟吉祥的家远在湖北，隔着千山万水，他不知道家的方向。他身上没有指北针。他清楚，如果方向不对，出发时错一小步，最后可能差去千里万里。他没有盲目行动。他在判断，在等待。其实，他并不想回家。他只是个逃兵，回家，无异于自投罗网。可不回家，又能上哪儿去？逃跑，也得有个目标吧。

夜，黑漆漆的，除了干冷，没有任何夜的样子，比喻月色，比如星光，都没有。整个草原，像是罩在一个巨大的倒扣着的黑锅里。干硬的黑，令人窒息的黑。

孟吉祥钻进草垛，不完全是因为寒冷，他是躲避战友的追捕，他是逃兵。其实，他从没想到当逃兵。是突发的一场灾难，逼他远赴"梁山"。

灾难是伴随着黄昏的光线悄然临近的，那时候，天还很亮，孟吉祥在这片营地站岗。这里不是他们的营房，是他们冬季临时训练场。也是他们的考场，是骡子是马，要被拉出来蹓蹓！

这两天的训练科目是战地伪装。明天清晨，或许今天午夜，上面要来检查他们伪装情况，还要评比。两昼夜，他们挖掩体。掩体上面用木头杆，或是拉绳网起来，上面铺上干草，让掩体顶端现出无限接近草原的原本面貌：弧形小包，四周是接近平缓的坡形；再将枯草像南方农民插秧苗一样，密密地插上去，让掩体的顶部与周围未动过土的草地浑然一体。

下午三点刚过，孟吉祥他们完成了对掩体的伪装。除了哨兵，所有人都撤离（其实是躲避），留下空荡荡的掩体，等着上面来的那些参谋干事的品头谈足，指指点点。哨兵两人一班岗，两小时一换。此刻，哨位上的是一连一班班长丁月朗和新兵孟吉祥。

这片掩体区，是装甲一营的。此刻，站在哨位上。哨兵两小时一换。在这片冰冻的草原，两个小时，会让人觉得漫长，对人的意志是一个巨大的挑战，可谁叫你是军人呢！

半小时后，丁月朗对孟吉祥说："孟吉祥同志，为了我们班的荣誉，我下到掩体里，加工完善我们班的掩体，你在这里认真站岗，提高警惕！"

孟吉祥有些不愿意，一个人站岗，太寂寞，但想到班长是为了他们班这个集体，是去干活，又不是躲避风寒，就立正，答道："是！"

丁月朗掀开枯草编织的门，下到掩体内。掩体漆黑一片，他点亮一支蜡烛，开始忙碌。烛光在他挥镐产生的空气中流动，跳跃，并没有不祥的预兆。丁月朗在这明亮的烛光中，在掩体内的猫耳洞里，再挖一个洞。

丁月朗喜欢军事，高中时梦想考军校，因为一次意外，得了风寒，带病考试，没发挥好，差了几分。他放弃了上地方大学的机会，来到部队，想圆他的军校梦。谁知，军校从战士中招收学员的名额越来越少，这就意味着，只有文化、军事特别突出者，才有机会进入军校考场。

丁月朗设计的这洞中洞，就其实用价值看，或许可有可无，但对丁月朗来说，很可能是他们班获取第一名的关键。从入伍第一天起，丁月朗就铆足劲干。两年了，他在各种赛事中，获得过师团第一，唯独这集团军的桂冠，是他眼前的海市蜃楼。这次四年一次的综合演练，集团军首长要对装甲部队实弹射击进行考核，还要考验所有部队的野战生存能力。伪装，是野战生存中一个大课题，集团军首长非常重视。丁月朗暗自拍掌：机会来了！

然而，一个小兵，要想在四年一次的集团军大演习中抓住一次机会，谈何容易。但丁月朗自信机会会钟情于他，机遇不偏爱他这样既聪明又勤奋的人，又偏爱谁？虽然这可能得到的荣誉，属于他们班这个集体，但他是一班之长，荣誉最终归属，不言自明。荣誉除了荣誉本身外，还能带给他别的东西，比喻考学。这样的好事，拼出一身汗，磨掉一层皮，是值得的。

丁月朗凝视烛柱上跳动的火焰，转过脸，仔细察看四壁。掩体四壁如刀切般齐整，丁月朗心中暗喜，除了他，除了他所带的班，谁又能把掩体外表伪装得如此逼真，内部又如小屋般干净平整？可以说，掩体是完美的，完美得如同他家那几间青砖瓦屋，温暖舒适。

掩体内空间不大，镐抡不开，就是锹，也得弓着腰悠着干。起初，丁月朗觉得自己有劲无处使，时间一长，腰便痛得受不了。丁月朗干脆跪在地上，双手握住锹头，一点一点地抠。掩体内的土原本冻得如冰如铁，伪装上顶篷后，气温比外面高，冻土缓解，渗出水来。这盐碱地，经水一掺和，黏性极强，好不容易抠出一锹土，往别处一扔，收回锹，锹上居然粘回一大半。时间一长，丁月朗的腰便由酸变痛。地下水渗透厚厚的棉裤，膝盖潮乎乎凉飕飕的，像粘着一块猪肉，很不舒坦，但丁月朗并没有停止，干得更凶。

这洞中洞是丁月朗的创举。他构筑好掩体后，也有意无意看过全营所有掩体，大都一个样，美观实用，但毫无特点，更谈不上特色。他们班的掩体，同样按上级的要求，构筑了炕台，渗水沟外，还修了烛台，微型包库。但在集团军范围内，他们的掩体，到底能处于一个什么样的位置，他不知道。要想在集团军获胜，掩体就必须是独一无二的，也就是说，他要根据上级的要求，在原有基础上进行发挥和创造，但发挥和创造又必须实用，得体，否则将是画蛇添足。两天来，丁月朗一有空儿就捉摸这个问题，终不得其法。刚才，营长的话提醒了他。营长站在黄昏的苍茫里，下令全营官兵回临时驻地吃饭，休息。营长说："部队所有人员所有物资将全部转离掩体，只留哨兵，迎接上级检查。哨兵要留心，防止有动物，野兽入侵，把我们的辛辛苦苦修筑的掩体弄塌了。"这话令丁月朗心里一动：如果掩体塌了呢？掩体内的兵，是否能逃过这样的坍塌事件？虽然掩体内没有兵，但是，如果有呢！

丁月朗的洞中洞修整完毕，像房间里的一间暗室。

孟吉祥掮着枪，也站在黄昏的苍茫里，眺望无际的草原。西边的太阳，刚才还是一个白亮的点，现在完全隐去了。不远处，一对奔腾的马引起他的兴致。这马一红一白，跳跃着，离他越来越近，最后，竟然在离他几丈远的地方停下来，不走了，嬉闹着。"马！"孟吉祥惊呼道。他望着这对马。这里怎么会有马？不像是野马，带着缰绳，看来是从哪个牧民家里跑出来的。

孟吉祥盯着马。他的目光，越过这两匹马，飞越千山万水，飞到家乡一个叫木兰湖的地方。湖畔是一大片青草地，爷爷说，那就是传说中花木兰骑马训练的地方。

那段时光，是孟吉祥最痛苦最快乐的时光。在此之前，孟吉祥有一个完整的家。那个家很穷，却很温暖，但后来，一切都变了。孟吉祥记得，有一天，爸爸在几里外的山脚下，搞了一个空心砖厂，家里的钱慢慢地多了，可爸爸回家的次数越来越少。再后来，他在城里买了房，同另一个女人住在一起，不久，给孟吉祥带来一个小弟弟。妈妈呢，经常躲在灶房里流泪。有一天，妈妈收拾了行装，走了，到深圳打工去了。那年年底，妈妈回家过年，打扮得特别漂亮，给他买了很多东西。但过了年，就再也没回来。听邻村上深圳打工的人说，她又嫁人了，男人是浙江小老板，在她那家工厂进货时认识的。

奶奶早逝，爸妈离去后，爷爷成为孟吉祥唯一的依靠。爷爷心疼他，惯着他。有一天，爷爷问他："吉祥，你就要过生日了，爷爷想给你买个礼物,你想要什么?"那时,孟吉祥正坐在青青草地上看《三国演义》,他读到吕布骑着赤兔马,追赶老贼董卓,便随口说了句:"马!"

第二天,爷爷就给孟吉祥牵回来一匹马,一匹儿马。这里的人,是很少养马。种水田,养黄牛水牛,养马不合算。这里除了湖畔这片草地,四周其实是丘陵,马既不能用于交通,也不会下水田干活。所以,这匹马,爷爷纯粹是给孟吉祥买来耍的,它花去了爷爷全部的积蓄。爷爷要让他知道,他失去了爸妈,但并没失去爱。

自此,每日放学后,孟吉祥牵着马,在那片草地上奔驰,迎来最快乐的时光。似乎一夜之间,孟吉祥的个头,同儿马一起蹿了起来。

去年,爷爷对孟吉祥说:"你到部队去吧,爷爷老了,你得自个养活自个。"

孟吉祥盯着爷爷,忽闪着他那长长的眼睫毛:"当兵打仗,又不是过日子,怎么养活自个?"

爷爷说:"到部队,学本事了,当然就能养活自个。"

"我要当骑兵。"孟吉祥说。

离家那天,爷爷叮嘱孟吉祥:"到部队好好干,别惦记我这把老骨头。骨头老了,就该变成灰,肥了山上的树,惦记他干啥哩。"孟吉祥鼻子一酸,眼泪流出来了。

梦碎了,部队根本就见不到马,只有摩托和装甲车。现在,孟吉祥看见那匹白色的马跑到自己面前,像认识他似的,似乎爷爷来到了眼前。他听见爷爷冲他喊:"上马!"孟吉祥热血沸腾,冲过去,抓住缰绳,一跃而起,跨上了那匹白马。他跟随着马跳跃、奔腾。他本来想骑三五十米,过过瘾,再跳下来,谁知上去了,马飞奔着,他一时下不来。

马在坡地上驰骋。他被马颠起,落下,击打着马背。而他背后的枪,一下一下,击打着他的后背和臀部。有一个很重的击打,使狂热中的他一下子冷静下来,他知道他的任务,他身上还背着枪呢。他想让马停下来,但这蒙古马性子烈。它飞奔着。他根本停不下。他随着它向远方奔驰而去。而那个红马，显然受了惊吓，它并没跟着白马，而是冲向了掩体，孟吉祥他们班的那个掩体。孟吉祥惊出一身冷汗。掩体内，班长丁月朗正在干活哩。他迅速举枪，拉枪栓，然而，一切都晚了。他看见红马马鬃飞扬，像被巨石溅起的一团海浪，腾空，落下，接着，他看见那个掩体坍塌，飞起的尘埃，像烟一样升腾……

丁月朗干活时，不觉得累，活干完了，锹一放，人便像一摊泥，没了支撑，往下矮去。他坐下来，汗湿的内衣铠甲一般，冰凉如铁，膝部也有一股凉气，蛇信子一般舔舐着。丁月朗拽把干草，塞在屁股下，背倚墙，仰望篷顶。他双眼微闭，慢慢进入了梦乡。

在梦里，丁月朗看到了军校录取通知书，它像一张立功喜报，以淡黄为底色，有着鲜红的两朵光荣花。两朵簇拥着丁月朗三个镏金字，字在阳光下闪着光芒。

丁月朗心里乐。他张开双臂，冲向通知书。他飞奔而去时，还看见了远方的爸妈，还有奶奶，他们在冲他笑。他伸手去取通知书。他想拿到通知书后，再把它递给亲人。要是爷爷活着就好了。爷爷，那个最疼爱他的人，那个他长到十几岁还搂着他睡给他暖脚的人，在他当兵的前一年死了。当时，他躲在墙角哭，一直不肯走到棺材跟前见爷爷最后一面。他怕看到爷爷死去的样子，他只想记住爷爷那苍老的笑脸。

丁月朗就要拿到通知书的那一刻，猛听见一声轰响，越来越激烈。他顿然醒悟，知道有情况了。他本能地飞身，扑进了他为自己设计的洞中洞。

孟吉祥勒住缰绳，凝望着那个坍塌下去的坑。黄昏骤然撤退，黑夜陡地降临。巨大的恐惧，伴随着黑暗一起袭来。完了，一切都完了！这迎接检查的成果，这全连一百多号人一个昼夜的汗水，都成泡影。更令他心惊胆战的是，班长丁月朗还在掩体里。巨大的掩体顶棚，和千斤重的红马砸将下来，班长不死即伤。

孟吉祥冲上去，他要救他的班长。可是，掩体被压得乱糟糟像一只蜷缩的大刺猬,他无从下手。他试着伸去手去,根本扒不动。他朝着黑漆漆的苍穹,哭喊着:"班长……"没有应答,他再喊,还是没有。夜像一只黑色的巨兽,张着黑洞洞的大嘴,将他的呼喊全吸进肚里,那么干净、彻底,像一团黑色的烟雾钻进另一团烟雾。他望着眼前的一切,望着这灾难性的一堆凌乱的黑影,脑子里浮现的,是班长那砸得血肉模糊的躯体……恐惧像一股海浪向他扑来,他的双腿不由自主地跑动,跑动,他不敢面对。他逃,却不是跑向驻地跑向兵群,他们要是知道班长没了,迎接他的,将是一双双责备的眼睛,是一道道愤怒的目光,这同样让他惧怕,不敢面对。

几步之后,他回转身,将枪扔进坍塌的掩体。携枪而逃,弄不好是要掉脑袋的。

孟吉祥跃上白马,骑了一程,觉得与马同行,目标太大,便弃马徒步前进,朝着想象中那个家。大约半个钟头,身后传来机动车的声音,伴有车灯照射过来。天无绝人之路,一堆堆草垛,出现在他眼前,那是牧民给马储存的干粮。他一头钻进草垛,将自己隐藏起来。

车来了,车又走了。他们走后,孟吉祥说不出的侥幸,野战部队,应该有警犬的。警犬一来,他就是钻到草垛心去,怕是也要被叼出来。

又来了一辆车,驶向远方,远方有一个小镇,有车站。孟吉祥苦笑:"傻瓜,都是傻瓜!傻瓜才会往车站跑。"车站就是死胡同,聪明的人会漫无目的地跑,跑进这黑夜,这大海似的茫茫黑夜,让找的人毫无目标。那辆车突然停了下来。车上跳下两个人。车灯在茫茫夜色里,显得光亮不足,他看不清那两个人,但一听声音,知道是排长。排长说:"连长,你们先走,我们在这附近找找,他肯定还没走远。"连长回应:"行,我们到镇上去截他。"

孟吉祥努力地往草垛里钻了钻。

车灯消失了,四周黑下来,草原像无边无际的海。孟吉祥听见排长的跺脚声,他可能走得太匆忙,没来得及穿大衣。排长跺脚声越来越响,跟着排长的那个兵,因为一直没吱声,孟吉祥不知道他是谁。他那个兵不是在跺脚,是在小跑。跑几步,就停下来,嘴里咝咝地吸着冷气。他咝咝的吸气声,传递给孟吉祥,孟吉祥感到天越发地冷,那些枯草干硬冰凉,孟吉祥待不下去了,想逃,轻轻拨开压在头顶的枯草,可能动作太大,他听见排长喊了一声:"谁?"就往这边冲。但没走几步,他又停下来,自言自语:"这风可真够大的。"

排长带着那个兵,向远处去了。

孟吉祥动作慢下来,轻下来。他控制着自己的呼吸。好长时间,他才从枯草里钻出来。外面更冷,风似乎一下子扒掉了他的棉衣棉裤,让他感到自己浑身赤裸。他一刻也不能停,他认为自己必须走,快点走。他怕排长发现。好在他在新兵连时学过战术,学过匍匐前进。他就那么趴在地上,左手撑,右腿蹬;右手撑,左腿蹬,一点点往前去。也不知过了多长时间,手已麻木,完全失去知觉。他悄悄地回头看,早没了排长那黑树桩般的影子。他爬起来,树大招风。他感觉风扯着他的衣襟,肥大的棉袄空荡荡。风在他的胳膊上,腿肚子上,刮出呜呜的声音,如同吹着一根孤零零的电线杆子。孟吉祥心里发怵,他立定。

孟吉祥又想到了爷爷。爷爷老花眼,看别的都是模糊一团,唯有孙子,他看得真切,目光追光灯一样粘在孙子身上。孟吉祥在家,没累着饿着冻着。他想爷爷,爷爷也一定想他。他要回到爷爷身边去。

一种声音传进孟吉祥的耳朵,孟吉祥心生恐惧。他立定,仔细听,是自己的肚子在叫,咕咕,咕咕,如鸽哨,一阵折腾,饿了。冷风灌进肚里,胃直往上返酸水。孟吉祥往前走,隐隐约约,他看见前面有盏灯。有灯就有人家,有人家,就可能讨口饭吃。他眼前幻觉出一间热气翻腾的屋子。走,朝向那盏灯!

走着走着,竟看不见那盏灯。灯灭了,孟吉祥不敢前行。他想起家乡坟地里的鬼火,冷汗从额头渗出,像是有无数根冰凉的针,扎得他的头皮发紧,发麻。他狠狠地抽了自己两个耳光,他感觉到了疼,知道他还活着,真实地活着,不是梦境,不是在阴曹地府。走吧,朝向那盏灯。灯没了,凭感觉走。不是有首歌,叫跟着感觉走吗?自己逃出来,其实就是那一瞬间的念头,一瞬间的感觉。

孟吉祥往前走,有一脚踏空了。他滚下了坡地,等他站起来,刚迈开腿，又摔倒了。地很滑，他伏下身，用手摸了摸，全是冰。他知道，他跑进了湖里。这条湖，白天他在望远镜里看见过，离得挺远的，不经意间，竟然离开掩体这么远。他听见了冰裂的声响，像夏日干旱天遥远的雷声。他停下来，不敢前行，怕掉进冰窟窿里。他爬到坡上，想绕着走，他没有立刻迈动步子，他在寻找线路。他希望眼前出现光，哪怕是一丝微弱的光。仅凭感觉，似乎已经不行了。他甚至觉得自己已经没有感觉。四野静，可怕的静。寂静中，风抽打电线杆的声音再次传来，呜呜呜，带着愤怒，像狗吠，像狼嚎，或许真的就夹杂着狼嚎狗吠。

孟吉祥看见了光，在黑地里，绿幽幽的，像夜明珠闪烁。难道这次出逃，就是为了寻这块宝贝？不，它是动的，天哪，是狼眼！但那光闪动得并不厉害，或许狼并没发现他。也可能发现了，正与他对视着。他屏住呼吸，夹紧裆，双手护着腹下，唯恐身上凸起的部位，让狼一口咬掉。他一动不动地站着，许久，那绿幽幽的光远去了。孟吉祥感动得朝着狼的背影鞠了一躬。

饿，前胸贴上了后背。孟吉祥再次想到了爷爷。爷爷是最疼他的人。他一饿就想到爷爷。肉丝面、鸡蛋饼、炸糍粑……炖排骨，爷爷总是变戏法似的弄给他吃。他想着爷爷，眼睛湿了，他朝他想象中的家的方向，狂奔。但几步之后，他停了下来。他突然想到，爷爷疼他，爱他，但绝不欢迎他用这种方式回去看他。想着爷爷对他的好，想着爸妈伤了爷爷的心，自己是爷爷唯一的支撑，他不能再让爷爷受伤。他伫立在草地上，冷风一绺一绺的，像片片柳叶刀，剐着他的肌肤，裸露的和没裸露的。他想起穿上军装后，爷爷送他的情形。爷爷哭了，又笑了。年少的他知道爷爷为什么笑，爷爷高兴，因为他当兵了，有出息了。他也清楚爷爷为什么会落泪，爷爷舍不得他。当然，爷爷的眼泪，还包含着伤感的成分——想到了吉祥的爸妈。孟吉祥当兵了，他们都没有回来。"他们咋不回来呢？浪子回头金不换！他们的心怕是石头做的。"孟吉祥听见爷爷当时小声地自言自语，心中一阵剧痛。

又来了阵风，一阵更猛烈的风，像一阵巨浪，孟吉祥差点被打倒。他努力使自己站稳，但那双脚已被冻得有些麻木，不太听使唤了。他虽然是一个新兵，但班长向他们传授过防伤冻的知识，知道这样意味着什么。"浪子回头金不换。"爷爷突然乘一朵云，出现在他面前，声音那么清晰。爷爷说完，就随风而去了。孟吉祥立在风中，风似乎一下子不那么冷了，或者说，寒冷的深处，有一丝暖意。这一丝暖意，给他一股力量。是的，开弓没有回头箭，既然穿上军装，怎么能当逃兵？当兵了，就是一个男子汉。怎么就能当逃兵？

漆漆的夜，像无边无际的大海，那风，一阵紧似一阵，海涛一样咆哮着。黑暗中，草原尽头的那些树，在风中摇晃着，像人群。他明知是树，可他感觉他们就是一个个披着粗衣黑纱的阎罗殿里的喽啰。

他想撤，想回到掩体边，那里一定新派了哨兵。或者，干脆回驻地，他们找不到他后，一定都回去了。

可是，这夜的大海，何处是岸，自己该往哪里走？孟吉祥再次摸了摸口袋，确认自己身上没有指北针。他凭感觉，判断出一个方向，快步行进。几次滑倒之后，他意识到他踏上了一片冰面，是湖，白天他在望镜里看到过。他心里一紧，脚发软，停下来。

有一声裂冰的巨响，像干旱天的雷声，沉闷而遥远，其实，就在脚下。他的脚感到冰的裂纹电流一样传来。他听见脚底下暗流涌动。他吓得慢慢地蹲下，继而趴地冰面上。他知道怎么增大受力面积，减小压强，以保证他不把冰压破，不掉进冰窟窿里。

孟吉祥很快感到，这不是个办法，冷气直往身上钻，而他身上那仅有的一点热气，慢慢将冰融化，他已经感到湿滑的水在光溜溜的冰面上爬行。他想爬起来，可是，他不敢动，他一动，脚下就会响起冰裂声。

茫茫夜海，何处是岸？他哭了，哭出声来，像野狼嚎。

孟吉祥看见了灯。微弱的，接着就明亮了，闪动着。是光柱子，一道，两道，三道……光柱子刺得他睁不开眼。他听见有人喊了句："孟吉祥……是你吗？"他犹豫了一下，应答了，但是，他的嗓子被涌上来的一股酸涩堵住，他没能喊出来。但他听见了他们的嘈杂声。他们的脚步声像乱马蹄，沿着他响过来。

"孟吉祥……"

声音沿着手电光传来,是班长丁月朗。"班长,你还活着?班长!"孟吉祥张嘴,声音终于冲破喉管里的酸涩,冲出来,带着哭音。班长朝他吼道:"不许哭,下年的新兵马上来了,就要成老兵了,还哭?"然而,班长丁月朗的声音,却是湿润而黏稠。班长哭了。

有人冲过来。孟吉祥弓起身,正要站起来,丁月朗喝住他,说:"别站着,趴下,爬过来。"他知道班长的用意,站起来,受力面积小,容易造成冰裂。丁月朗将手中的背包绳往前一甩,孟吉祥死死抓住,将它系在腰间,尔后,他在冰面上匍匐前行。一米、两米、三米……两只手,孟吉祥和班长的手,紧紧握在了一起。班长用力翻动手臂,借助惯性的力量,他站了起来。班长笑了。他羞于面对这种笑容,迅猛地低下头去,不让班长看见他的泪。他真想扇自己一个耳光,为自己没有勇敢地留下来,那样,或许班长就不会留下这么多伤痕。

丁月朗伸出一只手,托起他的下巴。他明白班长的意思,班长的每一个动作他都明白,这是让他挺胸抬头。班长这轻轻地一托,似乎触动了他的泪腺,眼泪再次涌出,比刚才更加汹涌,但却是喜悦的泪水,因为,班长还活着。

丁月郎向孟吉祥讲述着自己的逃生经历。在黑暗里,他的手舞动着,似乎还有些得意。丁月郎说:"我听到你喊我了,我也喊你,可喊不出来。我胸闷,就像在一个噩梦里,我意识到是洞里缺氧,我努力地让自己清醒。我知道,这样的条件下,我最多能撑一个小时。我尽最后的力气和意识,耗子打洞似的一点点往外爬。我做到了,只用了四十多分钟,我爬出来了。但我茫然四顾,不知道你跑向哪里。这时候,我遇到了巡逻兵,他们说,远远地看见有人往南,他们以为是牧民。向南,是你家的方向,但我知道你不是逃兵,你是跑向连队驻地求援,只是跑错了方向!"

孟吉祥的心里,涌起一股热热的东西,直奔眼窝。"班长!"他带着哭音喊。丁月郎应一声。他向孟吉祥身边靠了靠。孟吉祥感觉到了他的喘息，带着一股粗粝的温暖。丁月郎的一只手伸过来，搂着孟吉祥的腰。孟吉祥学着班长的样子，将自己的一只手伸过去，搁在班长的腰间。他感到班长腰板坚硬，阔大，像脚下这厚实的湖坝，向陆地远处延伸。他们搀扶着，两人都累了，没有一丝力气，都像被抽了筋。他们就这么搀扶着，一个人是另一个人往前走的信心和勇气。

　　快到驻地的时候，班长甩开孟吉祥，尽管他知道他很累，需要挽扶。他说："回头路，你自己走！"

　　远处的地平线上，有一抹红光冒出来。那抹红光慢慢地变得粗壮、明亮，照耀着两个男人。两个男人一前一后，离得并不远，一个一脸泪水，一个满脸伤痕。班长伤痕累累的脸上，是孟吉祥永世难忘的那种坚韧的笑。

雪花白雪花飘

人们想把一切都保存下来——不论是玫瑰，还是白雪。

——赫尔岑

1

雪花白，雪花飘。

冬晴坐在窗前的睡椅上，望着窗外纷飞的雪花。天地纯白，雪落无声，一片静。若不是春雪的呼吸，她以为满世界只有自己。春雪轻缓均匀的呼吸，像鱼钻出水面吞吃氧气，喳喋有声。春雪的脸，因了热烘烘的空气而微红，像深秋挂在树上的一只苹果。

火盆里的炭火红得透明。

雪花白，雪花飘。士官刘百乐就是在这样的雪天，出现在她的视野里。那时，窗外白茫茫无一杂色，苍绿的青松，碧翠的竹林，都披上了白袍，一个童话世界。突然，一个绿色的身影闯入这白色的世界，出现在石拱桥上，她吓了一跳，以为是古代某个勇士的魅影现形。毕竟，这是一座千年古桥，史书记载，桥上发生过数次血战。桥离她的房屋并不远，她看清了，是一个年轻人，腰身笔挺，一身戎装，军帽帽徽在雪地里闪动着亮光，仿佛太阳的一缕光芒。冬晴眼前一亮，心里多出一片晴空，脑子里那个魅影现形的奇怪念头随之远遁，骤然在雪的深处，感受到一丝暖意。

他不是路过，而是站立，很久了，像一个看风景的人。

竹林湾，谁会在雪天看风景呢？雪有什么好看的，每年都有，只不过有的年头大一些，有的年头像一层薄霜。

早到饭时了，而炊烟还未升起。当娘的催促她去弄菜。冬晴提了个筐，朝着河对岸的菜园子走。竹林湾穷是穷，地里一年四季有青菜，冬天的水萝卜又甜又水灵，白菜能嘎嘣一声掐出小雨似的水雾。

积雪很洁净，石拱桥，像铺了一层白色的绒布，除了他的脚印，没有一丝爪痕。拱桥两旁排列的石兽，也都是白色的，臃肿，像一只只盘坐的北极熊。而他，像一尊兵俑，不用手触摸，就能感知他的结实坚硬。

近了，两人的目光相碰，就各转过脸去。她向西，走向菜园。他朝着北方，看着小河淌水。小河其实并不小，只不过冬日水瘦，春潮未到，它还没来得及壮实。

冬晴摘了青菜叶，在河水里洗净，回到桥上。他还在，远眺河水，或凝视桥上的石兽，好像他是考古学家，抑或是诗人。

冬晴与他擦肩而过的瞬间，下意识地回过头看他，而他，竟然也转过脸来看她。她的目光被他捕捉到了，这太丢人了。在竹林湾，有一句老话，"淑女看人看一眼，痴女看人不转弯"，她脸倏地发烫，急忙回过头来。她感到身后凉凉的空气里，有一股细微的热浪，那是他热烈的目光，是他身上散发出来的青春气息。

世界是宁静的，除了桥下的轻波拍岸，什么声音也没有，这让她越发地尴尬。只那回头一眼，她看清了他的眼睛，像春天风中的树叶在风中忽闪着，盎然一片生机。一张年轻阳刚的脸，透过那古铜色的光泽，能窥见他少年时的眉清目秀。

偷看他的目光被他捕捉到了，这太难为情。山村的女孩子，脸皮薄，受不得欺负，受不了伤害。是他让她尴尬的，他好像是专门站到这桥上，来看她的笑话。她嗔怒道："你的蹄子，踩脏了这么干净的雪。"

没有回音，看来是一个老实人，她后悔了，歉意地笑道："你咋不走？"

"你不是怕我踩脏了雪吗？我怎么走？我又没翅膀。"他笑着回击她，看来，他也不是省油的灯，一个很犟的人。她几乎是喊叫着："莫非你夜里也不走！"

"我夜里也不走！"他说。

她不理他，其实是斗不过他，拿他没办法。她回了屋，也不切菜，也不烧火，把这一切交给母亲。她坐在窗前那个睡椅上，朝着窗外看。天不是太冷，玻璃上没有冰花，可她还是嫌看不太清，她就打开那扇窗。她看见他还站在桥上，她就一直盯着他，隐约害怕他突然消失，可他还是消失了。怨当娘的，炒菜的时候，让她添把火。等她回来时，他突然没了。她的心一下就像落了火的灶膛，空荡荡的。

她盯着桥看，希望他出现。然而没有，出现的是另一个人，喜柱，一个山里货。你有什么资格站在桥上看风景？你只能走在桥上，桥是你的交通过道，不是你欣赏风景的地方。你能跟他比，人家是当兵的，好像还很有文化。人家站在桥上，是一道风景，你站在桥上，就等同于那几个石兽。

雪是有香味的，清冽自然，沁入脾肺，心洗过一般。雪从窗外飘进来，她抚了一把头上的雪花，把手伸到胸前，有一片雪花飘落在她的掌心。她想，雪是有缘分的，要不，千千万万的雪片，为啥偏只它落在我的掌心？这小精灵，它就是奔我而来的。

2

冬晴早就起床了，却没有出去烧洗脸水，她怕惊扰西屋的爹娘，倒是他们的咳嗽，惊醒了她，漫长的，一声接一声，压抑，却到底不可抑制地爆发。上岁数了，觉少，早醒了，但因为春雪，他们不早起，怕吵醒了孩子，更怕惊扰了冬晴。他们懂女儿，自从土官刘百乐离世，很多的时候，女儿是生活在梦里。那梦又轻又薄，一根针跌落，都会将它刺破。他们就这么呵护着她的梦，梦里，有春雪，也有百乐。

那天,那个当兵的在石拱桥突然消失,冬晴惆怅了一个白天和夜晚。他走了,却像一张照片,留在她脑子里。那是一张五官端正、轮廓分明的脸,前额宽,眼睛略为深陷。

第二天黄昏逼近,有人来提亲。竹林湾的女孩脸皮薄,急忙躲到自己的闺房去了。人是进去了,心却在外面,耳朵也在外面。他们说的话,他都听着呢。媒婆子说,他叫刘百乐,是个孤儿,苦是苦,但都过去了。现在好了,在东北当兵,是士官,挣工资了。还当班长,有前途。

冬晴的心擂鼓似的怦怦直响,不便言说的幸福,从内心向外漫延。雪花像筛过的新鲜面粉,被一只无形的大手,在竹林湾的上空播撒。

当妈的进到里屋,问她:"你啥意见?"她红着脸不言语。当娘的知道,她欢喜,就回了话。媒婆子走了,走前丢下话,明天头午,他就来认门。

黄昏不肯离去,夜迟迟不来,冬晴出了屋,走上拱桥,装作寻找丢失的东西,在桥栏处,拃开手指,把他那还没被别人踩破的脚印量下。好大的一双脚啊,人说"脚大走四方",难怪他千里迢迢,去东北当兵。

回了屋,冬晴轻轻关上门,开始绞鞋样。当娘的猜出她的心思,不说破,依然在厨房里忙活。当爹的,不问女儿的事,独坐八仙桌前,燃一支烟,喝酽酽的茶。

夜里,冬晴开始做底,密密地穿针,缓慢地纳线,线扯动的响声,琴弦般悦耳,将漫长的夜,拽入黎明。

头午,百乐来了,拎了四盒礼。他坐了一刻钟,喝了半杯茶,之后,他走了。冬晴陷入相思,像石桥河的水,绵延不断,又像她手中的线,越纳越短,又越扯越长。

阳历新年,是百乐人生最美妙的日子,他从部队回来探亲,他们比较正式的谋面。他是孤儿,冬晴的娘说:"锅凉灶冷的,住过来吧,你同冬晴爹住一屋,我同冬晴住。"刘百乐讲规矩,不过来。他清晨过来干活，晚上回他的寒舍，像个长工。竹林湾的人都夸他，一个女婿半个儿，这儿好哇！

终于找到一次单独说话的机会，他说："我是孤儿，穷。"她说："我家也不富。"他说："你一张好脸蛋，跟桃花似的，不愁嫁到城里去。"她说："城里有啥好？城市有这样的河吗，城里有这样的桥吗？城里的水都是红的？"他顺着她的手指头看，果然满眼是画。

3

窗台上，不知什么时候，有一小片艳丽的红，是一朵玫瑰，喜柱放上去的。她没亲眼见，却能肯定是他。玫瑰像一团燃烧着的火，多冷的世界，会增添一丝温暖，多硬的铁石心肠，会觉得心里一热。

喜柱是下河湾的一个青年，二十多岁，管冬晴叫嫂子。刘百乐死后，他来冬晴家最勤，冬晴却常躲着他。

"过花嫂"，没有任何人在冬晴耳旁提这三个字，整个竹林湾的人，都小心翼翼地呵护着她，避免她被伤害，但是，这三个字，像三个调皮的小蠓子，时常会飞出来，在她身边飞舞，看不见，却嗡嗡有声。这个三字，看似挺有诗意，实际上囊括了一个年轻女人的屈辱、辛酸、苦痛。"过花嫂"，过了花期的嫂子，在竹林湾，专指那些被男人抛弃的或者是死了男人的女人——过了花期。

冬晴连过花嫂都算不上。没有过花嫂的名声，却像过花嫂一样，年纪轻轻的，在别人眼里，花期已过，凋零了。自己剩下的，除了春雪，还有河水里倒映的那张泪脸。

回想那时候，是多么的幸福啊。那时候，他们的关系已公开，百乐就跟在她身后，走向石拱桥，走向井，走向竹林，走向石桥河。她能在清爽的空气里，闻见一丝汗酸味，那是他身上的味道，那是一个让人心魂颠倒的男人的味道。那是他与她单独在一起的第一个晚上，也是最后一个晚上。二十多天的休假，他白天在她家，晚上回去。当娘的喜欢这个女婿，一天傍晚，催促他说："下次回来，也不知能待几天，有的事，这次该办的，就先办了。我看明天上午，你们去把证领了，腊月再回来办宴席，请乡亲们喝喜酒。"刘百乐说："成，我就回，明天一早过来。"当娘的说："跑去跑来的干什么，田埂路，黑天又不好走，今晚就住下吧。"当爹的顺势留他："陪我喝一盅！"

夜往深里走，当娘的，不知出于什么原因，住到媒婆家里去了。当爹的，可能觉得同这么一个大小伙子挤一张床，总是不自在，也出了屋。他对百乐和冬晴说："你们待着，我到麻三伯那儿去唠一唠。麻三伯是村子里的老光棍，一个人住着两间屋，宽敞。"

刘百乐在未来岳丈的床上，烙饼似的翻动着身子，屋子里静下来，两个人的空间，气氛有些紧张，也有一丝愉悦，一种叫作幸福的感觉，在空气里微微荡漾。

被失眠折磨一阵子后，还是睡不着，他就抱了被褥，睡到冬晴房间的睡椅上。这间屋子，被一堵墙隔成两半，上屋是冬晴的卧房，下屋有一只睡椅，算是冬晴会女伴们的小客房。睡椅是祖上留下来的，纯木，老胳膊老腿，却很结实。睡椅折叠起来，是一张靠背椅，打开，就是一张单人床。

冬晴听见动静，知道是他，并未从里屋走出来。她说："睡不着吗？那你就躺在那里吧，咱们说说话。"

这句话好温暖。可刘百乐在睡椅上，还是睡不实，他就进到她的里屋，坐在她的床上。她没吱声，他去掀她的被，想钻进去，把她吓一跳。她推开了他。他说："反正明天就去领证。"她说："还没过客呢。过客了，亲戚们喝喜酒了，才算结婚！何况，证要等到明天才领。"

他退回到睡椅上，看窗外，月光洒遍竹林湾，整个乡村，像泼了一层牛奶。

他躺下，却依然像烙饼。冬晴听见睡椅上他的动静，突然很可怜他。他从小就成了孤儿，吃百家饭，才叫百乐。村子里凑钱让他上学，后来把他送去当兵，给了他一条出路。她心里酸酸的，说："你来吧。"他不来，他说："忍一忍，天就亮了。"她说："你想过来就过来吧。"他说："不，你睡吧。她再叫，他还是不过去。"她说：

"你生气了?"他说:"没有。"

屋子里响起趿鞋声,接着,他的被子被掀开。"我一个人睡着冷。"她说。声音颤抖得厉害。一个火球一样的身体……

第二天,他醒来的时候,她已起床,对着镜子梳头。她梳头的样子很美,头发也很美。头发在梳子的作用下,一次次展开、合上,成一个个好看的流动的扇形。

他起床。老人已给他们做好了饭菜。他洗漱,吃饭。他有一丝羞愧,不敢看两位老人,是两位老人主动给他吱声。他拿起水桶,到井边给他们挑水,把水缸洗了一遍又一遍,让水缸里清水满盈。

吃过早饭,他领着她往镇上去。他想,领完结婚证,再给她买几件衣服,红色的,喜庆一点的。他问她还要啥。她想了想,说希望他像镇上的年轻人一样,送她一枝花,玫瑰花。他为她有这个大胆的想法感到高兴。他想,绝不是一枝,而是一束,几十朵。

两人刚踏出门,邮局的来了,是加急电报,百乐他们机务站站长发来的。站长说,他们那里气温要变,将有大暴雪。人少,怕出现通信故障,让他赶紧归队。刘百乐是老兵,是骨干,老爷岭班组所负责几万米长的线路,这种恶劣天气,没有他,老爷岭班组很难胜任。

军令如山,刘百乐立刻收拾行装。她没有阻拦,在一旁默无声息地帮他。他懂部队,也懂自己的男人(她在心里这么称呼)。他说:"我先回部队,暴风雪过去,任务完成就回来,回来我们就去领证,结婚,请乡亲喝喜酒,管他冬月腊月,一回来就办。"冬晴停下手中的活,低着头,不吱声,但分明是默允了。只是当娘的,倚在门口,说:"再待一天,明日再走吧。"刘百乐说:"不行,要是赶上暴雪,就进不了山。婶子你放心,完成任务我早点回来。"

喜柱来送他。喜柱有三轮车,在他们下河湾开了个代销店,常到镇子上去进货,顺便捎带客人,客人给点油钱,他就接了,不给也不要,顺便的事。

冬晴没有坐车去送,竹林湾的姑娘含蓄、内向。她爱得海一样的深,却不说出来;她的牵挂远过千里,送行也不过十步。她就站在门口那株老槐树下,目送着百乐。他慢慢地走向喜柱的三轮车。她凝望着他的背影。他一直往前走,头也没回,也没有朝他挥手。她知道,军人是坦率直白的,但在情感方向,也很含蓄,害羞。她能感知他内心的慌乱,伤感,但同时,因为离别而产生的那份藕丝一样细密的牵挂,让他觉得幸福,如同她此刻的内心。他的背影似乎有些模糊,因为她的眼里噙着泪。

走了几步,他突然跳下车,招手让冬晴过来。离别时,冬晴本不想这么缠绵,怕湾子里的人看了笑话,但她见他那么着急,就快步走过去。刘百乐说:"你看,这雪下的,一点也不冷,像下面粉似的,真美。"她顺着他的手指头,看见石桥河上细雪飘洒,雾气升腾,像是仙境。她说:"是的,很美。"他说:"风景真美。以后,我们的日子,也会很美。以后,我们有儿子,就叫春野,春天的野外。"他又说:"当然,也许是个女儿,要是个女儿,那就叫春雪。春天的雪花,美丽,却不寒冷。"

她心里乐了一下,觉得他说话像作诗似的,到底是当兵的人,在部队长了本事。

冬晴始终没让离别的眼泪流出来,她认为那样不吉利,但刘百乐从她的眼神里,感受到了被人牵挂的滋味,是如此甜蜜。已经逝去了的昨夜,浓缩了他一辈子的幸福。

4

刘百乐走了。冬晴心不在焉,有时需要一枚顶针,却抓起一把剪刀;有时去挑水,却半天不将水桶放下,而是立在井边寻找刘百乐的脚印,在风里嗅他身上留下来的汗酸味。待她发觉自己走了神,便羞红了脸,急匆匆地干着自己该干的事。这一切,当娘的看在眼里。娘是从年轻时过来的,懂,但娘不说出来,只在暗里提醒她,比如一声咳嗽,或加了力量的脚步声。她本不想打破女儿这幸福的回味与思盼,墙头上有眼,只怕邻居笑话。

刘百乐在电报里说,他已安全到达。她捧着他的电报,像捧着他的脸庞，温热，滑润，轻微地颤抖着，那是他有力的呼吸在震颤。那张电报纸上，似乎还带着他的气息，一股潮润的汗酸味。整个上午，她就没出去干活，捧着这份电报，就像依偎在他的身旁。可是，下午，这份温馨和浪漫，这份隐秘的幸福，被另一封加急电报终止。这封电报，像一把刀挥砍过来，这些美好的东西，随即七零八落。

电报说，刘百乐严重冻伤，希望去一名家属。严格地说，冬晴算不上他的家属，毕竟还没办手续。当爹的站出来，说我去吧。当爹的，是从另一个角度考虑的。他说百乐从小没了爹娘，可这孩子本分，自从认识他，就觉得亲，就当自个的儿子看待。

冬晴偏要去。当娘的多了个心眼。当娘的想，万一呢？万一百乐有个三长两短，她冬晴就没有退路了。她阻拦冬晴，她说："让你爹去吧，你一个女孩子，出门不方便。"

冬晴没有吱声，抬眼望天。太阳挂在天空，像一个惨白的灯笼，天空苍茫而阴沉。这不是一个好的征兆。这些并不明亮的光线，像无数锈蚀的剑，带给她刺人不见血的隐痛。这内心的隐痛，反倒增强了她去看他的决心。万一他有个三长两短，她可以见他最后一面。她不想这么想，她不想她的猜想是真的，可是，由不得自己，她的思绪总是往那边飘。娘说得对，万一呢？如果是轻微的冻伤，部队怎么会发加急电报？

冬晴拎一只包，里面是她给他纳的鞋，有棉鞋、布鞋。也有鞋垫。他说部队发鞋，不让她做，累。她说，手工做的鞋养脚，晚上跋着舒坦。纳了几双鞋，她就改纳鞋垫，一色的鸳鸯戏水。不穿针引线，怎么打发漫长的冬夜？

喜柱的三轮车，把她送到镇子上，她再从镇子上坐车到县城，在县城坐车到武汉转火车，到沈阳，再转火车，到吉林，再坐公交车。一路的奔波，从来没想到歇息下来。一路是对他的各种猜测，心急如焚。

她赶到老爷岭有线班小组时，已是第三天头上。天晴了，风息了，雪花停止了飘扬，大地真美。她从没见过这么大的雪，这么美丽的一片，简直就是一个白色的梦幻世界。

她看见他静静地躺地那里,脸上带着微笑。但她感受到的,是他身上散发出来的,冰凉的气息,她渴望的那种令他心醉的潮润的汗酸味荡然无存。她双腿一软,几乎歪倒在地。她后来听人说,冻死的人,脸上都是笑着的。

百乐去执行任务,遇到了暴风雪,与战友失去联系。他力气耗尽,他只要爬上二百多米高的坡地,再爬到坡地上几米高的电线杆上,把电话线剥开一个口子,把电话接通,就可以通报自己的具体位置,然而,他冻僵了,他精疲力竭,那么平常的一段距离,那么矮的高度,他没能跨越。

东北冷,百乐的战友把一件军大衣披在她身上,她一甩肩抖下来。她就那么冻着,她渴望自己冻死,同他躺在一起,同他一起葬身火海,化成一缕烟,一捧灰,之后,下葬,或将骨灰撒在石桥河里。

她默默地为他穿上她为他纳的棉鞋,剩下的鞋,连同那些鞋垫,她找个角落,都烧给了他。

刘百乐被追授为烈士。部队给她抚恤金,她拒绝领取。她说刘百乐喜欢静,就让他静静地待在那边吧。寂静是他的沉默。另外,她要带走他的骨灰。

一路上,她抱着那个装着刘百乐骨灰的黑色匣子,它用红布包裹了好几层,再装进她的包里,她怕吓着人家。她盯着那个包,有时,把拉链拉出一个小缝,把手伸进去,抚摸那个冰冷的黑匣子,好几次,忍不住落泪。车上的人问她,你怎么了,你不舒服?她说没事。没事还流泪,人家就不再问,知道她伤心了。伤心的人,得让他静静地一个人待一会儿。

冬晴回到竹林湾。湾子里的人,从她的眼神里知道了答案。他们不问她,怕触及她的痛处。她也不说,把他的骨灰盒放在她的床头,像别的姑娘珍藏她的妆奁一样。

当娘的,一夜时间,头发全白了。阳光照在她的白发上,像飘落了满头的雪。而她,一到黑夜,就感到整个竹林湾是空旷的,被无边无际的苍穹笼罩着。她觉得心里空,慌乱,想哭,却没有泪。现在,有春雪在身边,她心里充实了,整个屋里,充塞着甜美的呼吸,有了春雪，似乎他也就在身边，也在酣睡。

黄昏来临，雪地宁静，没有鸟儿在低空飞过的痕迹，但鸟儿的确飞过，带走了一天又一天的光阴，刘百乐"五七"来临。那个黑夜，她抱着他，走到石拱桥上，把他撒在河水里，这样，无论白天和夜晚，她只要站在桥上，她就能会与他相会。

雪花就这么下着。雪花白，雪花飘，雪花的前身就是云朵，雪花最后，也会变成云朵。他也会成为一朵云吗？她就在纷飞的雪花里，撒着他的骨灰。他希望他的骨灰，同雪一起，化成云朵，在头顶飘荡。

她故意放慢脚步，踏在只有她才能感觉到的他的脚印里。她撒完他的骨灰，在桥头站了很久，凝望着河面。湾子里的灯光照过来，河里的倒影，像迷宫一样朦胧。她知道，他就歇息在那里，那里就是他的家。他是喜欢那里的。他从下河湾到这里来，看河，说明他喜欢。竹林湾的夜很静，寂静中，河水的流淌声越发的清脆。

她回到门前时，娘倚在门上。堂屋的灯光，把她的身影拉得又细又长。她走进娘的影子里，心里一阵酸涩。她真恨不得扑到娘的怀里，痛哭一场，像村里那些已婚的女人那样，一边哭泣，一边诉说自己的苦痛，但是，她是一个大姑娘，她不能这样。

娘一句话也没说，也没问。其实，娘心里什么都明白。女儿的苦，连着她的心。女儿需要安慰，她就出现在她身旁；女儿需要独处，需要一个人静静地思念刘百乐，她就悄然走开。她就这么不远不近地陪伴在女儿身边，但绝不是一个旁观者。

5

年过了，春天来了，冬晴感觉自己有了身孕。当然，是百乐的孩子。可是，百乐走了，怎么办？没有男人，却有孩子，这样的事，在竹林湾还没有过。竹林湾讲民风，守族规，这样的事，在旧社会，是要被沉河的，现在虽是新时代，但遗风还在，要被人戳脊梁骨。唾沫淹死人。

　　知女莫若娘。娘说："把娃生下来。怀上了，就是性命，咱们不能害性命。"当爹的，自然从娘嘴里获知一切，他从来就是沉默。在竹林湾，女儿的事，都是当娘的过问。但这次，他发话了，不过，没有当着冬晴的面。他对冬晴娘说："这事给竹林湾丢了人，也毁了烈士的名声，毕竟两人没有扯证，没有过客。让冬晴住到山里她姑家去吧，等孩子出生了，就说是捡来的。"冬晴不去。当娘的就说："不去就不去，纸是包不住火的。"当爹的又说："要不咱们搬到北边的观音寨脚下去，到那里劈两块地，盖两间茅棚，一家人在那里过日子。那样，我们一家人，就与竹林湾脱离了干系。"无奈冬晴倔强，说她就想住在竹林湾，守着石拱桥。当娘的说："只是苦了我的晴儿。"冬晴说："娘，我好歹留下了念想。人有了念想，就不苦。"当娘的，就对当爹的说："百乐是好人，是干工作死的，又不是犯王法挨了枪子。留下百乐的孩子，是善事，竹林湾的人，通情理。"当爹的说："冬晴往后难找人哩。"当爹的明里是大老粗，心却更细，考虑到了未来。当娘的说："我养，不拖累冬晴。到时候，把女儿嫁得远远的，有不嫌弃的，把女婿招进来也行。"

　　当娘的，永远是女儿最大的支撑。冬晴把一张泪脸朝向娘："有娘的话，我哪儿也不去，我伺候你们一辈子。"娘说："别说以后，先把娃生下来，养得欢蹦乱跳的！"

　　以前，喜柱的小卖店，是开在他家里的。周围一带的人，买盐，买针头线脑，就打发一个小孩子，到他家去买。小孩子上学去了，老人就蹒跚着脚步，缓慢地行走在河套边的土路上。现在，喜柱不让老人小孩跑路了，他自己开着他的敞篷三轮车，穿街走巷。他就是一个乡村的货郎，只不过不是挑着担子，而是开着小车。

　　喜柱常来竹林湾。他把车停在冬晴家门前，帮她家干活。挑水、劈柴、担土粪。冬晴心里总是不自在，这是儿子或女婿的活，冬晴不让他干。他说："刘百乐是我的同学，是我的朋友，是我开着三轮车把他送走的，我应该帮他。"冬晴拦不住，又怕人说三道四，就躲在自己的闺房里不出来。喜柱边干活边拿眼瞄那扇窗，把她家的重活干完，拍拍身上的尘土就走。隔一天不来，两天头上，肯定又来了。

初夏，太阳热热地照耀着。

那天，冬晴到园子里摘菜回来，发现她的睡椅，被当爹的搬到门前的大槐树下。她扔了菜篮子，快步走上前去。折叠了睡椅，抄起来就往屋里搬。睡椅实沉，她咬了牙，勉强将睡椅拖动，一小步一小步往屋里挪，当爹的伸过手去帮她，她气忾忾地扭身让开了。当爹的从来没见她生过这么大的气，惊讶地望着她，沉下脸去，好像很难过，好像很快明白，他挪腾那个睡椅，触及了女儿的痛处，犯下了很大的错。他低着头，缩着脖颈，到另一块荫凉的地方去歇息去了。

几天后，喜柱从镇上，给老人搬来一只竹睡椅，放到槐树荫下。冬晴屋里那只实木睡椅，就再也没有挪动过。

冬晴越来越显怀。当娘的拿出新的，颜色鲜艳的布片，给孩子缝起小衣服来。她把孩子出生前的准备，做得那么细致，坚决，从容。冬晴感受到一股强大的力量。

这天上午，喜柱的目光，在冬晴的腹部多了看了一眼，之后，他匆匆地走了，不但离开了冬晴家，连竹林湾都没有停留。冬晴本没答应他，但他这一走，让她很失望，接着对他生出鄙夷。当娘的，竟然躲到灶屋里，落了一番泪。她原本是作喜柱的指望的。

没想到，第二天，喜柱踏着月色回来了，他将一大包东西，塞到冬晴娘的手里，红糖、银耳、桂圆、莲子。这令冬晴和当娘的感到意外，误解人家了！当娘的当场就涌出泪来。

冬晴临产，喜柱陪着她去的医院。是个女儿，冬晴记得百乐的话，给孩子取名春雪。

夜里，冬晴喜欢灭了灯，点一根蜡烛。烛光摇曳中，百乐会出现在她的窗前，有时，干脆坐上那张睡椅，朝着她笑，还伸出手去，抚摸春雪的小脸蛋。春雪好像感觉到了，哑巴哑巴嘴，笑。

满屋子温暖如春。

6

冬晴不让喜柱上她家,说他的三轮车,像连环屁似的哒哒哒,春雪刚睡着,就被吵醒了,喜柱就不开车,把竹林湾消失了好几年的货郎担挑起来,宁静的乡村,响起咯吱咯吱的扁担声。不用摇鼓,不用唤卖,春雪听见那歌一样的扁担声,就会在摇篮里挣扎,伸出胖乎乎的小手。每次,喜柱都会送她一根棒棒糖。春雪看着他亲,咧着嘴笑。

除了糖,喜柱捎来盐、洗衣粉、瓜子、花生。货架上挂着梳子、发卡、哨子等小物件,他担起一个小百货。担子一起一落,上面的物件就一阵一阵的脆响,像风铃。春雪大些了,知道伸出小手去够。每次,她够着什么,喜柱就摘下来,递给她,绝不要一分钱。冬晴给钱,喜柱说:"外道了,外道了。"当外婆的给钱,喜柱说:"没几个钱,不差这点钱。"以后再来,冬晴就不让春雪前去,可春雪听到那风铃一样的响声,在摇篮里躺不住,在她怀里也抱不住。就是哭,一见五彩的货车,便破涕为笑。冬晴对喜柱说:"你以后少来这儿吧,孩子哭哩。"喜柱说:"没有哇,她不是在笑么,笑得多开心!"

这都是小事,喜柱给这个没有壮年劳动力的家的贡献,在田间地头。欠着人情,当娘的,就强留喜柱吃了几餐饭。一次晚饭,喜柱跟冬晴爹喝了几口酒。酒壮胆,他憋了很长时间的话,就说了出来。当然,还是很含蓄。他说:"叔啊,以后,你们别把我当外人。"当爹的说:"没把你当外人哩。"当娘的,心眼总是要多一些,话听得明,也说得明。她说:"冬晴带着个孩子,只怕连累你。"喜柱说:"成一家人了,就不存在连累不连累的。"当娘的说:"冬晴的心思,当娘的都摸不透,这孩子倔。"喜柱说:"我慢慢地等。"

当娘的试探着跟冬晴说喜柱。娘说:"下河湾离得不远,就几条田埂,一段河套,在石拱桥上,睁眼就能看到,跟咱竹林湾,其实就是一个湾子。要是远了,当娘的舍不下。"冬晴不吱声。娘就从她的脸上,去捕捉她的内心。冬晴脸上没反应,她似乎没听懂,或许是装作没听懂。当娘的又说:"喜柱那孩子挺好,又疼春雪。"说得这么明白,冬晴再装作不懂娘的话,就过头了。冬晴说:"我哪儿也不去,我就守着这石拱桥,守着这条河。"当娘的不由得叹息一声,很轻。她怕重了,触及女儿的痛。人总不能活在记忆里吧,可冬晴好像能靠记忆活着。她无数次回想与百乐在一起的时光,那么幸福,幸福得像梦幻一般,让她觉得不真实。好像那个夜晚不是夜,只是夜的影子。

冬晴望着窗外,雪花充盈着她的记忆。雪落轻盈无声。河水拍打着岸边的洞穴,有节奏地脆响。她闭了眼,静静地听着,像是那个遥远的夜晚又回到她身边,他在轻轻地向她说着部队的事。是记忆,却那么真实,如同昔日重现。

然而,现实总会闯进她的视野,破坏记忆。比如爹的咳嗽,爹的背影。爹的哮喘很严重,总是咳,肺像风箱似的。腰弯曲得厉害,身体明显地矮下去一截。爹的胃也不好,常吐酸水。夏天,他会坐门外的槐树下,手按着脖颈,似乎要把那涌上去的酸水掐在喉管里;冬天,他则躲开槐树荫,坐到太阳光中,双手插进怀里,好像是畏冷而把手放在腹部取暖。爹的样子,让冬晴心里也有一种酸涩的汁水往上漫。

春天担粪浇地,夏天收割,秋天那又重又笨的红苕,都得往家搬。就是冬天,爹也很少闲着。他到观音寨那边打石头。房子太旧了,墙都熏得像木炭,黑,裂纹密布。遇到大暴雨,恐怕会倒塌。当爹的虽然没说要盖房子,但是,他的行动,实际上把话搁那儿了。

那天太阳很足。爹把堆得像山一样的两担谷子往镇上送,农民嘛,就靠地里的东西卖点钱。爹几次趔趄,差点摔到。爹老了,真的是老了。她试图从爹肩上,接过担子,爹不让。爹说:"你歇着吧,这不是女伢干的活。"她回去了,躲到窗前,凝望着空落落的窗外。石拱桥在不远处立着,拱形朝着天空。她看一个男人的身影出现在桥头上,近了,不是百乐,是喜柱。喜柱从爹的肩上,抢过那担山一样的稻谷,轻轻放在地上,说:"叔,你搁这儿,别动!"

喜柱跑回家,把他的三轮货车开过来,一切就解决了。

7

天转凉。春雪穿着崭新红棉袄,像个小企鹅,冬晴扶她站起来,让她学走路。冬晴拉着她的手。她的另一只手里,是一个拨浪鼓。她跌跌撞撞地,整个屋子里因了她,充满生气。春雪已经会说话了,能一个一个字地蹦跶。比喻外——公、外——婆、妈,就是不会喊爸,因为没人教过她。

立冬后,冬晴在屋子里放只火盆。屋子里暖烘烘的。喜柱与冬晴爹在山那边打石头。喜柱是一个人过日子。他爹去得早,娘改嫁到外乡去了,那时喜柱才十二岁。娘走的时候,要把他带去,喜柱舍不得下河湾。喜柱还有一个哥,他同哥相依为命。前几年,哥结婚,他就提出分家,自己过。除了哥,喜柱最亲的人,就是刘百乐了,谁知百乐发生了意外。

春节来了,冬晴娘说:"喜柱,你到这儿过年吧。"他没急着答应,看一眼冬晴,冬晴低着头,没应声。喜柱就说:"不了,我家的年货都办齐了,我就在家过吧,不能冷落了灶神爷。"

冬晴娘说:"你敬完香就过来,莫讲客气。你叔和我,把你当自个家孩子哩。"喜柱扫一眼冬晴,冬晴在逗春雪。喜柱就说:"我在家过年,把灶烧得热烘烘的,正月初二我再来,我要敬叔叔婶婶的酒。"

竹林湾习俗,正月初二,是拜岳父大人的,这话挑得明。冬晴娘笑了,脸上荡漾着节日来临的喜悦。娘拿眼瞭冬晴,想她说句邀请的话,冬晴却说:"他在家过就在家过吧,要不,他哥嫂会多心。"

喜柱急忙接过话茬:"是的,怕哥嫂多心。"心里却有一些凉,仿佛有一缕风,钻进心窝里。

喜柱走了。冬晴的脸沉下来,不是生气,是沉思。

腊月里的雪花,先是很薄,零星的,慢慢地,整个天地都白了。

清晨起来，窗台上多了一束玫瑰。冬晴看见了，不远处是喜柱的身影，他顶着飘洒的雪花，在门前扫雪。冬晴去抢他的扫帚，他不给，他对冬晴说："我跟你说句话。"

冬晴说："啥？你说吧。"

"我想给春雪当爸，你要是同意，就把这花拿进去。百乐说你喜欢玫瑰。"

冬晴没有去拿，慢慢地回了屋。但是，眼睛又不由得去看它。那一枝玫瑰，让整个竹林湾充满喜庆。

毕竟是冬天，那花插在窗台上的花瓶里，三五天还那么鲜艳，过来过去的路人，惊叹玫瑰的坚强，只有冬晴，知道那花每天都在换。那颜色和大小一样，但那花瓣不一样，花瓣的边沿，连风扫过的痕迹都没有。花瓣上的露珠，也是新鲜的，新冻在花瓣上，像亮闪闪的钻石。

远处有一口井。她和百乐的关系，就是在这井边，向竹林湾的人公开的。那株古槐的光合作用，使这井水清冽，夏日喝上一口，凉透骨髓。冬天，井口雾气缭绕，升腾着一片生机。那时，每天早晨，担子在百乐的肩上，唱歌似的吱吱地叫。他左手扶着左边的桶耳朵，右手翻上肩头，扶着扁担。他的劳作，像是一幅油画，像是顶着风雪前进的舞蹈。她就在窗前，偷看着这个动作，一直看着。当兵的人，就是不一样。别的年轻人挑水，头很低地低下去，害怕磕着脚。而他，一直是正视前方，完全是凭感觉踏在那条土路上，姿态优美沉稳。

休假的那些天，他每天早早地过来，把水缸挑得满满的。等他不在时，她会揭开水盖，水里有她的脸，似乎也把他的脸映在了里面。水缸盈满了她和他的幸福，盈满了整个世界。

现在，喜柱也来挑水。她不让他挑，喜柱清晨过来。她不给喜柱开门，喜柱就立在寒冷里等，直到当爹娘的发现了，一边开门，一边骂冬晴心硬。

百乐又在雪花里，飘然而至。他对她说："嫁了吧，嫁了吧，别太苦了自己，再说，春雪也得有个爸。"他始终微笑着，恬淡地微笑着。嘴没有动，他是在用心说话，她听得很真切，眼睛潮乎乎的就要落泪。她低头揉了一下眼睛,再仰起头时,他就不见了,眼前只有纷飞的雪花。

如果没有这雪花飘,冬日的竹林湾,就是凝滞不动的。

夜来了。夜里的灯光,被雪花纷扰,朦胧着夜里的一切,夜又如梦幻一般美妙了。

8

春雪生日来临。原本是不想过的,所以没上亲戚家接客,早饭后,亲戚们陆续都来了。而且照别的孩子,礼更重些。他们拎着篮,挑着筐,装着染红的鸡蛋,红纸封腰的面条,一块花布,三两斤果子。

招待客人吃过饭,就张罗让孩子"抓周",是孩子过周岁生日的风俗。大人们将一个大簸箕放在桌子上,让春雪坐在簸箕中间,簸箕四周摆放着书、笔、算盘、布、熟鸡蛋,梳子,很多种。倘若孩子第一把抓着书或笔,预示着将来爱学习,是要考大学的;抓着算盘,将来会与钱打交道,家景殷实;抓着布或梳子,将来好打扮,是美人;抓着吃的,可不能说成是吃货,是预兆将来不愁吃喝。未来嘛,都是往好里想。

春雪坐在簸箕中间,却什么也不抓。众人指点她,暗示她,她摇头,晃动着两只小羊角辫。她要下地,要往外去。冬晴就把她抱起来,想看她到底要干啥。

春雪在冬晴的怀里,哎哎地叫,胖乎乎的小手指向窗外。出了门,她还要前去,一直让冬晴把她带到窗前。窗台上,那只白瓷瓶里,是那枝鲜艳的玫瑰。花瓣上,粘着零星的雪花,晶莹剔透,活力张显。

春雪伸出小手,把那枝玫瑰抓过来,递给冬晴,冬晴不接,她哎哎地叫着,急得要哭出来。冬晴就接了,她眼眶潮润,声音湿淋淋地,被洗过一般。她说:"春雪,这可是你拿的,是你给妈的,你长大了可别怨妈。"春雪好像听懂了，摇了摇头，天真地笑。

"是春雪自己拿的，我看着呢。"当娘的说。

"是春雪自己拿的，我们都看着呢，是春雪给你的。"众人都说。他们知道这玫瑰的故事。

冬晴的眼泪，就顺着脸颊流淌。大伙就笑，说："可别哭，喜庆的日子，可别哭。"

"这是好事，冬晴。不哭。"有老者说："你看这孩子，这么小，就心疼妈，有意思呗？"

冬晴仰起头，擦了一下眼泪，笑了。她朝春雪说："你可记住了，这花是你给妈的，长大了，你可别怪妈！"

当娘的，长吁了口气，一颗紧绷着的心，松弛下来。

大门外，雪还在下。整个竹林湾的上空都在飘雪。雪花落在河流之上，轻轻地悄无声息地就消逝了；雪花落在古槐上，古槐像一只奇大无比的伞，能罩下整个竹林湾的人；雪花落在远处的竹林上，竹林压得直不起腰，高低不平，像遥远的群山；雪花落在石拱桥上，那桥变得臃肿，似乎不堪重负；落在行人裸露的头上，那人瞬间顶着一头白发；满世界都是白，唯有那水井，像一只黑色的眼睛，贪婪地看着这个美丽的世界。

虽然下雪，冷空气还不曾袭来。天空中，能看出一片亮色，是那一轮被遮挡的太阳。那太阳很低，好像单独为竹林湾升起，好像专门来照耀冬晴和春雪，才在这片天空驻足。冬晴感到雪的深处有一丝暖意，这温暖行至她面颊，使她面若桃花。她当着众人的面，把玫瑰插进花瓶，双手捧起，回了自己的屋。她将花瓶轻轻摆放在睡椅上。这朵艳丽的玫瑰，映衬着窗外满世界的白，像一枚正在燃烧的火把，把她的心燎活了。活泛的心，迎接春天的来临。

故事平淡

"天上九头鸟,地上湖北佬,湖北人聪明。"管理股长每次向别人介绍苏橘时,都这么说。这么时候,苏橘总会低着头,躲到角落里,一肚子委屈。聪明个啥,不拿枪操炮,成天理发,这叫什么兵?都说军营有故事,谁知故事竟如此平淡。

苏橘觉得军营故事平淡时,就后悔刚到部队的那天,不该出那个风头。那天不是太冷,阳光也好。新兵穿着厚厚的棉衣棉裤,站在暖暖的阳光里,一个比一个臃肿,脖子却都伸得像长颈鹿,探着头往前看。前面是一张大桌子,上面堆放着几百号新兵档案。桌前站着几位显得极威严的军官。他们拿起一个档案,就宣读上面的名字,新兵就答"到!",出列,往一个老兵身后站。这叫分兵,苏橘看着,心里酸溜溜的。这把人们当什么啦,像过去生产队分土豆地瓜,拨拉来拨拉去。这时就听见点到自己的名字。苏橘慌忙答了声"到!",然后极不情愿地与十几个新兵一起,跟着一个老兵走。

老兵是苏橘的新兵班长。他先是自认为很有水平地,把每个新兵的名字拆解一番。说到苏橘时,他说:"你一定是五行缺'木',就叫了个'桔'字。'桔'字好哇,右边是一个'吉利'的'吉'字。'苏橘',有诗意!"苏橘低头不吱声,心里却在笑。此"桔"非彼"橘",压根不是那回事,听说自己出生第五天了,名字还没着落,爹妈就那点文采,绞尽脑汁,也起不外像样的名。正好一个风水先生在村头路过，手捧几棵桔苗。苏橘的爹见了，要了一棵，栽在房前。看着那碧绿的桔苗，在春日的阳光下绿得那么可爱，苏橘爹脱口而出："就叫苏橘吧。"

苏橘不理班长，班长盯着他看。他见苏橘个儿不高，瘦得像麻秆，就把苏橘安排在自己的上铺。苏橘心里不舒服，坐在床上不下来。班长也不吱声，他把苏橘这种无言的抵抗当成是发傻。新兵嘛，越傻越可爱，太精明的，反倒不好带。

呆坐的时间不长，班长就拿出一把推剪，一块红布，说了声："谁先理？"新兵这才知道，他们到部队的第一个科目是理发。有好几个新兵凑了上去，苏橘依然不动，只坐在上面看。看着看着，苏橘就看不下去。班长的水平也太业余了，简直是拿我们的头来练手艺。他跳下床，说："班长，还是我来吧。"班长一惊，问："你会？"苏橘很谦虚地说："开了两年发廊，会那么一点点。"

班长就把推剪给苏橘。没想到让班长理了一半的那个新兵没等苏橘动手，便像弹簧一样跳起来，说："兄弟，饶了我吧，头发绞了，已够惨的，你再绞得坑坑洼洼的，我还不如当和尚去。"在旁边观看的刘小意见战友吓成这个样子，一摆头说："我先来吧。"

刘小意与苏橘是同一个村的，一起在泥坑里滚大。这次来当兵，出现了一段小插曲，这段插曲后来成为美谈。当时名额紧，一个村只能去一个，而小意与苏橘都符合条件。两人的父母偷偷托人，找关系。没有明争，却在暗斗。小意与苏橘从小玩抓特务攻堡垒的游戏，对军营有着美好的憧憬，做梦都想成为一名军人，此刻，机会来了，因为友谊，却又互相推让。接兵干部来村里调查，小意说："苏橘这人不错。"苏橘说："小意到部队错不了。"看着两个活泼可爱的小青年，接兵干部挺为难，迟迟不能决定谁走谁留。

那是个平淡无奇的黄昏，一则消息沸腾了整个村庄：邻村一个正等着换军装的青年酒后兴奋过头，参与了一件打架斗殴事件，被公安局收容审查，兵自然当不成。苏橘与小意一个正常走，一个填了空缺，双双穿上了军装。当时，他俩一口气爬上山顶，对着脚下瓢虫一样缓缓远去的大客车，兴奋地欢呼："我们当兵了，把我们带走吧……"

山谷传来他们稚嫩的回音：

我们当兵了，把我们带走吧……

来部队前，小意的头向来是留给苏橘剪的，他对苏橘的手艺当然满意。小意正襟危坐。苏橘把那块红布围在小意胸前，挽袖，屈腿，弯腰，就干开了。苏橘摆弄推剪的声音均匀柔和，甩头发屑的动作潇洒。站在旁边的班长看呆了，心想，高手。

小意圆脑袋，圆脸。头发很短，像狮子毛向四周炸开，经苏橘一修剪，整个人便有了棱角，来了精神。苏橘给他理了个刚健型的小平头。小意一起身，班长就一屁股坐了上去，说："我也作点牺牲，当个试验品。"

苏橘就这么出了名。先有排长来找他理发，接着就有连长，营长来，最后团长居然打电话叫他去。给团长理发，苏橘有点沾沾自喜，没想到理发这个被人看不上眼的活，在部队还挺吃香。别看团长官大，也别看个别的兵有门子，我可是头一个摸团长脑袋瓜的新兵蛋子，而且是团长低头哈腰让摸的。真是三百六十行，行行出状元。

人怕出名。团长夸苏橘的手艺不错，班长就知道，苏橘待不了几天。他把别的兵调教得服服帖帖，对苏橘却有些放任，怕管严了，这小子以后记仇。果然，新兵还没下连，苏橘就进了机关，在管理股当理发员，给首长和机关干部理发。

苏橘干这活，新鲜了几天，毕竟与首长靠得这么近，不是每个兵都能做到的。而且不用睡上铺，爬上爬下。宿舍就两张单人床。管理股长工作忙，白天大都不在宿舍待，一周还有三个晚上回家住宿，所以苏橘基本算得上是住单间，优越感便在心里涌上来，理发也格外用心，知道量体裁衣。团长是东北大汉，身高马大，脸型方正，是那种很有魅力的男人。苏橘给他精心修剪个小平头，使团长看上去更刚健，更精神。政委个矮，体胖，突顶。叶子将他的头发环绕着，往中间梳，实行"农村包围城市，全党服从中央"，再给政委细心地齐齐发边，刮刮脸。政委立马显得年轻许多。政治部主任一脸慈祥，有点女性的温柔，苏橘将他的头发往后梳，理成奔放型，主任的脸上多了平和，一看就是一位极有耐心的思想工作者。其他的机关干部，苏橘同样理得兢兢业业。部队要求理短发，苏橘针对他们的头型、脸型，在短发中暗示出一种风度和意境。机关干部对苏橘都很满意，偶尔表扬他两句，苏橘心里便美滋滋的，有些飘飘然。但时间一长，苏橘就有些倦了，这些机关首长的头各个不一样，大体又都一样。苏橘不免感到这种重复的单调，他觉得日子过得有些无奈。当东边靶场的枪声一阵一阵，此起彼伏时，苏橘就坐不住了。苏橘想去靶场打枪，又怕首长说他不安心侍候他们，就把这个愿望又压回心底，只是在打完枪的那天黄昏，溜进靶场，看看山坡上的弹坑，挖出俩子弹头，嗅嗅残余的火药味，并把这种感受写给家乡的一位女孩，告诉她，苏橘：五发五中，四十五环，优秀！

有时，苏橘也觉得奇怪，在家乡小镇开发廊那阵子，一天理十个，甚至几十个，一点不觉得累，不觉得厌倦，而且越理越来劲，没人理了，还盼着人来。在这儿，平均一天理那么三五个，反倒觉得有些烦。苏橘知道，这是钱在作怪。那时理发也累，但钱往口袋一揣，疲劳就没了。这儿就不一样，完全是无私奉献，不但没有经济收入，还被认为是应该干的。理得多好，也没人给一点奖励。苏橘这么想，又觉得自己太自私，这原本就不应该相提并论，当兵，就是来做贡献的嘛。

五月，春花未谢，枝繁叶茂。山泉流淌，小鸟歌唱。侦察兵便在这烂漫的时节到野外驻训。苏橘望着他们远去的背影消失在远山中，心中顿生一种失落感，居然流下泪来。苏橘想，我这还叫兵吗？我这是把家乡的理发店，移到部队来了。苏橘就这么沉默了一个月，侦察兵们回来了，给他带回还没熟透的野果子，给他带回脉络清晰的树叶作书签。小意还给他捕回一只山雀，苏橘感激地收下了，这可是来自大自然的礼物。他偷偷地把山雀养在库房。

如果不是那次突击检查，苏橘也许还养着那只鸟。那是一次对营产营具的检查。那天,就见几辆车驶进军营,从车牌号看出,是师首长的车。车停在机关楼前,车里参谋干事涌出好几个,直奔机关和各营。团首长急忙迎接,陪同。见这么多人穿行在走廊里,苏橘知道检查的又来了。苏橘急忙走进库房,提着鸟笼往外走,刚开门,与师长撞了个正着。首长总是很有风度的。就听师长对团长说:"看,库房都养起鸟来了,回头再养只猫,养条狗,建个动物园吧。"师长的语气淡淡的,然后就上楼了。团长的脸气成猪肝色。苏橘见了,吓得急忙去找管理股长,找协理员,找所有他认为与他比较熟的机关干部。求他们去向团长说情,免去对自己的处分。当晚,司令部开军人大会,对苏橘进行严厉的批评,并宣读了对苏橘的处分命令:行政警告一次。苏橘才想起团长的脾气,求情是不管用的。处分就处分吧,苏橘想,家在农村,又不奢望回去安排工作。苏橘暗暗嘲讽自己:这下军营生活不再平淡了吧。苏橘理发就有些心不在焉。

　　一天晚上,协理员把他叫到宿舍,天南地北谈了许多。苏橘听得出,协理员这是在给他做思想工作。协理员说:"那警告处分,是杀鸡给猴看,目的是杀一儆百。只要你表现好,可以不往档案里放。"苏橘淡淡一笑,说:"那谢谢协理员了。"这时候,苏橘反倒希望有人一脚把他踹下连去,这下可好,还不如那只小鸟。鸟到底是放飞了,而自己却仍囚在这个小天地里,看样子还要囚到老兵退伍。

　　八月,白茫茫的雨雾笼罩了大江南北。苏橘没想到,这场百年未遇的洪水,竟将他锻炼成一名真正的军人。那天,狂风如鞭,暴雨似剑,从早到晚,一刻未停。苏橘当时觉得挺好玩,仿佛又置身于江南的梅雨之中。等风停了,雨住了,苏橘回屋看电视,见一个个身着迷彩服的军人在洪水中艰难地挖泥筑坝,苏橘坐不住了。苏橘这才知道,那雨水不是好玩的,那是一种灾难。苏橘怨恨那洪水离自己太远,否则他一定要去与洪水搏击。苏橘感觉浑身发热,像是有使不完的劲。他渴望有一道命令,让他也有机会去抗洪,去援助那儿的灾民。

第二天、果然有一道命令从传真室下到各单位：北上大庆抗洪。立刻就见兵奔跑在泥泞中，准备抗洪物资，个人用品。苏橘迅速打好管理股长的背包，又匆忙打自己的。股长见了，说："你的背包先别打，你留守。"苏橘问："为什么？"股长说："不为什么。"苏橘说："我要去！"苏橘说话声音不高，语气却极肯定。股长说："大伙是上那儿抗洪，十天半月也就回来了，用不着上那儿理发。"苏橘说："我不去理发，我去抗洪！"股长见苏橘态度坚决，就说："那你就去吧，别上前线，帮机关灶忙乎忙乎。"苏橘心里涌起一阵感动，这个大个子股长，看似粗犷，其实内心很细，怕苏橘有危险，暗中照顾他哩。

苏橘就坐上了北上的输送车。

躺在闷罐车里，苏橘比任何人都兴奋。他情不自禁哼起了歌，有时哼着哼着就跳起来，踩着横七竖八躺着的人，挨骂了，他就不再敢跳。他干脆坐在车门前，看远处的风景，对远处的山山水水哼着歌。

苏橘哼着民歌，哼着流行歌曲，最后竟不知不觉哼起了儿歌。当他自己意识到这一点后，便不好意思地看看四周，见大伙睡觉的睡觉，玩牌的玩牌，并没人注意他，就偷偷乐了。

苏橘是在一天中午与大伙一起到达驻地的。驻地居然阳光普照，没有一点洪水的迹象。大伙把背包往地上一放，坐在上面休息。苏橘就不行，苏橘没时间管自己的背包，也没时间休息片刻。他跳下车，和机关灶的炊事员一起忙着搭锅台，做饭。一路颠簸，苏橘到底经不住折腾，昏昏欲睡。但他不得不挺住，他知道，真正的艰苦生活还没开始。这儿并不是他想象中那么好玩，但也不是他想象中那样惊天动地。

人一旦掌握了生活的规律，就过得轻松自如，也因为生活有了规律，生活就不免单调和重复。苏橘到炊事班，花一天时间就掌握了这种规律。他帮忙压水，摘菜，收拾鱼。做饭和炒菜都不是他的事。不是他不想干，炊事班长信不着他。这样，苏橘实际上就是一个打杂的，苏橘因而就有了很多业余时间。苏橘就看看电视，溜溜乡村土街，但苏橘更想到抗洪前线去。

几天后，苏橘就跟着送饭的车一起到了抗洪前线。眼前的情景使苏橘惊呆了。原来这儿不是没有洪水，洪水被一道长长的大堤拦在了那边，堤上是一个个穿着红色救生衣的身影。身影忙碌着，在阳光下，像一团团正在燃烧的火焰闪动。苏橘走近了，才发觉那红色的身影并不都是军人，也有民兵预备役，地方老百姓。汽车，铲车，小四轮，甚至马车，都迅速而小心地行驶在大坝上，运送沙袋。人们便用这一袋袋沙土堆砌子堤。望着大海一样的洪水，苏橘真正感到惊心动魄了。苏橘想更近地感受这种体验，就下了车，穿行在忙碌的人流中。苏橘贴着子堤往前走，水位就要接近子堤了。苏橘看着就有些心虚：这几丈高的大坝，一旦决堤，怕是谁也跑不脱。苏橘心中的惊心动魄渐渐变成了一丝微弱的恐惧。他想往回走，上级原本就没让他上这儿来，他完全有理由让自己往回走，回到那个高地上的机关灶。可是，当苏橘转身时，他看见一篮烧鸡。篮子旁边是个中年妇女，见苏橘盯着她的篮子，就把篮子拎起来，挑只大的，递给苏橘，说："吃吧，兄弟。"苏橘吓得连连说不吃，那样子好像别人递给他的是一只瘟鸡。中年妇女说："那就喝碗绿豆粥。"苏橘这才发现她身边放了个塑料桶。苏橘说喝不下，中年妇女说："大热天，来一碗。"苏橘就喝了一碗。绿豆粥放了糖，一碗下肚，心里又甜又凉爽。苏橘幸福地抹抹嘴，问多少钱，中年妇女一听，脸气得红紫，大声说："兄弟，你这是在骂我呢。为了我们，你们大老远跑这儿受罪，我要是要钱，除非我的良心让狗吃了。"苏橘臊了个大红脸，鼻子一酸，眼泪就要流下来。苏橘被中年妇女的一番话感动了，苏橘急忙说："嫂子快别这么说。我不给钱就是了。"苏橘说完，朝中年妇女笑笑，就继续往前走。苏橘决定不回去了。苏橘想，我总不能不如一个农村妇女吧。

苏橘走了足有三公里，才见到几张似曾相识的面孔，知道到了本团的工作地段，但他记不清这些人到底是哪个营哪个连的，就继续往前走。不断有人向他打招呼，苏橘就点头笑笑。其实苏橘与他们并不熟，像是老乡，印象又不太深，苏橘想，也许因为自己是机关兵，容易引起别人注意。

苏橘又往前走了一段路,看见了政委的身影。政委的身影很特别,老远就能看出来。平时,苏橘要是在半道上碰见政委,总是尽量绕开,要不还要敬礼,首长回礼,够麻烦的。但这次不一样,这次苏橘原本留守,他主动要求来,他是后方人员,又跑到极危险的前线,政委说不定会表扬他两句呢。所以苏橘不打算绕开,他仍旧向前走,只是眼睛不敢故意往政委身上落,他怕政委那双眼睛,那是一双深邃的眼睛,能看透人的内心。苏橘听见政委的声音,政委问:"苏橘,你咋也来了?"苏橘抬眼,见政委站在高高的堤坝上。苏橘走近,才看见政委正在吃烙饼,拿烙饼的手沾满泥。苏橘给他精心理的发也完全松散,让风一吹,凌乱不堪,头顶的光亮露出来。苏橘觉得这个样子不像个军官,倒像电视里见到的某个乐团的指挥。苏橘说:"我支援前方来了。"政委问:"你不做饭了?"苏橘说:"我也就打打杂,其实用不着我。"苏橘见政委冲他笑笑,又说:"政委,我想到前线干活,这个大堤不能没有我的汗水。多年以后,这也是要写进历史的哩。"政委说:"前线后方都是抗洪。"苏橘说他就要在前线。政委见他态度坚决,也不能打消他的积极性,就问苏橘想上哪个连。苏橘说:"团指挥连。"政委把自己的救生衣解下来,递给苏橘穿,笑着说:"去吧,注意安全。"苏橘不要,政委又说:"拿着吧,我这么胖,一个救生衣根本不管用。我正准备去多要几个哩。"苏橘就高高兴兴穿上了。他兴冲冲往前跑,跑了几步又停下来,回头冲政委喊:"政委,今晚我给你理发。"政委笑道:"傻小子,哪有那闲空儿。"

苏橘想到团指挥连,因为小意在那儿。小意是苏橘理发范围内,级别最小的一个。也因为小意,苏橘经常上团指挥连,与那的连长、指导员挺熟。苏橘到了团指挥连的工作段,对连长说:"连长,我帮你们干。""好哇。"连长指了指远处一个小山坡说,"小意在那边。"连长知道他是冲小意来的。连长随便一指,苏橘居然要走很长的路。苏橘绕过一个大水塘,踏过一片沼泽地,才到小山坡下。三四十个兵在那儿挖土,装土,小山坡已被挖去了一大半,成一个半斜面立在那儿。小意见苏橘来了，扔下手中的镐，与苏橘来了个很热烈的拥抱。小意说："快一个星期了，你又不来看我。我都快累死了。"小意说着，把迷彩服一脱，露出两个肩膀。苏橘一看，吓了一跳。小意的两肩都磨破了皮，左肩快结痂了，右肩还渗着油质一样极淡的血水。小意的手掌也磨破了，还缠着纱布，白色的纱布又破又脏，显然好几天以前就破了。苏橘拾起镐，示意小意歇着，小意又拿起锹，两人一起干。苏橘问："吃得还行吧？"小意说："吃喝都不错，在营房，一袋康师傅，一根火腿都是一种享受，在这儿却吃腻了。喝的也全是矿泉水。就是累。"小意告诉苏橘，他们连任务是最重的，大坝下面是大鱼塘，沼泽，取不了土，只有跑这么远来挖这个山坡，铲车又过不来，全指着人。小意说："那些开铲车的，八成是怕死，不敢过来。这儿地势低，又有鱼塘，一旦决口，连棵抓挠的树都没有。说沼泽地太险，车过不来。"苏橘说："也许真的过不来。"小意生气地说："啥过不来，我们都过来了。他们却说车会陷进去，我们又不懂技术，他们说过不来就过不来呗。"苏橘说："就算是那样，咱也理解，北方人大都是旱鸭子。""什么旱鸭子不旱鸭子，你以为你会点水就好使？在这个地方，会不会水一个样。这么高的大坝，真要是决堤，一个浪打来，不淹死，也得呛死。我们不一样挺着吗？再说，我们这儿也有北方兵，他们也都不会水。"苏橘说："行了行了，就你多疑，能不能过来，咱弄不明白，指挥部的还不明白吗？咱只管干自己的活。"苏橘与小意边干边唠叨，不觉已到夕阳西下。这时，就有人在那边用喇叭叫喊，让大伙赶紧过去吃饭。

　　苏橘与小意来到大坝上，连队已集合完毕，连长正在那儿讲话。连长讲得很有激情，没有注意小意的"报告"，小意与苏橘就不敢轻易入列，站在报告的位置听。大致意思是，上面的第三道防线已被洪水冲垮，洪水以排山倒海之势，向这第四道防线袭来。根据专家推测，洪水明早8点将到达大坝。又根据专家计算，在原大坝上须加2米高，3米宽的子堤，否则，肇源肇东将变成一片大海。连长鼓励将士，发扬不畏艰苦，连续奋战的精神，誓在洪水到来之前，完成加固子堤的任务。接着，连长就问大伙能不能完成任务，大伙异口同声说：能！连长就下令开饭，并强调吃饭动作要迅速。

苏橘问小意："是不是今晚不休息？"小意说："什么今晚，这已是连续第三个晚上干通宵。"苏橘说："小意你可别吓我，连着三晚上干通宵，谁受得了。"小意说："说来你也许不信，咱连有个兵，蹲厕所那工夫就打起了呼噜。得了，不跟你说，你干一晚，啥都明白了。"

主食是大米饭，馒头，菜是土豆炖鸡块，尖椒炒豆腐干。苏橘和小意都盛了大米饭和尖椒豆腐干。辣椒和米饭，永远是这两个湖北佬最可口的饭菜。苏橘正津津有味地吃着，就听有人喊他。苏橘抬头，见是团指挥连炊事班长。炊事班长喊："苏橘来点鸡块，吃完跟我一起回去。"苏橘说："我晚上就在这儿。"炊事班长说："你们班长让你回去，说做饭人手不够。"苏橘笑道："他不是我们班长，我还没下炊事班呢。""那你也得同他打个招呼。""我向政委请了假，我还用向他请假吗？"苏橘咽了一大口饭，说："要不，你替我说说也行。"

大伙吃饭果然迅速。吃完饭，小意用报纸擦了碗筷，放进挂包。小意告诉苏橘，这河水虽然看着清澈，却全是大庆市里排出的工业废水。苏橘做了个鬼脸，说那咱们还是快点上那个小山坡吧。

夜幕降临，四周渐渐暗下来，大伙便借着微弱的手电光，争分夺秒。有人还弄来一大堆枯草，燃起了火堆。待火堆熄灭，星星便三三两两钻出来。月亮也穿过云层，撒下一片银白。

兵们的说话声渐渐地弱了，没了，只剩下锹镐与沙石碰撞的声音，如刨冰一般清脆，夜便越发宁静。

苏橘累了，也感觉手掌被镐把磨破了。虽然穿着鞋，却像踩在一大块冰上，凉丝丝直沁心底。"鸟鸣山更幽"，苏橘感到这夜太静，静得可怕，像是有一个故事将要发生。

苏橘就有了尿意。苏橘一紧张就有尿意。他扔下镐，找个凹进去的地方，想寻个方便，猛觉有沙土进入他的脖颈，并觉着有一大块黑云一样的东西从头顶压过来。"塌方了！"苏橘脑子闪出这个意念，接着，被一个人重生地推开，是小意，小意歇斯底里地喊："让开……"

一切发生得那么突然。苏橘惊讶小意居然有那么大的力量，像一辆疾驰而来的火车，将他撞出去。他便像长了翅膀一样飞出老远。等他从土坑爬上来时，他见战友们喊着小意的名字，向塌下来的土堆围去。苏橘明白了眼前所发生的一切，他冲过去，但整个人像被人抽了筋，瘫坐在地上。他喊小意，却一个字也喊不出来。他的脑子瞬间空白一片。苏橘走进了一个梦，这是一个可怕的噩梦。当他渐渐恢复记忆时，他强忍着，一步一步向小意蹭过去。这时，战友们已经走开，默默地有秩序地挖土运土。此刻，他们都把剧痛埋在心里，只拼命地干活。卫生员在小意的躯体上涂抹着酒精，防止小虫的叮咬。苏橘脱下上衣，两手撑开，一下一下扇着微风，驱赶周围嗡嗡飞舞的蚊子。东边的天空露出一丝亮光，黎明正冲破黑暗一步步走来。天亮后，牺牲的小意将离开这里。苏橘把小意扶起来，靠在自己的胸前。他从挂包里掏出那块红色的丝绸布，围在小意的胸前，又拿出木梳、推剪，认真地给小意理发。

小意坐得很直，狮子毛样的头发依然向四周奓开。平时，苏橘总是将这些奓开的头发润湿，一片一片地理。此刻，苏橘没有这么做，他耐心地一根根慢慢修剪，发现白头发，就将条剪伸进发丛，连根剪去。也不知过了多长时间，小意那张圆得可爱的脸又显得方方正正，有棱有角。苏橘还刮去了小意嘴皮上的胡须。那胡须微黑，像绒毛一样柔软。这是苏橘第一次给小意刮胡须，以前，小意要苏橘帮他刮去，苏橘总不忍心，说："和我一样，毛都没长全，给谁看？"现在，苏橘默默对小意说："刮了吧，你已经是个男子汉了。"小意紧闭双眼，像是陶醉在苏橘的精心修剪之中。

理完发，苏橘取下腰间的水壶，将水浇在毛巾上，给小意擦洗手脸。然后让小意平躺在自己的膝上，轻轻梳理小意发间的头发屑。

太阳出来了。红红的太阳下，一辆军车缓缓地驶过来，要带走小意。苏橘没有送小意，甚至没有流一滴泪。他拾起小意用过的镐，一下快似一下,刨着坚硬的黑土。

　　苏橘有时会刨在石子上,镐尖碰出火花。火花的闪亮中,他会看见小意那圆圆的脸,正冲他笑。苏橘认为,这不是幻觉,小意还在,只是他太累了,睡着了。他会醒来的,或许在明天,或许,就在今晚。

士官的白天和夜晚

天不是太冷,积雪上跳跃着灿烂的阳光。我把咯吱咯吱的脚步声甩在身后,向机关办公楼走。进到主任办公室,主任冲我笑,说:"小伙子,在晚报上看过你写的小说,文笔不错,愿不愿意上我们政治部写报道?"

我鸡啄米似的点着下巴,直说愿意。我心里透亮,如窗外早春的阳光。我,一个小兵,一级士官,主任可是正团职干部。承蒙他抬举,别说让我上报道组,就是让我上刀山,我也愿意。我心怦怦直跳,撞击着我的胸腔,周身血液急速流淌。我眼前幻现出战友们羡慕的眼神,心里舒坦,人就要飘起来,但主任的话重重地砸在我的身上,按住了要往上飘浮的我。主任说:"你同意了,那好,你这就上报道组报到,今年我们旅一定要夺'春雷杯'"。我心里咯噔一下,沸腾的血液骤然凝固。"春雷杯"是军区新闻报道最高奖,为纪念一个叫曹春雷的记者而设,那个记者在那年抗洪抢险中,牺牲在采访一线。让我帮着报道组完成夺杯任务,是赶鸭子上架。我皱起眉头,想打退堂鼓。见我脸上"晴转多云",主任说:"你小说写得好,写报道,还不是小菜一碟。"

说到我的小说,我惭愧。我只不过是夜里闲来无事,写写情书,想寄给武汉大学中文系的一个女同学,写好后,不敢寄。人家漂亮,又是大学生,正准备考研,我只不过是一个小士官,我不想让别人说我是癞蛤蟆想吃天鹅肉。可情书写好了,烧了可惜,我就把写好的情书，加上标题，改了主人公名字，编造一些伤感的结局，邮给驻地晚报，竟然都发了。大概晚报喜欢这样无病呻吟的文字。

报道组一共三人。士官伍亚军照相摄影，兼写文字稿；组长滕远达，副营职干事，多面手，负责整个报道组工作；另一个就是新加盟的我。我是一级士官第一年，基本还算是个新兵，平时连部都很少去，一下子坐在旅机关大楼里，我骄傲！

滕远达一脸严肃，我伏在办公桌前，不敢看他，只闷头写稿。脑子里没东西，写不下去，我就等着滕远达教我。滕远达盯着我看，他好像窥见了我的内心，说："你先看报纸，看别人怎么写的。报纸就是最好的老师。"我便看报纸，看军报，看各大军区的报纸。看了几张，越看心里越没东西写，又不敢吱声，硬着头皮看，把报纸翻过来倒过去，弄出一阵哗啦声，获得伍亚军一个斜眼。我急忙将报纸铺平，不让它发出声响。

伍亚军拿出镜子和木梳，将后脑勺的长发绕过来，遮住过于宽大的额。他朝镜子挤眉弄眼，露出一口整齐的牙。他脸黑，将牙衬托得像汉白玉似的。伍亚军照完镜子，右手握笔，左手撑腮，遥望窗外，像一个天真的小学生。待三五分钟后，他突然坐直身子，在纸上沙沙沙写起来。他将写好的稿子递给滕远达，满怀希望地等着滕远达发话，结果稿子没通过。滕远达说他写得空，语言也不严密，伍亚军脸上的兴奋立马退潮。

我这才知道，伍亚军原来只是个"半成品"，比我好不到哪儿去，我心里的压力便减弱了，觉得办公室的空气清爽了许多。我长呼一口气。从进机关楼起，大气没敢喘一口，这一口长呼，让我五脏六腑舒坦。

我看了三天报纸，仍旧没有得到启发。滕远达冲我笑，说："你下去找线索吧，这样'闭门造车'，不但写不出好报道，人还会憋出病来。"我不知道什么是线索，也不知到哪里去寻找。伍亚军说："我带你去！"

我们上了北山营区。北山营区驻扎着我们旅的大部队，离旅机关十里地。我们坐政治部的小吉普，往北山营区去。郊外的原野碧绿一片，我们两个士官坐着专车，呼吸着从窗玻璃缝钻进来的清新空气，真惬意！一个小兵，居然有专车保障，我骄傲，感到窗缝里透过的风，也是温暖的。

伍亚军带着我上了旅综合训练场，他说这里有故事。综合训练场在北山营区西北角，那里有一座山，北山营区因此而得名。山北面是一个人造湖，四周是松树。风一吹，松涛阵阵，与湖面水波相映，故叫松涛湖。山顶有望涛亭。我向亭上眺望，一女子的身影，伫立亭中，成一道风景。据哨兵说，是一个家属来队，到这山顶望涛。谁这么有艳福，娶了如此亭亭玉立的女子？

综合训练场很大，在我眼中，有山，有水，有平原丘壑。"山"是北山的一座峰，像北山伸出的一只脚尖朝天的脚，很陡，被部队建房时围进了大院；"平原"就是那个巨大的操场；一条溪流从山腰曲折流下来，冲出五个大坑，里面长年积水，被称官兵称为"五大莲池"。为了让它们更名副其实，兵们在池里种上莲花，秋后还能挖几筐藕，逮几条鱼。

现在，步兵营在"五大莲池"里作业，但不是训练，是在干活，把池子里的污泥往外掏。污泥厚，淹没了他们的膝盖，雨靴不管用，他们干脆都脱了雨靴，挽起裤腿，在泥里奔走。我能想象那是怎样的冰冷，因为山脚下那些坑坑洼洼的地方，还残留着积雪，山像巨鲸，残雪像它的鳞片。

步兵营的营长，来回奔走于五个大水坑之间。我对他们营长说："让兵这么干活这有些残酷。"我说这话时，语气好像我不再是一个兵，而是机关干部。营长说："训练更残酷，战争更残酷。在战场，不仅是恶劣的天气，还有枪炮轰鸣。"

我说现在是高科技战争。营长说战争最终还是要人来打，战争最终的决定因素是人。

我不与他辩论，往前走。我看见一个瘦弱的身影，在一个大坑中央忙碌。他一次次喊着："我来，我来！"是一个上尉。看得出，他是怕污泥太深，战士们陷进去，便冲在最前面。可他太瘦，腿哆嗦着。我听见兵们喊他"指导员"。

真是个好指导员。伍亚军抢拍干活的场景，我记下指导员的名字。回到机关，我写了一篇报道，叫"指导员带头下冷水战污泥清池塘建综合训练场"。我写得很细，先把天气夸张地进行了一番渲染，把读者带到冰天雪地，再写他怎么光着脚奔走在污泥里。我把稿子给滕远达，滕远达扫了一眼，说这事太平常，不宜发表。滕远达说："他是指导员，他不带头谁带头？他带头干正常，不带头，站在岸边看，那是官僚！"

我迎面遭了一盆冷水。但我倔强，不轻易认输。我拿着稿子看半天，突然灵感一闪，我把这个指导员写成一个肾病患者。肾病怕凉，可他坚持在带有冰碴子的冷水里干活，这是多么难能可贵。我把稿子改好，再次递交给滕远达。滕远达皱着眉头，斜我一眼："你写小说呢？我们是写新闻而不是制造新闻！"

我郁闷了好几天。我以为郁闷的情绪会随着时间的推移而淡化，可军区报纸一到，我郁闷得几乎难以喘息。伍亚军拍的照片，赫然出现在二版报眼，那正是我们到"五大莲池"找线索时拍的。标题是"某装甲旅清理战术训练场一角"。伍亚军不也是在制造新闻吗？当时兵们都在低头干活，这几张可爱的脸庞，根本抢拍不下来，他把那些兵挑土豆似的拨弄来拨弄去。

我眼里揉不得沙子。我趁伍亚军不在办公室，指着图片对滕远达说："伍亚军这也是在制造新闻，兵干活时根本不是这个样子！"滕远达笑着解释说："这是允许的，为了图片效果好一些。"

我脑子轰然作响，为了图片效果好，可以人为摆造型，为了文字效果好，怎么就不可以夸张呢？我觉得滕远达偏心眼。

我暗下决心：写个大稿子，让滕远达改变对我的看法。

听说旅长带着一帮参谋，在乌兰木图山脚下搞坦克实弹射击，我请求前往。乌兰木图山离我们营区二十公里，属辽西第二高峰，很险，以奇峰怪石著名，奇石像老人，像巨象，像骆驼，惟妙惟肖。每到四月底五月初，漫山遍野开满梨花，像层层云海，非常壮美。"乌兰木图山"正是蒙古语"开满梨花的地方"之意。每年梨花盛开时，游客满山，其中还有不少日韩游客。

可惜我来得不是时候，花未开，树叶都没长出来。我来的也不是地方，在乌兰木图山的北侧。那里不是景区，从内蒙古大青山口吹来的风，在这里受阻，形成巨大的旋涡。山风刀子似的割着我的脸。小个子旅长的脸，也被山风吹得乌青乌青的，没有血色。旅长自到我们旅当旅长起，就一直忙着搞军事技术革新，几乎都以失败告终，但他从不气馁。我喜欢这样的官，拿着本子和笔往他跟前凑。他冲我笑，那笑冲破冷风的包裹，雕刻般僵硬。

见我要写他，旅长说："我们正搞坦克打地面移动目标的考核，王胖墩，你看仔细了。"

我受宠若惊。旅长居然知道我的名字。我一出生就胖，父亲叫我胖墩。上学了，没啥文化的他，懒得费脑子，就在"胖墩"前加上他的姓，于是，我严肃的档案里，便一直填写着"王胖墩"三个稀稀拉拉的字，让我在人前抬不起头，总觉得自己无论怎么打扮都土气。我喜欢新兵叫我王班长，干部和比我老的兵叫我小王，谁叫我王胖墩，我心里就不舒服。不过旅长就不一样了，他这么一叫，显得亲切，拉近了我们的距离。

我坐上观摩台上，坐在旅长身边。风更猛，不知谁把一件大衣披在旅长身上，接着，有一件军大衣，也披在我身上。我身上暖和，心更暖和，这可是首长的待遇。我们在风中静坐片刻，我就听见口令声。接着，我听见了炮轰，看见不远处目标被炸起蘑菇状烟尘。

五个目标，摧毁了四个，旅长向我介绍，那个瞄准手是去年刚入伍的大学生，叫潘高峰。这是一个好线索，符合军委提高部队文化素质，多招在校大学生入伍的新政策，又营造了我旅军事技术革新的氛围。

黄昏时，风依旧。阳光暗下来，我坐着旅里的保障车，回到机关。晚上，我写道："潘高峰勇攀'高峰'，大学生瞄准手五发五中"，稿子写好，我传真给报社。每日报纸一来，我就在上面寻找我的名字，一直没找着。第三天头上，滕远达告诉我："你惹祸了。"

原来稿子送审到主编手中，主编觉得我选题不错，只是个别地方不太明确，便给我们旅长打电话，想核实一下。旅长是一个认真的人，告诉他，"大学生坦克瞄准手五发五中"的新闻失实，应该是五发四中。五发四中，对于不足三公里的近距离坦克射击，难度不是特别大，于是，这个新闻就没有太大价值。我这个稿子的命运，就随着那片纸，飞进了主编的纸篓。

滕远达告诉我："旅长很生气，后果很严重！"

我脑子胀胀的，我说："五发四中和五发五中，也就差一发，没什么大不了的。"我声音轻，更像是说给自己听，但滕远达还是听见了，他说："百分之百与百分之八十，差别还不大？"我还想辩解，伍亚军向我使眼色，我就不再吱声。我想起当新兵第一天，班长告诉我的话：面对上级的批评，任何解释都是顶嘴。于是，我沉默不语。

我眼前一片迷茫。

进入四月，天渐热。旅长说，趁梨花未开，游客少，抓紧试验坦克打飞机。这个构想，除了旅长本人，全旅人都吓了一跳。不过，所有的人还是很支持，毕竟他是一旅之长，又是国防大学毕业生。他认为行，或许就行吧，毛主席老人家说过，真理往往掌握在少数人手中。

据说坦克打飞机，全军都没这个先例，要是试验成功，旅长一定会名声大振，我把这个事报道出去，我也会名声大振。我向滕远达提出申请，跟随旅长前往，再赴乌兰木图山。这次我暗下决心，一定要真实报道。我背着行李，打算在靶场住上一阵子。没有惊人的付出，哪能有惊人的收获？我要写个大稿子，在报纸上发头版头条。

到了乌兰木图山北侧，仰望高远的天空，远眺起伏的山地，我突然发觉，坦克打飞机是遥不可及的事。我小时候就知道是用高射炮打飞机。我还看过一部电影，叫《铁甲008》，那个008号坦克，打的可都是地面目标。

但旅长很有信心。旅长个子小，动作敏捷，在靶场麋鹿似的跳来跳去，向那些参谋指手画脚，有时还训斥几句。急眼了，他就骂道：

"干什么吃的！"本来风一停，空气清新，一个好的所在，旅长一声训斥，把鸟惊得东飞西窜。一个参谋发出一声长叹："可怜的鸟……"没了下文。连鸟都这样了，我哪敢游山逛水，夹着尾巴做报道员吧，但还是被骂了一次。那时，负责试射的坦克炮班休息，我坐到他们中间了解情况。他们休息过后，起身走了，我迷糊了，不知道，依然半卧在枯草上打盹。旅长对着我喊："干什么吃的！"我吓得一下子弹起来。旅长又说："这是休息的地方吗？你像个癞皮狗似的趴在这里，坦克要是没看见，压过来，把你压成肉酱怎么办？猪脑子！"

我的自尊心受到前所未有的打击。以前不是没被人骂过，有时骂我蠢笨如猪，有时被别人骂成乱叫乱咬的狗，同时骂我是猪狗的，唯他一人。我心里流着泪。

我想打退堂鼓。受苦不说，挨批评也无所谓，我不想挨骂。我回到帐篷，收拾行装。收拾完行装，我走出帐篷，等有回旅里的车，打算拦个便车回机关。

我坐在帐篷一角的矮松下。这里是一处凹地，没风。我突然有点想滕远达，想他那张没有表情的脸，想大额头的伍亚军。我还想我的老连队，我的火箭炮一连。我正想着连队的一个个面孔，旅长走到我身边。我弹跳开来。旅长问我："为什么不待在帐篷里？"我说帐篷里潮冷潮冷的，外面有阳光。他把雪白手套摘下来，递给我。说："山里风贼，戴上吧。"我不接，他抓起我的手，把手套放在我手心。他盯着我，张了张嘴，想说什么，到底没说出来。

他走了，走向射击场，瘦小的身影在坡地上跳动。我心里涌现一阵轻微的感动，大概像希特勒那样的军官，也有他温情的一面。

一辆军用141从乌兰木图山的深处开过来。我回帐篷取行李，眼前再次出现旅长凝视我，欲言又止的神情，行李陡地一沉，我都快背不动了。我把它扔回木板床，听着141的声音从帐篷外碾过。

我问自己：旅长想同我说什么呢？

我怀揣一支笔，一个笔记本，走向靶场，走进一湾河套，进入坦克阵地。河套里没有水，一冬的土地，吸干了冬雪。沿河望去，有飞机样的东西在飞行。那是模型飞机，行走在乌兰木图山两高峰之间。征得政府同意，我们旅在两山峰之间架设了钢丝缆绳，安装了电动飞机模型。

我真幸运，赶上了坦克发射，五个模型，居然打掉了两个。几天后，再试，打掉了三个。旅长很高兴，一边领着人加紧训练，一边向集团军、军区报告科技练兵新成果。

半个月后，军区训练部副部长、集团军军长前来观摩验收。那天风声紧，阳光久不出来，气氛压抑，山地像战场。

瞄准手还是那个大学本科生潘高峰。旅长坚持用他的目的，大伙心里清楚。一旦表演成功，不但军事技术革新成功，也表明我旅敢于用大学生新兵的思路正确。

大伙万万没想到，潘高峰第一发炮弹，没打中模型，却打碎了北峰处一块巨石。那块巨石酷似老人，是乌兰木图山最高景点，是乌兰木图山重要旅游资源。

潘高峰不但没有攀上"高峰"，倒把最高峰削去一截。

没敢再打。毕竟快到五月，梨花已含苞等放，很快就是旅游的旺季，唯恐再打掉一个景点，或伤及他人。

观摩团最后结论：坦克打飞机，可以，但前提是飞机飞得很低；而飞机飞得很低，机枪也可以打。这么说来，这个课题理论上已经成立，只是实用价值不大。观摩代表没给予表扬。这么大的活动，没给予表扬，其实就是批评。旅长像一尊雕塑，凝望那被轰掉巨石的山峰。

"如果这个石头老人是蓝军的飞机该多好啊！"我在旅长身旁，想拍个马屁，说出他心里想说的话。旅长头也没回，依然呆望着那残缺的山峰。

几天后，旅长找来雕刻匠人，雕了一个长发飘飘的，守望的少女，借助巨型吊车，安放在巨石老人飞逝的地方。

五月一到，梨花漫山遍野，像雪，像云海，壮美异常。乌兰木图山的导游，指着那个长发飘飘的石女，对那些日韩游客制造一个美少女寻夫的传说，说是多年前，这里是一片海，美少女的恋人，一个很俊的男子下海打鱼，遇风暴失踪了，他的恋人日夜守望海边，等夫归来，盼成了一尊石像。那些日韩游客纷纷拍照。慢慢地，中国游客也相信了这个美丽的传说。参观巨石景点，在巨石像下留影的人明显增多。看来，人们还是愿意同美少女合影，无论她是人，还是一尊石像。

市旅游局将那废弃的钢绳索道进行加固，在上面安了吊篮，有游客坐上去。驻地军人可免费乘坐。这么说来，旅长其实是做了一件好事，但旅长还是闷闷不乐，我也郁闷。旅长可能因此而耽误提职，而我，一篇眼看就要到手的大稿子鸡飞蛋打。

政委安慰旅长说："革命就要付出代价，革新也是一样。"

没人安慰我。

旅长带着他的坦克群和保障分队，回到旅里，我也回到了机关政治部。这十几天的日子里，伍亚军居然发表了近十篇稿子，而且很多是写基层科技练兵之事。原来不上一线，坐在在办公室里，也可以写出新闻报道。

我学着伍亚军闭门造车，三天憋出两篇稿子，一篇都未通过。我想，我不同滕远达和伍亚军，他们一个是干部，有着十几年的兵龄，一个是老兵，他们熟悉部队，而且有电话与外界保持联系，而我，基本上算一个新兵，缺少作战分队生活，基层联络的电话又从不找我。

我决定主动到连队走走。我已经不敢打着采访的旗号了，采访的稿子出不来，我脸挂不住，被采访的人也挂不住。我装作找老乡玩儿。警务连有我一个老乡，与我同年兵，一级士官，当班长。

我与老乡班长聊天时，一个上等兵忙前忙后给我倒水，倒了水，他就静立一旁，听我们闲谈。他个子不高，黑亮的双眼散发熠熠的光，在我和他们班长身上来回移动，很机灵的一个小兵。他始终微笑着，我对他有了好感，就同他谈心。他问我："记者，当兵的不让笑吗？"他的话令我惊讶，首先是他称我为"记者"，另外，他的问话也怪。

"只要不是在严肃的场合，怎么不可以笑呢。'团结紧张、严肃活泼'嘛。"我说。上等兵就同我讲了他的感受。他说他叫滕金波,都第二年兵了,地没少扫,窗户没少擦,军事训练也没落下,理论考核也没拖后腿,可就是评不上优秀士兵,入党也没有他。好一个胆大直率的小兵!我想,问题或许就出在他这张嘴上。

他依然微笑着。我问:"你总笑什么。"滕金波说:"我没笑。"我说:"你当面骗人,你明明在笑。"滕金波说:"我真的没笑,不信你仔细看。"

我仔细看,滕金波还在笑。我就拉下脸,滕金波见我生气了,便解释说:"记者,我真的没笑,我脸上有个疤,是它在笑。"我细看,他的下巴上果真有一块疤,很滑稽地斜在嘴角,看上去,像扯着嘴唇笑。

"因为这个疤,我可没少吃亏。老兵总以为我在笑,说我不严肃,作风稀拉,所以工作总也上不去。"

我说:"你应该让他们知道是这个疤在笑。"

他说:"可是,有时我是真笑。笑有什么不好?难道非要成天板着个脸?"

说的也是。

我的老乡班长脸有怒色,他冷冷地说:"看来还是你这个大记者有人缘。我当他班长这么多天,也没见他同我说过这么掏心窝子的话,好像在我们班受了多大委屈似的。"

我知道,班长不愿意他的兵同别人过多交流,我起身告辞。我担心这个滕金波晚上要挨班长批评,便对老乡班长说:"我不是来采访的,我只是来看你。你不用难为你的兵。"老乡说:"我这么小心眼,还能带好一班人?"

我扯着嘴角,给他一个滕金波式的一个微笑。

晚上,我始终放不下这件事。军区报有个"益言谈"栏目,就是对基层某些不好的现象进行批评,或是提一个好的建议,像中央台的"焦点访谈"。我就写了篇《应该让兵多点微笑》的稿子。第二天上午,我正埋头修改稿子,滕远达扫了一眼,说:"这个稿子有点意思。"说着他就把我的稿子拿走了。

我快活了三天。我第一次得到了组长滕远达的表扬。我抬头看窗外，春天来了，这是真正的春天。

然而，春天很快在我心里夭折了。三天后，稿子出来，我看见"滕远达"的名字赫然排在我前面。这一百多字的"益言谈"，两个作者，一看就是前面的作者同情后者，把后者的名字硬挂上去的，可真正的作者应该是我呀。滕远达身为组长，不地道！

我向伍亚军诉苦，我俩都是士官，属于同一战壕。伍亚军安慰我，说滕远达把他的名字挂在我之前，其实是在帮我，因为我是新报道员，编辑不熟悉，稿子就很容易被遗漏，挂上滕远达的名字，编辑就会认真看，也容易发表。伍亚军的话，并未解开我心中的疙瘩。这么下去，何时是尽头，我不但很难独立发表新闻稿件，还耽误写小说。我动摇了，正要打退堂鼓，主任来到报道组。主任来时，窗外正下着雨，天很凉。主任问及报道组的情况，主任说："不用着急。你会写小说，有文字功底，上道了，就会得心应手。"我心里这才涌起一股暖意。

我弄不明白主任为何要这么重视报道，伍亚军就向我讲起去年年底，他们到集团军开新闻报道先进工作表彰会的情形。他说，当时主任坐在前排中央，领奖时，他左右两边兄弟单位领导都上了台，领完奖后，兄弟单位的领导们久久不下台，在那儿等着拍照片、录像，把我们主任晾在台下。是巧合，还是集团军宣传处有意安排？伍亚军努力地回忆了一下说："我也弄不明白，只知道主任那白胖的脸，便唰地一下白里透红，与众不同，赶上大姑娘了。"

我不喜欢伍亚军这样描述主任，主任是首长，还是我的伯乐，是他把我要到报道组的。但经伍亚军这么一说，我脑子里就有了那天他们开会的情形。

我心里涌起一阵酸涩。

伍亚军的新闻稿件连续见报，有的是滕远达写完挂上他的名字。伍亚军写了那么多的稿子，滕远达还给他挂名，我懒得理他们。让他们同流合污吧，我干脆偷偷地写我的小说，甘做一枝梅花，孤傲地迎风而立。

滕远达看出了我的孤傲,这天晚上,他破例没有回家,他说:"王胖墩到报道组这么长时间,报道组还没有单独聚一次,今晚我请客。"

在营院外一家蒙古族馅饼馆,我们相对而坐。我们要了有名的"喇嘛炖肉"和奶茶,一杯奶茶下肚,我脸热乎乎的。滕远达说:"胖墩有情绪。"我说我没有啊。滕远达说:"怎么没有,你脸上写着呢。"我就不再辩解。滕远达告诉我,伍亚军想提干,他说:"胖墩,这是好事,我们都得支持他。"滕远达抹一把下巴颏上的茶滴,接着说:"你年龄小,以后还有机会。"我说:"我不想提干。"其实,我不是不想,当个军官多气派,我只是觉得太渺茫。我高中只读了两年,没毕业证,不够提干条件。没了希望,也就不去想它。不过现在滕远达这么说,我有些不好意思,原来他也一直想着我,我误解了他。我想,我得好好写稿,减轻他夺"春雷杯"的压力。

我决定下去找线索。我记得有一句名言说,生活中不是缺少美,而是缺少发现。

我果然发现了美,他是警务连的滕金波,我上次写过的那个嘴角有疤,爱笑,被误认为不严肃的上等兵。他资助失学少年一年多,做好事不留名。我到他们连时,他们指导员把我让进他的办公室,给我沏上热茶,没等我喝,他就滔滔不绝讲起滕金波。指导员说:"他可是个好兵,你不能简单地写个消息,你至少得写个报告文学,往军报上发。"

我吓了一跳。我说:"我哪有那本事,军区报我还没露脸呢。"指导员说:"谦虚,咋没露脸,我看过你的名字。"我想告诉他,那都别人给挂的名,又怕让他瞧不起,对采访不利,便说那都是小稿子,没名。他笑道:"你是林中小鸟,不鸣则已,一鸣惊人,写完滕金波,你就会名声大震。"

我也是这么想的。

那次写滕金波的稿子发表了,这次,滕金波又有故事,看来,我与他有缘,我就想更深地了解他。滕金波:湖北鄂西人,入伍第二年起，他每月津贴只留十元，买洗衣粉，买牙膏等生活必需品，其他的都资助那位素不相识的中学生。

"现在的兵，津贴长了，爱美了，用的都是'海飞丝''飘柔''大宝''美邦男士'，滕金波却是一块香皂都舍不得买。"指导员发出感慨："真是个好兵！"

指导员让人把滕金波叫到他的办公室。

这次，我把他看得更仔细。滕金波圆脸，一双黑亮的眼，配合他那有地块疤痕的嘴角，真的总像是在甜甜地笑。我问及他资助贫困学生的事，他直摇头，说没这回事。我性子急，说："你们指导员都告诉我了，你就别谦虚，不过，你是怎么想起要资助他们的？"

滕金波不说。我再催，他就说，他到部队后，最大的感受就是书读得太少，没文化，现在特后悔。去年他从报纸上了解到一个叫刘晓强的中学生，他爸出车祸没了，他妈还有病，刘晓强面临失学。滕金波心里就特别难过，不愿刘晓强像自己一样过早地离开学校，就决定帮他。

我看着滕金波。滕金波不好意思看我，将眼光朝向一边。我不看他时，他就偷偷瞅我。他的眼总是在骨碌碌转，给我的感觉有点油滑。我觉得他资助失学儿童，肯定有另一种目的。

我想从侧面了解滕金波，就对指导员说："我到各班转转，看看还有没有别的线索，你不用陪我了。"

我走进阅览室。阅览室有四五个人在看书。我问及滕金波资助贫困小学生一事，有两个兵就出去了。留下的，有一个兵说滕金波家穷，他资助贫困中学生，是出于私人目的，他并不是真心学雷锋。

"穷还拿钱出来资助，这就更难能可贵。"我说。

"因为家穷，他就想留转士官，又没专业，他就想借资助贫困中学生出名。他给别人邮钱，故意不留名，却留了个地址，别人到部队来一查不就查出来了吗？"

看来事情还挺复杂。我说："话不能这么说，转士官的途径很多嘛。"

"我们警务连没有热门专业。"

"不管他出于什么目的,他的行动是真实的,可贵的。"我说。

"可他根本就没条件资助别人。"一个列兵露出小虎牙,说,"他妈没了,他爸有病,他妹妹没钱上学,他连自己的妹妹都资助不了!"

我愕然。"小虎牙"又说:"我与他同乡,两家离得近。我是不敢向记者撒谎的。"我犯难了,如果真是这样,我可没有心情写他。一个对自己的亲人不闻不问的兵,会好到哪儿去呢?我急忙找到滕金波,问及其家中情况。滕金波脑子转得快,知道有人"告密",就将家中事全说出来。他说,他本来有个哥哥,是村上的电工,去年眼看要结婚,不小心被电死了。说他爸是老病,治也治不好。说他妹妹的学习不好,读书也是白搭。但滕金波的那个老乡说,滕金波的妹妹学习挺好,她好几次哭着要上学。滕金波就不再吱声,我看见他眼里,有晶莹的东西在闪烁。

指导员拿来厚厚一沓信,是滕金波资助的那个刘晓强写来的感谢信,有两封是滕金波的妹妹写来的。滕金波的妹妹在信里说,她要读书,要滕金波寄学费给她。我看着,眼泪差点流出来。我无法相信,半个多世纪前,高玉宝那"我要读书"的呼声,在21世纪,在这个小女孩的心中,再次响起。我的心震撼了。我掏出三百元钱,塞给滕金波,说:"你赶紧给你的小妹邮去吧,以后你就不要资助别人了,你的能力有限。那三位小学生,我动员你们全连去资助。"

说完这话,我立马有点后悔,我毕竟是一个士官。

我走了。走到机关后楼的花坛前,滕金波追上了我。他说:"王记者,你是好人,我就跟你说实话吧,我不是对家人冷酷无情,我是没办法。我想在部队提干,考学吧,文化不够,我就想转士官,可在警务连,成天就是站岗,没有专业,我就想起资助失学少年,等名声大了,部队就会留我转士官,那时我就有工资,我照样资助别人,妹妹也可以复学。"滕金波说着,居然抹了一把泪。

我望着滕金波瘦削的肩,心里酸酸的。我回到警务连,我对指导员说,滕金波的精神可嘉,可是,他不宜资助别人,好像也不宜报道。指导员说:"我也是这么想的,才一直没主动把他的情况向报道组反映。我打算动员全连官兵,从他手中接过资助刘晓强的接力棒。"

滕金波不能写。人怕出名,滕金波一旦成为典型,就由不得他了。我决定替滕金波想想别的办法。

由于在乌兰木图山搞坦克打飞机试验,我结识了旅长。我壮着胆,上了他的办公室,向他汇报了滕金波的情况。旅长说:"尽管其做好事的动机不纯,但毕竟是在做好事,这兵还行,把他送到军修理大队学汽车修理吧,这样他转士官就有专业了。"

我向旅长敬礼致谢。

滕金波上军修理大队报到,走前,特地来向我表示感谢。我目送滕金波的背影,长吁一口气,心里陡然一轻,这是我入伍以来,为别人办的最像样的一件事。

报道组连续一周没有上稿子。主任着急,把我们往基层营连赶,说我们不能闭门造车。

我去的是步兵营,步兵营给我准备了一个单间,是营长教导员的待遇,这让我受宠若惊。中午吃饭,营长教导员让我喝酒,我不想喝,然而盛情难却,喝了一瓶啤酒。我不胜酒力,头晕,回我的单间躺下,竟一下睡到太阳落了山,但天还亮堂。营长过来喊我去踢球,不知他们怎么知道我喜欢踢球。

营长递给我一套新球衣,意大利队服,9号,我又一次受宠若惊。我喜欢踢球,但技术一般,我哪配得穿9号球衣。营长说:"穿上吧,就是玩,别太认真。"

可我是认真的。

与步兵营对阵的,是坦克四营。踢球时,步兵营的兵不断地给我传球。我绕过一个后卫,形成单刀,可面对守门员,我却打偏了。我浪费了很多机会,步兵营的兵还给我传球,上半场结束,打成二比一,我们落后一球。下半场刚开始,一个球传到我脚下,我带球前行,我前面只剩下一个后卫了,他来拦截我,我特想进这个球,因用力过猛,一只腿突然抽筋,迈不动了,结果,倒把对方后卫闪了一下，他扑了个空，几乎跌倒，而球依然在我面前滚进。我咬牙，一个箭步冲上去，起脚劲射，球应声落网，二比二平。我腿突然抽筋，急停，在对方后卫和队友看来，是一个绝妙逼真的假动作。步兵营的鼓声响起，为我欢呼。

几次攻防之后，我们再次迎来进攻机会。营长在右边带球突破，对方后卫阻拦。他右脚往前一带，转身左脚回扣，再转身右脚往前带，这么一晃，晃得后卫失去了重心，被甩在营长身后。营长起脚，我被营长一系列动作弄得眼花缭乱，呆立在那里，只觉一个什么东西，重重地砸在我的头顶。我还没弄明白是怎么回事，队员就都跑过来击掌，有一个小兵，居然还同我拥抱，我问："怎么回事？"他们说："球进了，你的头球，漂亮极了。"

不久，裁判吹哨，步兵营三比二胜了四营。我梅开二度，而且最后那决定胜负的球，是我进的。我兴奋，但我心里清楚是怎么回事，除了那千载难逢的瞬时抽筋，那最后一记头球，功劳完全应该记在营长头上，他的球传得太好了，别说是我立在那里，那儿立着一根木头桩子，球也会被砸进球门。当然，这一切我只能意会，不能言传。

我离开球场，脱下球衣，还给营长。营长拍拍我的肩，说我球踢得不错，他坚持把球衣送给我。我不要，我说："让我当一把球星，我就够感谢了。"营长说："先搁你那儿放着，以后还来踢。你球踢得那么好。"

我的脸微微有点烫。步兵营球队打遍我旅无敌手，凭他们的实力，应净胜四营三个球以上。他们把过多的机会给了我，而我却都浪费了。现在一想，他们太看重我这个士官报道员了。我甚至觉得，他们是在用足球贿赂我。

我感动，就想写写他们。我想上各连找线索，营长说："你不用去，我已让各连准备了，他们一会儿就会把线索送上来了。"

各连送上来的稿子，大都是连队坚持饭前小广播；新闻联播前要读报这样老掉牙的小事。回机关，我绞尽脑汁，整理出几篇，结果都被滕远达枪毙。我心灰意冷，觉得对不住步兵营，我再也不好意思上步兵营了。我还找各种理由，拒绝踢球。我知道，历史不会得演，对于我，那样的经典之战，是一去不复返了。

我望着窗外匆忙行走的人流，感到特别累。

我们旅打算在军区报上发一个专版，主题叫"我们旅的故事"。滕远达那张过于平静的脸，也多了笑意，他说："看来今年夺'春雷杯'问题不大。一个专版，怎么说也得排十篇稿子，再配上几个图片，就是十几篇。我们很快就会突破百篇大关。"

着手写"我们旅的故事"时，我兴奋了一整天。滕远达把那些汇报上来的线索整理成提纲，让我写。他说："你就好好写吧，你是写小说的，写故事是你的强项。"我在滕远达的鼓励下，连夜作战，不到天明就把稿子写好了。我伸个懒腰，趴在窗前望着黎明的曙光，等待滕远达的到来。

滕远达看了我写的故事，说很流畅，就给主任拿去了。我心里有些不愉快，我写了差不多一个通宵，他仅仅说很流畅，在我看来，"流畅"这个词等同于通俗，与阳春白雪不沾边。我就觉得滕远达不够意思，他自己回家陪老婆，我加班，连一句表扬的话他都吝啬。

一个星期后，专版出来了。我手捧"我们旅的故事"，心里凉透了。那些单个的故事，都没有署作者名，只在最后标明，由我们旅的主任、宣传科长、滕远达、伍亚军等撰稿。我的名字，被那个可恶的"等"字取代了，

我像吞了一只苍蝇。那个夜晚，我眼角滴下了一滴泪。这是我到部队后第二次流泪。第一次是我到部队的第一个晚上，那个晚上，我在操场静立，眺望老家的方向。恰好旅广播站播放歌曲："夜深人静的时候，是想家的时候。"我当时鼻子酸酸的，新兵排长跟过来，一只手搭在我肩上，一言不发，那手就触到了我的泪腺。

现在，我抑制住我眼中的另一滴泪。我对自己说："你是一个小兵，士官第一年，能当幕后英雄，也是你的荣誉。"我听见我自己说的话后，心里敞亮了许多。

滕金波在军修理大队学完修理专业后，没有回警务连，分到修理

营，为转士官创造条件。这是好事，我决定前往，向他祝贺。

我骑车到达修理营时，夜已黑，华灯初照，营区比大街更显亮堂。原来我来得不是时候，他们营正在修建车库。我不便打扰，静立一边看。我看见滕金波忙碌的身影，看得出，他新到一个单位，正在积极地表现自己。我不想影响他，就站在不远处，看着他们搅拌混凝土。一个兵两手拽灯绳，提着灯，使电灯泡追光灯似的照着兵们倾倒混凝土。我看着那个兵，觉得不安全，怎么也得用一根木棍挑着灯绳吧。我正要上去说出我的想法，就见那个兵筛糠似的颤抖着，像跳街舞。我惊异地立在那里，还没完全弄清是怎么回事，只见滕金波吼叫着冲过去，手背贴上电线，同时将手掌翻过来，抓起电线绳用力一甩，电线就离开了那个兵，那个兵立刻停止了他的"街舞"。

但令我惊骇的是，那个兵的"街舞"传递给了滕金波，滕金波站在那里乱颤。我吓得大喊救人，有人冲到墙根关了电闸，灯灭了，滕金波的影子在黑暗中停下来，他立在那里，瞬间，像一截树桩似的轰然倒地。

我冲过去。有人拿来手电，说："快送医院！"滕金波直喊手疼，手电照着他手，他的右手黑了。

医院检查结果，滕金波的右手被电伤，大拇指和食指必须截肢。滕金波躺在床上，一声不吱，脸上依然在笑。我盯着他嘴角的疤痕，是它在笑。

我打着采访的旗号，每天都到医院看滕金波。这天晚上，我又去看他，他那缠着厚厚纱布的手令我心寒，我埋怨他："人触了电，是不能这么去救的。"滕金波笑道："我也知道要去拉电闸，可离得太远，来不及。我在一本书上看到，发现电线，只要不是高压线，先用手背去碰。如果用手掌去碰，有电，手就会被粘上。用手背去碰，即使有电，手也会被弹开，所以我先用手背去碰，发现没电，翻手去抓，谁知这一招不灵。"

这显然缺乏科学根据，但在危急关头，他这样胆大心细，令人佩服，也令人心酸，我涌出一种想报道他的冲动。我便问他更详细的想法，他说："王班长，我实在是太怕电了，我哥是村里的电工，一不小心被电带走了，自那以后，与电接触，我就特别小心，我当时冲过去，就是不想让电老虎再咬着我的战友。"

我看着滕金波缠着厚厚纱布的，缺了两根指头的右手，我想哭。我说："你也不想想，你要是'光荣'了，你那个病爸爸怎么办？你妹妹怎么办？"

滕金波说："我不会'光荣'的，我妈妈在天堂注视我，保佑我。"

我说："可是，没了这两个指头，你以后怎么生活。"

滕金波说："总会找到适合我干的活。"

我心里越发酸，眼睛一热，不让滕金波看见我潮湿的眼，将脸转向窗外，我说："夜色真美。"声音有些哽塞。滕金波应我道："是啊，夜色真美。"声音也是哽塞的，带着泪洗过的潮润。

我那么强烈地想写写滕金波。我把他的事向滕远达汇报，滕远达说："这事太小。"我与他争辩，什么样的事才能算大，非得舍己救人的人牺牲了才算大事？鲁迅《一件小事》，比这事还小。滕远达白我一眼，他显然没想到我为了一个小兵，居然敢同他顶嘴。他脸有怒色，但他克制了自己，依然用平和的语气对我说："滕金波拽电线救人之事，其实是事故，不宜报道。"

我跑去找主任，结果主任也说此事不宜报道。我心透凉透凉，似乎胸腔裂开了口子，钻进了东北干冷的风。

全旅野营行军选在初冬。我跟随旅机关，徒步到乌兰木图山脚下时，天近正午。乌兰木图山在我们面前越发的高大。再次来到她的腹地，我感到特别亲切。我想看奇峰怪石，然而，首长并没把爬山当作训练科目，不让我们上山顶，只让我们从半山腰穿过。望山跑死马，走了半天，也没到山脚。到了山脚，高炮、地炮、修理营分队，伪装得严实，白色苞米叶密密麻麻裹着他们。他们穿行在松林间，每支队伍，在阳光下，像一条银光闪闪的巨蟒，蜿蜒前行。

我意外地看到了滕金波，他就在修理营行军队伍里。我给他照了几张相，他说："王班长，一定别忘了给我洗几张。"

我一直不敢看他摆动的右手。

我们走遍了辽西的山山水水,虽然脚上打起了血泡,但最终完成了行军,于第十天黄昏,回到驻地郊区,在松涛湖畔开庆功篝火晚会。那天我喝了一棒子啤酒,胆子特大。我迎着篝火的火星,边歌边舞。我说:"下面,我把这首歌献给我们敬爱的旅长。"说完,我却不知道唱什么歌,愣了一秒钟,竟脱口而出,用歌唱毛主席的曲调唱道:"敬爱的旅长,你是我们的好旅长……"大伙都乐了,旅长更是乐开了花。松涛湖小学的部分师生也加入进来。我灵机一动,把红色征兵宣传单叠成一朵花,献给一个漂亮的乡村女教师。大伙鼓掌,没人说我差劲。旅长都乐了,他们敢说啥。他们把手掌拍得震天响。

我正得意之时,看见了台下的滕金波,他也乐,但并没有拍打他那缺了两根手指头的手。

一阵剧痛划过我的心。

回部队后,放假一天。三天后,部队奔赴科尔沁草原打实弹。真不明白为什么要在冬天打,秋日天高云淡,干吗不打。旅长说:"我也知道秋天打炮好,可战争不只在秋天爆发。"

我要求回自己的连队打一次实弹。我是瞄准手,今年一发炮弹都没打过。

见我回连,连长指导员都很高兴。七天非实弹射击合练后,他们对我的表现很满意,让我担当四炮班二炮手,也就是全连基准炮瞄准手。

实弹射击。茫茫黑夜,无垠草原,远处的目标星辰般寂寥而空远。我沉着、冷静,装标尺,修正方向,锁定目标,连长用洪亮的嗓音指挥全连:"一炮一发——放!"一枚炮弹喷射出耀眼的火光,飞向远方,在夜空中划出一道美丽的弧线,瞬间坠落,爆炸,将草原上那个目标击得粉碎。我和我们连受到观摩首长的表扬,我骄傲。昔日只会玩弹弓的淘气娃,今朝操练火炮,指哪打哪。

连长喊一声:"全连齐射——放!"有我基准炮为参照,全连火炮全部覆盖目标。射击完毕,我躲开欢庆的兵,站到帐篷背后,仰望星空,热泪横流。我想,让我写报道,简直是浪费人才,我应该下连持枪操炮，并把这些生活，写成小说，当个军旅作家。

忙碌了一年，年关到，人员调整。有人想走，偏要你留下做贡献，有人想留，部队却并不需要，得走；很无奈。

旅长的几次军事技术革新，虽然都不了了之，但他生命不息，探索不止的精神，还是得到了上级肯定，上级任命他上军里当副参谋长，正师职。旅长走得很高兴，旅里特地给他开了个欢送会，营连主官和机关干部参加，只有伍亚军和我是兵。旅长说，一个人离开一个地方，要给那个地方留下点什么，要让人偶尔会想起他，才不会愧对那个地方。他说，他不知道我们会不会想起他，但他会想我们。他说得我们心里酸酸的。

旅长的确给我们旅留下了一些东西，软件建设不说，他提议建造的副营以上干部家属楼，还有士官临时公寓，让很多干部士官受益。

旅长骂过我，也安慰过我，是我偶尔会想起的人。我想起他像麋鹿一样跳跃着，手舞足蹈骂人的样子，忍不住想笑，可眼里却滚出一滴泪。

很多人都哭了。旅长没哭，但声音已经哽咽。当他的公务员把一块洁白的手绢递给他时，他用它捂住眼睛，一直到会议结束，他没能再说一句话。

我们上车站送旅长，拍图片，滕金波也在车站，他摘去了上等兵的军衔，但他梦想的一级士官的军衔，并没戴在他的肩上。他曾经对我说，士官军衔，像两只金色的翅膀，可以带着他飞翔，但是，他没能实现这个愿望。因为残废，他不符合套改士官条件。旅里留他当军工，工资按士官套改，滕金波不留，他说他手残废了，不适合留在部队，他不想给部队添麻烦。我问他："你想好了吗？你回去干啥？"他还是那句话："总会找到适合我干的活。"

滕金波永远地离开了军营。伍亚军也离开了报道组，下到步兵二连，他提干未果。上级规定，今年的提干名额，全部下放到基层营连，预提对象必须是战斗班排班长，机关兵不在预提范围之列。伍亚军就申请下连当班长，为明年提干做准备。我想滕金波，不知道他在鄂西那个山村过得怎样。我偶尔也会想起伍亚军。我心里乱。主任再次转悠到报道组，我趁机向他汇报，说我实在搞不了报道。主任说："你就放心写吧，咱们不'他妈的'刻意夺杯，只把我们的工作正常报道出去就行。"

主任骂了句"他妈的"，这是他的进步，表明他这个大机关来的人，慢慢地融入我们这些俗人之中，这有利于他开展工作。

主任望着我，说："你文字基础好，我打算把你送到南京政治学院新闻系培训。"我望一眼主任。难得他对我一片厚爱，我眼窝一热。他急忙把目光投向窗外，马路对面是一片工地，红砖楼立在半空，参差不齐。工地上已经没人干活，据说是天太冷，但也有人说是资金不足，终止了施工。这破败的景象，影响了我的心情，它使我想到，我写新闻报道，最终很可能像这一栋楼一样半途而废，因为我对写报道没有兴趣。我冲主任摇摇头，我说："首长，我要下连，当炮长，当士官，纯粹的士官。我在这里干部不像干部，兵不像兵的。我不适合写报道。"

主任瞧见我办公桌上的小说稿，知道我又在偷偷写小说，冲我一笑，说："那就不勉为其难。想当作家也不是坏事，作家离不开生活，而生活在基层，没准你将来真能成为一个作家。只是以后写出气候来了，别不听招呼。"

我说："哪能呢。"心里暖暖的。

主任走了，我也走出我的办公室，走出机关大楼。就要离开这里了，我一点也不伤感。我是一条鱼，连队才是我畅游的海。

我仰头望天，阳光耀眼地照着。

饭堂哨兵

哨兵来到机关大院，成为哨兵时，是初春，阳光在风中跳跃着。那一刻，哨兵是幸福的，像院落里的银杏、洋槐，白玉兰和紫丁香，被温暖的阳光和春风抚慰着。他内心深处的某种期冀，像紧绷了整个冬天的叶芽，正悄悄地打开。

哨兵本来是市远郊装甲团的一个新兵。那天下午，哨兵在新兵连训练，眼看就要下到老兵连，成为一名威风的装甲兵，两个上级来的军官，突然出现在队列前。军官在队列前走了个来回，目光在他们身上扫来扫去，像羊场老板在养群里挑种羊，令哨兵头皮发紧。最后，军衔高的军官指着哨兵说："你，出来！"哨兵一阵惶恐，一脸茫然。连长及时给他放松情绪，拍拍他的后脑勺，说："是好事，到大机关给首长当警卫。"连长的声音压得很低，一种故作的神秘。

哨兵回头，一连人的目光，追光灯似打在他身上，那是一束束羡慕的光柱子。哨兵感到心里开了花，却故意绷着脸，摆出一副可怜样，好像他是受害者。他跟随两位军官钻进小车，狭小的空间以及身旁的两个军官，令他感到陌生。

哨兵不敢看军官，他脸朝着窗外。看着窗外闪过的风景，新兵连生活的一幕幕，在他脑海中放电影般闪回。入伍以来，哨兵一直不被重视。新兵班里，哪一个不"身怀绝技"？邻村同一个车皮来的王秀虎，瘦，背地里大伙叫他"王瘦虎"，可"瘦虎雄风"，那体质，五公里越野，像一只梅花鹿在长长的队伍面前跳跃着，越跑越轻松。胡杨是新兵班与哨兵最铁的哥们，两人都是上铺，一南一北，头顶头睡。有好吃的，胡杨一抬手，就递过来了。胡杨会中医，针灸、按摩、开几副草药，祖传的。他的理想是上部队军医学院，将来当一名军医。湖南兵李森林，就更不用说了，在校大学生入伍。那素质，让他当个排长都够格。哨兵再想想自己，大山沟里的放牛娃，一身军装，掩盖不了满脸土气，唉，命中注定是一个被忽视，不被关注的兵。

没承想，今天自己居然被选到大机关。哨兵有一种无法言说的甜美，那感觉像是回到了村里那爿逼仄的麦芽糖作坊。

窗外的一切虚幻地飞奔而去，即将谋面的首长跳跃在他眼前，威严、和蔼、帅气、慈祥。这一系列表情在他脑子里跳跃着，却也是虚幻的，并没有一个具体的形象。

到目的地，下了车，哨兵并没被带进机关大院，而是走进大院对面那条胡同。胡同有哨兵把守。进了胡同，是一片篮球场大的空地，四周是二层楼房。哨兵站在空地中央，像站在天井里，有一种被关押的感觉。

哨兵在心里惊叹：我的妈，首长家这么大。

哨兵很快知道，这不是首长家，是大机关的保障连。

出来一个下士，自称是哨兵的班长，让哨兵跟他走。班长脸上的肌肉铜铸似的，哨兵感知到了他的冰冷和坚硬，刚才车上那种陌生而甜美的感觉倏地溜走，一阵轻微的恐惧在心尖拂过。他花了近三个月的时间，刚刚适应自己的班长，突然又冒出一个班长来，这就是新兵啊！

吃晚饭，整理内务，洗漱。临睡觉前，班长把他带进机关大院，在机关饭堂前，一跺脚，点给他一个哨位。

原来是站饭堂哨！

班长跺脚时很给力，哨兵满肚子希望，哗的一声，被震落在他庞大的膀胱里，就再也寻不着踪迹。如同一瓢水，泼向宽阔的湖面，消失得那么干净。

班长说："别傻站着，回吧，从明天起。"

出大院时，班长指着那些持枪的哨兵，告诉他，大门哨兵同他一样，也是刚从下面连队选上来的，都是新兵，每年一换。

"那换下来的兵呢？"哨兵壮着胆问。

"回原来连队。"

班长话语轻柔，哨兵只觉世界一下子凝滞在他的脚下，万籁俱寂，唯有脚步声，他和班长的。因为是齐步走，他只听见一个人的足音，他的脚步声淹没在班长的脚步声中。哨兵心里清楚，从这一刻起，他的工作，也将淹没在班长的工作中，因为，他只是一个哨兵，平淡无奇，亦步亦趋。

这个夜晚，哨兵久久难以入睡。他一翻身，面朝窗，窗外是清冷的月光，杳无人息，班长的呼噜，使夜越发显得凄凉寂静。再一翻身，扔给月光一个后背。他对自己说："哨兵就哨兵吧，这可是大机关，为首长和大机关干部服务，即便是站岗，也是一件荣耀的事。入伍第一天，班长就说过，要做革命一块砖，哪里需要哪里搬。现在被'搬'到这里来了，就在这里做贡献吧。这机关，是周围好大一片战区的指挥中心呢。为他们服务，保证他们就餐的安全，这贡献可不小。"哨兵这样想，就有一丝骄傲，像微弱的火苗，在心中轻轻摇曳。他甚至盼着时间过得快一些，盼着首长和大机关的干部来饭堂吃饭。他为他们服务，开门，敬礼，下颚微收，露出似笑非笑的表情。

转来机关的好消息，应该写信告诉槐花吧。哨兵模模糊糊地想。

槐花与哨兵同村，大别山脚下，一个叫竹林湾的小村庄。哨兵眼前浮现出槐花那双眯缝眼，她在朝他笑哩。槐花笑过之后，就悄悄地后退，消失在他的目光之后，首长一张慈祥的脸，近在眼前。首长亲切地问他："小伙子，叫什么，家住哪里？"

一阵欣喜掠过哨兵心头，他刚要回答，首长倏地远去。首长根本没来，首长光顾的，只是他的一个梦境。

饭堂共三层，一楼是空旷的大厅，二楼机关干部用餐，三楼是首长专用雅间。每次用餐，哨兵就站在饭堂门口。机关干部用餐时间一个小时，他提前十五分钟到位，延后十五分钟撤离。一日三餐，每天三班岗。哨兵给每位进入饭堂的干部开门,给着军装的军官敬礼。对穿便装的,瞅着年龄大一点的,也敬礼,他知道他们是"潜伏"的大官。

哨兵上岗下岗,路过大门哨时,会有一种优越感。毕竟,他是直接面对首长和机关干部。而大门哨兵,是看不见首长的。首长坐车进出,隔着深色车玻璃。尽管哨兵到现在,也没看见过首长,但他相信,他总会见着的,近距离地,面对面。

但哨兵的优越感,时常被大门哨兵手中那几杆枪驱走了。大门哨有枪,有子弹。哨兵尽量不去看他们,显出自己的孤傲,更不能去看他们背的枪。他不能让他们知道他对枪的渴望。饭堂哨兵不挎枪,他有的,只是帅气的面庞,刚毅的神情,和洁白的手套。

哨兵从未打过枪。新兵连怕出事故,把射击科目留到三月份,新兵下到老兵连后,与老兵同步进行。可哨兵没等下到老兵连,就被选到这儿来了。

如果打枪,哨兵自信他是全连最棒的。小时候,在家乡,玩弹弓,射箭,他能击中飞行中的鸟。

机关干部陆续进入饭堂后,哨兵不用那么标准地挺胸抬头收腹提臀两脚并拢两腿绷直下颌微收两眼平视前方了,他可以放松一下。当然,只是偷偷地,极细微地。表面看,他依然站得笔直,只有他自己知道,身体深处绷紧的弦,松了一点点。

干部们用完餐,陆续离开饭堂,有的回机关楼,有的出了大院。哨兵在空旷的饭堂门口,坚持了十五分钟,自动下岗。一整天,三餐饭,没一个人同他打招呼,没一个人问起他的名字,好像他不是一个有血有肉的兵,而是一个人体模型。哨兵感到自己又一次被忽视,失落的情绪升上来,脸上既非颔首微笑,也失却了刚毅的神情。

连队开过饭了。哨兵的饭菜摆在饭桌上,是放在保温盒里的。保温效果并不好,只有余温,但品种不少,四种,荤素搭配。

哨兵味同嚼蜡。

哨兵失落的情绪,被班长捕捉到了。班长像一位长者,坐在他身边，看着他吃，给他讲故事。班长说："前年有个新兵，长得像你，很帅，被保障连选到机关饭堂站岗，后来被首长挑去当警卫员。后来，首长把他送到基层锻炼，给他提了干。"

哨兵遽然心动。班长的话，传递他两个信息：一是自己长得帅，才选到机关饭堂当哨兵；二是他有希望被首长挑中，当警卫员去。

班长还说了一句："春天是希望的季节。"这句话不是班长的原创，但从班长的嘴里说出来，哨兵就觉得，班长是一个有文化的人。

哨兵看一眼窗外，夜色中，灯影朦胧，淡黑的雾气升腾，如同他体内正在升腾的希望。

从明天起，只想站岗的事；从明天起，当个好哨兵。

新的一天。更暖的阳光，照耀着哨兵年轻俊俏的面庞。他站得标准，一动不动，只有那双眼，偶尔那么闪一下，又长又黑的睫毛忽扇着，使他的脸于阳刚中，有一丝灵性逸出；他鼻子高而直，额头和颧骨饱满；嘴唇微红，充满活力；从他那帽檐下钻出来的头发，浓密而有光泽。

年轻的哨兵正怡然地平视正前方，眼前空无一物，眼前又是一个万花筒，各种幻想浮在眼前：首长又一次站到他面前，说："小伙子，军姿不错。"哨兵定眼一看，哪里有首长。首长的话，更是没谱的事。

真正的春天来了。哨兵在阵风的间隙里，感到春天的暖意。各种花争相开放。这时是哨兵最寂寞的时光。军官都上了楼，哨兵微微转过脸去，数园圃的花。花的品种多，数不过来，仅颜色就有很多种。数不过来也数，春天总是伴着伤感而来的，春天的时间似乎更难熬。哨兵是用那些有关花的数字，来占据他的头脑。哨兵最喜欢的是槐花。他觉得，槐花是世界上最好的花，不浓，不淡，沁人心脾。但大院里的园圃，就是没有槐花，可能觉得槐花太过平凡，不及牡丹什么的娇艳吧。

机关下午开会，一个很长的会，晚餐时间随之后推。机关干部用完餐，都离去时，寂寞的哨兵，感到夜的寒意很重。哨兵想起家乡山里的夜，是那么宁静，温暖。春天最后的日子，能嗅到山槐的香。天空是深蓝的，能看见云朵飘动，星星在云层里钻来钻去。城里，是看不见星光的，星光被灯光湮没了。灯光显得那么华而不实，他从来没觉着，这霓虹灯装饰的夜是美丽的。有一天，这条街突然停了电，眼前漆黑一片。他听见机关楼里跑出很多人，他们抱怨，他却是那么兴奋。他认为，这样的夜，才有夜的味道。他就望着黑沉沉的夜。夜把他带到遥远的家乡，这个时候，家乡的田禾长势很好，蛙声开始鸣叫，宁静了整个乡村的夜。乡村的夜，是梦乡，那么甜美，他那么真切地嗅到了泥土的味道。这城里的夜，只是梦幻，离自己那么遥远。

电路接通，家乡的夜消失了，路灯把整洁的院落照得很亮，也照着园圃里的看桃。看桃在灯光下像哨兵，一动不动。

在乡村，照亮土路，照着桃树的，不是灯光，是月色。乡村的桃，也不是看桃，白里透红，长着一层可爱的绒毛，咬一口，全身都是甜的。哨兵忍不住咽了一下口水，他那刚刚发育起来的喉结，像一只小耗子，在喉管上窜了个来回。

哨兵还是没能见着首长。他自己也说不清，为何渴望见到首长。他并不幻想被首长选去当警卫员，不是不想去，是不敢奢望。他似乎只是想看看首长是不是他想象中的那个样子；似乎只想让首长看见，即便是一个饭堂哨兵，他是多么努力，多么认真，注重每一个细节，让自己的军姿得那么标准，无可挑剔，就是拿到国旗护卫队，也毫不逊色。

但首长并没出现，哨兵内心的渴望，在机关干部离去后，退潮一样准时消逝。

夏初的一天清晨，哨兵的希望在内心升腾得特别厉害，像锅里的蒸汽一样翻滚，灼烫着他。那天中午，他终于看见首长了，他高兴得差点惊叫起来，清晨那么强烈的愿望是一种预感。首长高大，帅气，戴着中将军衔，肩上金星闪耀。首长离他只有十步之遥，他惊讶得着点叫了出来，因为首长与他无数次想象中的首长形象，竟然有些像，高大、帅气，一张端庄而慈祥的脸。

首长近了。哨兵站得笔直，挺胸，收腹，提臀，眼平视前方，敬礼，手砍刀似的，砍得阳光下的空气里，尘埃翻滚。哨兵离首长是如此之近，他都能看清首长黑头发里，掺杂着的少许白发。哨兵盯着首长，首长的目光，却并没扫向他。

首长的身影，被吞没在电梯里，一楼大厅，恢复成原来的空荡荡。

半个钟头后，首长走出电梯，回机关楼。首长依然没有发现他的存在，他的身边，多了几个簇拥着的大校。

哨兵就这么，看着首长和几位大校离去。那一刻，哨兵莫名地被一种失落感侵袭。他觉得身体突然变得轻飘飘的，立在空荡荡的空气里。

后来，首长每次到饭堂，情形大致一样，慢慢地，哨兵也就习惯了，不再在意首长是否注视他，是否发现他站姿如何标准。他的目光，在时落在首长身边那几个大校身上。他们胸前的资历章，有那么一小片红，像火一样，在他眼前燃烧着。哨兵想：他们的官也不小呢，为他们服务，也是一件很荣耀的事哩。是一件荣耀的事，就得把它做好。哨兵做没做好，站岗用没用心，给不给力，他们目光一扫，就会摄像似的收进了他们的眼里。

哨兵的目光，有时也会在那些上尉中尉少尉身上搜寻。他们那么年轻就进入大机关，可见他们是多么的才华横溢，他们中间的不少人，以后也会成为胸前戴着一片红的大校呢，成为这里的首长也未可知。哨兵想，多年后，他在乡村，那时的竹林湾通了闭路电视，他指着电视里，某个大军官，告诉槐花，还有他和槐花的儿子，对他们说，这个人，我认识，我当兵时，给他站过岗哩。

哨兵这么想，脸上不觉有了一丝燥热。他斜一眼高空，有一只鸟，在空中孤独地飞过，蓝色背景上，留下一道灰白色的痕迹，那痕迹很快就被蓝色吞噬。哨兵突然觉得自己很像那只鸟，这么下去，他两年的军营生活，估计不会比这飞鸟更能给人留下印痕。

其实，鸟飞过，是没有痕迹的，那只是他的视觉暂留。同样，人生其实也没有轨迹，只有记忆。

记忆！哨兵想起新兵连的战友，他知道那些装甲兵，现在威风得很。野外训练，真枪实弹。哨兵不想去想，可脑子里，那些战斗影片里的镜头，全浮现出来，变成了真实，而他的新兵战友，则是那些真实故事里的主人公。

哨兵想得受不了，决定故意不好好站岗，站成三道弯，站成烈日下一支枯萎的禾苗。这样，那些首长就会注意到他，就会说，什么形象，滚蛋！这样，他就可以被退回到装甲团了，就可以和战友在一起，成为一个帅气的装甲兵。然而，只要远处有人影走来，哪怕是听见他们的脚步声，哨兵就本能地站得笔直。哨兵清楚，他骨子里已经是一个兵了，自己的一言一行，哪怕站立时的静止状态，都不可能再还原成以前那个随随便便的山里娃。

有一个人，引起哨兵的警惕。他个子不高，穿着有很多兜的便装，身上一股油彩的味道，搅浊了清爽的空气。他头发乱，单眼皮，瓶底状的镜片里，是一双白多黑少的眼，散发出迷惘的光。他冲哨兵笑，向他问好。他吐字不清，声音黏稠，湿漉漉的，像是嘴里痰太多，这让哨兵觉得他脏兮兮。他因为瘦，颧骨突起得厉害，微张嘴，牙露出来，白得放光，令哨兵脊背顿生寒意。幸亏是大白天，要是晚上，哨兵非得叫喊。

哨兵并没阻拦他，那是大门哨的职责。既然大门哨放他进来，那他就有进来的理由，或许是饭堂请的装修工。

又一天，来饭堂的人特别多。那军礼敬的，哨兵只觉胳膊酸软。眼看人都进到饭堂，哨兵偷偷地放松自己。谁知这时，那个头发凌乱的人慢悠悠走进来。一身军装穿在他身上，扎眼，不协调。凌乱的头发，从他那空荡的大盖帽里爹出来。他穿军装的样子，比穿便装，更令哨兵惊讶。哨兵无法想象，他竟然是一个军官，还是正团职。

哨兵没有给他敬礼，甚至都没正眼瞅他。哨兵的目光，盯着阳光下浮动的尘埃。那个军官站到哨兵面前，立正，抬起手臂，给哨兵敬礼。他将地跺得砰的一声响，将空气砍出一阵风。哨兵急忙回礼，脸像炭火灼烤，不仅烫，伴有疼痛。被动了，如同挨了那人一耳光。

那人伸手,拍了拍哨兵的肩,表明他刚才只是个玩笑。那手碰哨兵肩膀的动作,和那张并不好看的笑脸,带给哨兵的,是一种微妙的,流向心灵的感动。这是哨兵站岗以来,第一次有机关干部正面朝他笑;第一次有人伸手,抚慰他的肩膀——其实是抚慰一颗孤闷的心。比起那些军官随手抬一下,像赶蚊蝇一样的回礼,眼前这个人的军礼,严肃,刚劲给力。

如果这个军官在哨兵面前多站一会儿,问他一些温暖的话,哨兵真担心自己的眼泪会流出来,好在军官上楼去了。哨兵望着他竹竿一样的背影,心想,这形象,咋能当兵呢?又想,他咋就不能当兵,不是有那么多歪瓜裂枣都到部队来了么,歌星影星小品明星。这个人,或许是搞文艺的。

一场雨。哨兵站在大厅外的哨位上,虽然头顶有伸出的玻璃板,但有风,将雨滴飘进来。外面大雨,门檐下,细雨如丝。哨兵就站在细雨中,等首长到来。他没穿雨衣,怕雨衣损坏他的形象,遮挡他的脸,让首长看不清他雨中挺立的姿态。

首长并未在雨中走来。从他身边走过的,是那些机关干部。他们打着伞,或穿着雨衣。雨衣或伞遮挡了他们的脸,他们仿佛谁也没发现哨兵还站在门檐下的细雨中。哨兵觉得冷,像冬天一样,凄凉而暗淡。刺骨的凉。

如果这个时候,有一个人,哪怕一个尉官,对哨兵说,进去吧,哨兵就会进到大厅里。但是,他们比晴天更忽视哨兵的存在。他们走得快,似乎哨兵是他们熟视无睹的一尊雕塑。没有人让他进到大厅,他也就无台阶可下,得一直站到下岗。

那两个把他从装甲团选来的军官,从他身边经过时,也没有叫他进到厅里去,一个关切的眼神都没有,好像他们根本就不认识哨兵,这令哨兵费解。哨兵被他俩选中,还同他们在小车上,一路同行了那么长时间。当时他不敢正眼看他们,都记住他们了,他们怎么对自己一点印象没有呢?

他们上了楼。哨兵感到楼梯间旋起一股凉风,拂过他周身。他觉得自己要哭了,还好,那泪并没流下来。虽然脸庞有水,但他非常清楚，那是纯粹的雨水。

离开饭堂时，有人将一件雨衣，披在哨兵身上。哨兵抹了眼前的雨水，看清是那个一身油彩，不像军人的军官。哨兵推操着，那人却已冲进雨中。哨兵没有去追。哨兵有哨兵的职责，不可乱跑。他心里暖暖的，这种感觉，好久没有过。

哨兵记住了那个不像军人的军官，他的形象很好描述，哨兵找到了他。他果然是一个搞艺术的，哨兵去送还雨衣时，他正在俱乐部画室画画，是油画。哨兵说："首长，给您雨衣。"那个人说："呵，你放凳子上吧。"他连头也没抬，只专心他的涂抹。哨兵等了一会，就悄然往外走。哨兵悻悻地走到画室门口，他听见画家说："你等一等。"哨兵就停下了，转过脸。画家冲他笑，说："你过来。"

哨兵就站到他跟前去。画家说："你站着，别动。"画家另外拿出一张纸，看他一眼，在纸上画一笔，再看一眼，再画一笔。这是让他当模特。哨兵从没当模特，有些不习惯，却很快活。也就十来分钟吧，纸上就出现了一幅画，是素描。长长的睫毛，大眼睛，略厚的嘴唇。哨兵惊叹画家的才华，画得太像了。画家也在夸赞着他画上的人，其实是在夸他自己的画。他说："太好了，阳刚、帅气、有质感，像一尊青铜雕像。我再涂抹上油彩，参加全国美展，没准能拿个金奖。"

谁不喜欢被人夸呢？哨兵心里涌现出一阵温暖，甚至是感动，他渴望那个画家在他的画上，写上自己的名字。但是，画家并没问他叫什么，看来，这画的主题并不是某个具体的人，它只是一个符号，一个象征，一个威武的普通哨兵。

哨兵走出画室，他感到心里酸酸的，失落的情绪缠绕着他，像雨后的雾气，氤氲在他周身，久久不散。

就像太阳落下，第二天会照常升起。哨兵跌落的希望，经一夜的沉睡，常常会伴着黎明的光，再次在心里升腾。那是个清爽的早晨，玫瑰色的朝霞，从机关大楼照射过来，落在园圃上。哨兵的心情很好，一对机关干部的心情也好。他们边往饭堂走，边说笑着。临近哨兵时，一个干部说："这孩子多精神，看着也机灵，要是调到身边，当个通信员,准行。"哨兵屏声息气,心跟着他们的脚步声,跳起,落下,再跳起。他盼着那个人问他愿不愿意去他那儿工作,因为他在这喧哗的饭堂里,他过于孤独,他想换一个工作。他正准备响亮地回答愿意,另一个人却把同伴的话顶了回去。那个人说:"在咱机关饭堂站岗的,哪有不精神的。前两年,有一个小伙子,长得比他还帅呢!"两人说着便离去了。

留下来的哨兵突然对他们所言的,前两年的那个小伙子充满着猜测。他现在哪里?还是当哨兵吗?八成退伍了吧?当了一年哨兵,在部队没专业,恐怕很难提干。他突然有些同情那个哨兵,继而有一种想认识他的愿望。想同他见面,上街对面那家烧烤店,一人一杯扎啤,谈论作为饭堂哨兵的感受。哨兵想,恐怕只有他那样当过哨兵的人,才能体会他现在的孤独与寂寞。

东北的夏日,不像南方那么热得要人命,似乎是在转瞬间,就过去了。

秋风凉。

起风了,更深的一层寒冷侵蚀着哨兵,但他故意不加衣服。穿多了臃肿,精神气出不来。

中秋节,机关干部搞联欢,就在二楼饭堂。

首长来得早,这让哨兵措手不及,他迎接首长的情绪还没酝酿好呢,只有紧张和慌乱。好在首长身边有人围着,是那些大校们。他们都穿着便装,比平时显得年轻。他们的身后,是一群说说笑笑的女人,花枝招展,粉蝶似的,看来是他们的家属了。哨兵很想判断哪一位是首长的家属,这显然太难。家属们看上去都很年轻,没有明显的长者。再说,首长的家属,未必就更老,更年轻更漂亮,也是有可能的。

陆续有机关干部和他们的家属,往饭堂来。干部的家属们,大都很漂亮。有一两个,也不那么漂亮,但气质挺好。最后来的,是一对年轻人。男的是一个中尉,拉着那个女孩的手。他们从哨兵面前经过时,手并没有松开,笑嘻嘻的。哨兵拿他没办法,因为军官没穿军装。就是穿着军装,他们这么亲密,他也管不了,这不是饭堂哨兵的职责。

中尉和那个女孩,上了楼梯,在身体就要消失在楼梯口时,中尉突然扭头看了哨兵一眼。他一脸幸福,眼里是炫耀和满足,与哨兵羡慕的目光撞在一起。哨兵急忙回过头,垂下眼皮。哨兵觉着羞愧,丢人,似乎是偷看了别人的隐私,被人逮了个正着。

秋日的风,在房顶婆娑出一种声响,像是风在歌唱。哨兵在暮色中,看园圃树叶的飘落,和花朵的凋零。

该来的都来了,一楼大厅静下来,寂静让哨兵多思。军嫂们的形象渐行渐远,槐花近在眼前。

虽说是一个村子住着,槐花很少同哨兵说话。最后的一次交谈,是在他穿上军装,要走了,在溪边的槐树下,无意中碰到槐花。说是无意,他觉得槐花像是故意在那里等他。当时,他上邻村的姑家,回来时路过这条溪沟。槐花说:"啊,要走了?到部队好好干哪!"仿佛哨兵是她的什么人,弄得他的脸烧得像是着了火。

那把火给了哨兵动力。哨兵想:"可不是,得好好干。"他暗恋的情愫突然加剧。那个晚上,他望着窗外清冷的月,感受乡村寂静的夜。他一夜未眠,他在设计自己的军营生活。自己文化不高,考军校肯定不行,最好当个专业军士,这对于他这个山里娃来说,就有一个很好的前程,他在槐花的眼里,就不一样了。

哨兵这样的想法,成为哨兵不久,就淡了,远了。现在,那种想法被这两个手拉手的背影拽了回来。哨兵感觉有一根神经牵动着他,令他幸福得全身微微发痒。那是一种屏气敛息才能体会到的感觉,哨兵不敢用手去触摸,怕一碰,那感觉就"吧嗒"一声掉地上了。

这种感觉突然被歌声驱走了,哨兵回到现实中,联欢开始了。

先是一曲《映山红》,很好听,谁唱的呢?哨兵摇头,他无法将他们的声音与他们的形象一一对号。接着是一首《我爱北京天安门》,声音那么稚嫩,可能是谁家的孩子。哨兵突然想起槐花。槐花也会结婚,也会有孩子的。那么,她的孩子,会是她和谁的呢?哨兵想到了自己,浑身燥热地想着。接着又是唱歌,男女对唱:

九九那个艳阳天来哟
　　十八岁的哥哥细听我小英莲
　　哪怕你一去呀千万里呀
　　哪怕你十年八载不回还
　　只要你不把我英莲忘呀
　　等待我胸佩红花呀回家转
　　……

　　哨兵喜欢这首歌，歌声让哨兵感到亲切。家乡的河流，水车，在他眼前流淌，旋转。去年深秋，槐花说要出去打工，那时，哨兵还没有决定当兵。后来，他换上军装，就要走了，又听说槐花不出去。槐花为什么又不去打工呢？她的临时改变，与我有关系吗？他是在家等我吗？山里有些女孩，到广州、深圳打工，回来后，挣了钱，却丢了名声。槐花是不是怕这个，就守在家里。她是为我守在家里的吗？哨兵的心夸张地动了一下，血像开闸的河水，奔流得汹涌。
　　哨兵的面颊有些痒，伸手一摸，湿湿的，怎么就流泪了呢？要是让机关干部撞见，多丢人，当兵大半年了，不是新兵蛋子了。
　　哨兵抬手，去擦面颊，又将手臂放下。是一个兵了，早就不是小孩子，还用袖子擦泪？
　　楼梯右侧，有一个吧台，上面放着纸巾盒。机关干部用过餐，走下楼梯时，有人会伸手，抽出一张。哨兵几步跑过去，抽了一张纸巾，擦了泪，他嗅到一股暗香，很淡，像槐花的香味。哨兵记得，在溪沟边的槐树林，遇到槐花时，她身上就有这种香味。他当时觉得怪，初冬时节，别说槐花，树叶都没了，枯干的树枝，骨瘦如柴，没丁点水分，哪来的槐花香。他怀疑槐花身上洒了香水。哨兵忍不住再次跑向吧台，抽出一张纸巾，像叠军被似的，叠得方方正正，放进自己的口袋里。结果惹了祸，下岗回连，班长闻到了他身上的香味，以为是香水，在他屁股上踹了一脚，骂道："你是不是个男人？"踹得不重，屁股不疼，心疼。

哨兵走出宿舍，走到院外那片围成天井的空地。月光从头顶洒下来，温情默默地抚慰着他的心。

自此，每天晚餐后那班岗，哨兵都会做贼似的，抽一张纸巾，叠在他的口袋里。这种怪癖被班长监视到了。班长又在他屁股上来了一脚，骂道："占小便宜，小农意识！"

班长哪懂我的心呢？哨兵想，他怀揣这个秘密，像怀抱一只蜜罐，每日早起，像个程序永远不会改变的机器人，机械地上岗，下岗。说是机械，其实也不对，只是慢慢地习惯了，甚至偶尔也会爱上这份工作。好像他是这个大机关的一员，好像他是这个饭堂必不可少的一分子，好像他不到饭堂，不站在那个哨位上，他们——首长和那些机关干部，就不能开饭，就得饿着。他们吃饱了饭，幸福地走向机关办公楼，或是走向宿舍。好像这种幸福，都是他给他们的。哨兵望着他们远去的背影，心里也有一种不可言说的，不易觉察的幸福火苗，随着他轻轻的呼吸而摇曳着。

时光就在这平淡之中，慢慢地流逝。一年时间，就像是眨眼间，哨兵就要走了。他将回到连队，因为没有转业，他只会在连队站岗、打杂、出公差，给那些有专业的人提供更多展示的机会。这么再过一年，他就退伍，回到大别山脚下，那个他叫作家乡的竹林湾。

哨兵从机关干部的资历章上，看到有的人军衔长了，加了杠，或添了星，而他自己，只有金黄色的那么"一拐"。明年吧，明年他的肩头，就有"两拐"了。展望那个样子，军衔和他，像一副书名号，括着一个巨大的感叹号：《！》，对，就是样的，似乎向别人展示，他的军旅生涯之书，就是站立。

哨兵去年被选上来时，新兵连连长乐呵呵地告诉他，他是来给首长当警卫员的。他不知道是连长信口胡诌，还是挑选他的那两个军官对连长这么说过。这个问题困扰他很久，他很想找机会问问连长，现在，离开机关大院的日子逼近，他很快就要回到城郊他的老连队，能见到连长，但他反而不想问这个问题。他觉得问这样的问题，已经没有意义了。他努力地让这个问题烂在肚子里，可新的问题又滋长出来。明年的这个时候，自己就该回家了。当了两年兵，起点回到终点，他不知道，槐花还会不会像他离家时那样，含情脉脉地看着他，他不敢想。

时光消逝，哨兵的目光由单纯，变得深邃。回望去年离别的那一刻，全连战友羡慕的目光。现在，那些目光变成麦芒，扎着他的心。一想起要去面对他们，他浑身就轻微地颤抖，发冷。他们一定会认为，是哨兵没干好，才把他踹回连队。怎么干好呢？年轻的生命和勃发的青春，压制在这小小的哨位上，越平静，才越是一个合格的哨兵。而平静，注定平淡。

平淡就平淡吧，不是有歌这么唱，说平淡是一首歌吗？自己的平淡，未必就不是一首歌。哨兵安慰自己，这心也就慢慢地平静了。

但新兵连时的两个战友突然出现，像两颗顽石，跌入他平静的心湖。王秀虎和胡杨。他们到省城来办事，顺便到大机关来看他。王秀虎胖了，壮实了。"王瘦虎"这个绰号，用不上了。王秀虎说，团里年终总结刚搞完，他秋天参加了实弹演习，他们那辆坦克全部命中目标，炮长立了三等功，他是瞄准手，被评为优秀士兵。打实弹，在直瞄镜里看炸点开花，那种感觉，又过瘾又有成就感！还说，明年，他就是炮长了，也能立功，没准后年年底能提干呢。胡杨刚从卫生大队培训八个月回来，准备明年考军医大学。现在全团没有人不知道他的祖传医术，上次团长腰痛，还让他针灸哩。他们又说到李森林等其他几个人，都是哨兵新兵连的战友，大家都干得挺好。哨兵先是为他们高兴，后来，脸上的笑就僵住了。想想在新兵连时，他就是一个被忽视的兵，现在，他们一个个更加出息了，而自己，就这么平平淡淡地当了一年哨兵，还是饭堂哨兵。

失落的情绪再次包裹着他。他低下头去，沮丧得眼泪都快流出来了。王秀虎问："你怎么了？"哨兵说："没事，就是有点想家。"王秀虎笑起来，笑声中有一丝嘲讽，说："都老兵了，还想家？连队多好，不跟家一样吗？"哨兵在心里抢白他一句：你是站着说话不腰疼，你哪里知道一个哨兵的寂寞？

晚上回来后，哨兵回味王秀虎说的一个词，"成就感"。自己每天重复同一工作，动作都亦步亦趋，可不，也有"陈旧感"，却毫无自豪之处？

哨兵转过脸去，那些年轻的树，依然顽强地站在冰冷的空气里，直指苍茫的天空。哨兵本能地站得笔直，把自己站成了一棵树。一身的希望，像一树的叶子，飘零了，但树干依然坚挺。

新兵是正午时来的，哨兵没同他们正式谋面，他只看见班长又在挑选饭堂哨兵。班长选中了一个帅气，满脸稚嫩的小伙子。班长站在小伙子面前，说着话，好像是在讲去年讲给他听的，那个很帅的新兵，最后被首长选去当警卫，并提干了的故事。哨兵特别想打断班长的话，但理智告诉他不能这么做。在军营，有些想法，永远只能是想法。

下午时，班长给哨兵照了相，放进了连队的橱窗里。哨兵既不是先进个人，也不是优秀士兵，更不是军功章获得者，把他的照片放进去何用？可能班长会指着他的照片，向新兵讲述他的故事，就像去年他来时，班长向他讲的那个被选去当警卫员的新兵一样。

然而，有什么可讲述的呢？太平淡。精彩的故事，都在内心，翻江倒海。可心里的故事，谁知道呢？

这是哨兵最后一天的最后一班岗。

没有同机关的人进行过语言的交流，但是，心灵的交流还是有过的。他看着他们，猜测着他是干什么的，在那个部门。而他们，或许也揣摩过哨兵，关心过他，只是，没有说出来。

哨兵突然发现，他其实非常留恋这个地方。的确，他在长时间的站立中，长成了这儿的一棵树。一年四季，树变换着，春天，树叶绿得透明；夏日，树叶的颜色深了，花谢了，挂果了；秋日，金黄的落叶，衬托着高远的天空；冬日的枝头，只有雪和雾凇，一种沉静的美。

在这里，自己也是变换着的，春夏秋冬，变换着军装，军装里包裹着的那颗心，也在变换着。比喻现在，哨兵的心就特别平静，突然觉得，他长时间地站立，也是一种静态的美。怎么突然有这种感觉呢？他说不清，像是顿悟。他突然想留在这个地方，哪怕让他再站一年岗。

他留恋这个饭堂,舍不得首长和这些机关干部。怎么能舍得呢?应该说,他认识他们了,他从他们的胸牌上,早知道他们叫什么名字。想起一个名字,他就能与他们的形象对应,高的矮的胖的瘦的单眼皮双眼皮光洁的下巴铁青的下巴……

哨兵突然有一种愿望,就是在他要离去时,告诉他们,他叫什么名字。就像自己知道他们的名字一样,这样,他们才算真正地认识,而不是擦肩而过两不相关的路人。但哨兵迟迟没有这个勇气,他眼睁睁地看着机关干部一个个走进饭堂,又一个个离去。他几次张嘴,因觉得突兀,到底没说出来。

哨兵知道,这是今晚最后离开的三个干部,饭堂再没有干部了,哨兵记得很清楚。每次进去几个人,谁吃完饭出来了,谁还在饭堂,他非常清楚。

这三个背影越来越远,离他三步、五步、十步……眼看就要到办公楼了,哨兵终于冲着他们的背影,喊出自己的名字。但是,那些背影,无一回转过来,也不知道是他们没听见,还是他们根本就不在乎他叫啥。他们继续往前走,跟平日没有两样,身影越来越远,脚步声由清脆变得模糊。

风是寒冷的。当那三个身影,踏上机关大楼的大理石台阶时,夜突然暗了下来,苦涩的孤独噬咬着哨兵的心,无法控制的失落和悲伤袭来。哨兵浑身轻微抖动,相伴的,还有鼻眼酸涩。他闭上眼,那眼睫毛,在灯下像黑色的弧形的流苏。他克制自己,不让眼泪流出来。但他失败了,眼泪还是像冲过栅栏的洪水,从他那长长的睫毛间奔涌而出。接着,他的哭声也迸发出来,就像洪水总会咆哮。

哨兵哭得痛快淋漓。他没想到,哭是如此舒坦的事,难怪不少新兵爱哭鼻子。当然,在军营,哭似乎是新兵的专利,成为一个老兵,再哭,就不是那么回事了。于是,哨兵就这么痛快地哭着,他不怕被别人听见,也不怕被别人看见,任泪珠顺着笔直的鼻梁滚落。那鼻梁显然太狭窄,泪水很快洪水似的,途经脸庞,钻入脖颈,划过男子汉的胸膛。一种奇妙的感觉。

哨兵放任自己哭,把未来一年,老兵的眼泪,全部预支出来。当老兵了,就不能哭了。不仅是老兵,以后的岁月,无论遇到什么事,他可能不会再流泪,因为他曾经是个军人。但是,今天,他要痛痛快快地哭一场。

哨兵的哭声,于浑厚中,夹杂着掩饰不住的稚嫩,那是少年时期的假嗓子。哨兵不觉得难堪,他知道,哭完这场,就好了,他将蜕变成一个老兵,一个内心无比强大的真正的军营男子汉。他放任自己哭,似乎是为了这个蜕变,似乎泪水会把他洗刷一新,如同好多年前那个婴儿的啼哭。一声呐喊,划破夜的寂静,这次,他没有喊出自己的名字,他喊道:"我是哨兵,饭堂哨兵!"

哨兵这两个字,从哨兵自己的嘴里喊出来,传进耳朵,哨兵心为之一震,如同听到自己给自己下了一道命令,让他恢复成哨兵,于是,哨兵挺胸,抬头,收腹,提臀,两腿绷直,两眼平视前方,把自己站成一个标准的哨兵。夜的黑漫过来,路灯的光,像夜幕里的一面镜子,映照出他一个哨兵站立的姿态,其实是留在他脑子里的,那个画家笔下的哨兵,阳刚、帅气、有质感,像一尊青铜雕像。

循着父亲的目光远行

出了鄂东北那个高桥河镇,没人知道我父亲的名字。但父亲的名气并不小,全镇老幼皆知的只有两个人,一个是镇长,一个就是父亲。父亲的名气并非来自他自己,而是他的"兵"。父亲的兵不多,只有三个:大哥、我和弟弟。那年春节,父亲说他身体不好,一封又一封电报,将我们弟兄三人召回。我们刚踏进家门,父亲就弹簧一样从床上坐起来。父亲说:"难得你们聚齐一次,去给乡亲们拜个年吧。"

正月初一这天,父亲领着我们三兄弟,走街串巷。父亲让我们都穿上军官服,他自己也穿上大哥邮给他的那套旧军装。他让我们站成一路纵队,他自己站在队列之外,喊着口号,调整我们的步伐。往往我们走得很整齐,让父亲一喊,反而乱了脚步。街上的行人都立住看我们。我们三兄弟走在队列里,都有点不好意思,但都不吱声,力争走得好些。父亲大病初愈,我们不想惹他不高兴。父亲带领我们挨家挨户,走完了全村一百多户人家后,获得了很多好听的话。村民看父亲的眼光,简直有些崇拜。村民说:"看人家的三个儿子,都是军官!"父亲从这些眼光里,得到了极大的满足。第二天一早,他居然带领我们去给镇长拜年,向镇长表示感谢。其实,我们都知道,父亲除了去表示谢意,更多的恐怕是去炫耀。父亲这个举动也太大胆了,我们都想劝他。但父亲说:"我的身体快不行了,你们就让我领着你们在镇上走一走吧。你们都是我的兵,怎么能不听我的命令!"我们听了，眼泪在眼圈里打转，不就是陪他走走吗？

父亲这一举动，引起了全镇人的注意。镇电视台还进行了跟踪采访，镇长亲自出来迎接我们。父亲就这样，接连几天与镇长频频出现在电视上。父亲这一壮举，让我们有时很难堪，我们别别扭扭，就是不愿同他站在一起。父亲终于看出我们的心事，黯然神伤。他默不作声地请大伯来做说客。大伯见到我们，沉下脸，问："你们懂你爹的心事吗？"我们点头又摇头。大伯说："其实你们爹当年也是要当兵的，只是后来……"我们才明白，父亲当年体检都合格了，就要成为首都北京的一名军人了，可惜一时失控，做了件蠢事，事后，他声名狼藉。

这与我的母亲有关。

那天，我的父亲与母亲，正在牛舍的草丛里。一个柔情似水，一个激情似火。于是，天暗下来，地旋转着。但他们的欢愉，被一双惊呆的大眼吞没了。是民兵连长！他去给父亲送入伍通知书，路过牛舍。父亲喊叫一样的喘息，使他误以为牛舍有头病重的牛。当他终于明白眼前的一切时，他两手飞扬，手中的通知书便七零八碎，雪片般飘落。

那天对于我的母亲来说，太幸福也太残酷。那时母亲尚不是我母亲，是村子里一个叫秀芝的大姑娘。秀芝知道父亲即将成为一名军人后，在宁静的黄昏里，将父亲约了出去。她白嫩的手拉着父亲的手。她的手顺着父亲的袖筒往里去。父亲起先不搭理她，对秀芝柔软滑润的手没有一点感觉。秀芝便将头埋进父亲的怀里，手像滑溜溜的蛇一样，从父亲的脚脖子往上滑，一直滑到大腿，还在往上。父亲的身体终于被这蛇一样的手滑得活泛起来，目光一下子有了异样的色彩。他忽然疯了一般，拉着秀芝的手，一口气跑进村头的牛舍里，在干枯的稻草上，成了一个真正的男人。这是父亲第一次体验男欢女爱。他做梦都没想到，这一草率的举动，断送了他本已注定的军营生活，断送了他的前程。爷爷奶奶看不起秀芝，认为她是个浪女人。奶奶说："这是新社会，宽大了，自由了，要是搁从前，不是活埋，就是沉水。"母亲听了奶奶的话，哭成了泪人。父亲眼看着要到手的军装，一下子像受惊的母鸡,飞得无影无踪,而且听说原本要去当兵的地方,是首都北京时,父亲懊悔得握紧拳头,擂鼓似的敲打着自己的脑袋。幸好,那个叫秀芝的女人,并没因为父亲最终没成为军人,而离父亲而去。她每天来看望父亲,坐在父亲的床前,像在牛舍里那样,抚摸着父亲。植物人的父亲,在秀芝的抚慰下,气色一天比一天好,爷爷奶奶便容下了她。爷爷望着秀芝那日渐鼓胀的肚子,说:"他娘,是孙子哩,就把她娶过来吧。"

父亲母亲的婚事,是我们那个村子最简陋的,没有请客,没有新房,没有嫁妆,甚至连一个炮仗都没放。

母亲在一种悲戚的心境中分娩了,那个白胖胖的小男孩就是我大哥。

大哥是母亲走进洞房不到七个月出生的。我不知道大哥算不算私生子,只听村里人说,私生子特别聪明。那些与父亲一样贫穷、却没有父亲这份艳福的光棍们说,大哥的聪明,是因为他是野外的产物。可我一直不明白,大哥形成于牛舍,应该蠢笨如牛呀。后来,父亲在一个不怀好意的光棍面前,说他们不仅在牛舍,还在山谷里,河水边,夜露下……大哥如此聪明灵性,一定是夜露滋润的结果。我不知道父亲说这话,是故意刺激光棍,还是真的如此。只知道大哥的确聪明,还是两三岁时,那些光棍捉住大哥,问:"你爸你妈晚上怎么睡?"大哥不慌不忙,回答说:"同四爹四妈一样睡。"四爹四妈是其中一个麻脸光棍的爹妈。又问:"你爸天天夜里掐你妈不?"大哥反问:"喜爷掐喜奶不?"喜爷喜奶是其中一个瘦光棍的爹妈。光棍们讨了个没趣,便问我。大哥拉着我的手就走。光棍们并不甘心,见我一个人在时,就又来问我。我的回答正合他们的口味,他们总是满意地哈哈大笑。有一次,一个人还把下巴笑下来,找中医来扇他一个大嘴巴,那嘴才合上。尽管这样,他们还问我一些问题。但他们认为我太小,回答的问题缺乏真实性、刺激性。等我四五岁时,他们还来问我,我不说,这完全不是因为知道那些话不该回答,而是为了更多地得到他们手中的糖块。这样反复几次,他们看出了我的狡诈,干脆不再诱骗我,而是动用武力。他们脱掉鞋,将脚伸过来,用脚指夹我的肚皮，渐渐用力。我怕疼，只好有问必答。回家还不敢告诉父亲。他们说他们给我点了穴位，我要把话告诉父亲，肚皮就会烂个窟窿，吃进去的鸡蛋就会从那里屙出来。他们还要我晚上别睡得太死，要我多留心父亲母亲，说我父亲母亲会趁我熟睡时，把我扔进黑鱼河喂黑鱼。还说我晚上睡得太死，就有大灰狼跳进来吃我，但大灰狼不吃睁眼的小孩。我家的床一侧对着门，一侧是能看见山水的窗户。我害怕极了，总吵着要睡在父亲母亲中间。有几次，迷迷糊糊中，我感觉有人挪动我的身子，睁眼一看，是父亲。父亲把我挪到床沿，自己睡在了中间。我以为父亲也怕大灰狼，我以为大灰狼来了，便跳起来，又钻到父亲和母亲之间，眼睛得大大的，就是不敢睡去。父亲便深深地叹了口气，睁着眼同样久久没能入睡。过了几天，父亲把我送到爷爷那儿，每晚，我便睡在大哥和爷爷之间，那些光棍再问这问那，我就是不知道。他们用脚趾夹我的肚皮，我大声喊："我真的不知道，我与爷爷睡。"他们便很失望地走开了。

大哥到了上学的年龄。因为小学一年级的题，大哥都会，老师让他直接上二年级，他考试居然还是第一。大哥没读小学五年级，就直接被老师送到了初中。在初中，依然有老师敲锣打鼓，把喜报送到家。那时，全村人都以为大哥是读大学的料，说不定还能考个清华北大，让县教育局开着小车来送通知书呢。没想到大哥没去考大学，而吵着要去当兵，这实际上是父亲思想灌输的结果。父亲在大哥十六岁这年，心中又燃起从军的火焰，只不过这次灼烧的不是他自己，而是我大哥。

大哥的从军之路，要比父亲平坦。那时南边发生了战争，有人怕孩子参军丢了性命，父亲却拍着我大哥的肩膀说："儿子，去吧。爹当年没出息，想做点大事，被一点小事给误了。"父亲又找到接兵的干部，说："你们把他接走吧。"接兵干部说："你考虑好了，南方可在打仗。"

"打仗才更需要兵！"父亲说。

走进军营的大哥激情四溢。他上了前线。他立了战功。后来，大哥提干了。大哥提干时，年仅二十岁。

我与大哥不同，我是父亲在滑润如水的绸缎床上制造的。我长得比大哥漂亮，肚子里却并没有东西，只勉强地读完高中。我不想当兵，我想考大学中文系。但我没如愿。复读一年再考，也只不过考了个自费中专。父亲不让我去。我知道，父亲并不是心痛那几千元的学费，更主要的，还是父亲的当兵情结。父亲执意让我去当兵，村支书不让去，村支书说："你家都去一个了，把这个机会让给别人。"父亲说："别人家的孩子去也是白去，我家的孩子能提干，能走出农村，能为咱村节约一点土地。"村支书说："好处不能让你一家都占去。"父亲一听，气得快要炸了，吼道："什么好处？我家得了什么好处？当年不是那个癞头民兵连长不让我去，我现在也住在大城市里，一家人都不会用村里的一草一木。"村支书说："怨谁？你当年都干了些啥你不知道？没抓你就不错了。"父亲眼前一下子出现二十多年前的情景，这情景，像迎面泼来的一瓢冷水，让他冷静下来；这情景实在令人羞辱难当，他想，即使他让儿子一个个地都去参军，恐怕也难以洗刷身上这一污点。他带着我回了家。父亲打开一个长年锁着的皮箱，从里面拿出一双大头鞋。这是大哥从部队邮给他的，说是让父亲冬天暖脚。父亲一直没舍得穿，他说他要等他过50岁生日那天穿。父亲把大头鞋装进一个纸盒子，又从另一只箱子里拿出一支人参。这人参也是大哥从东北邮寄回来的。父亲领着我出了门，在夜色中跌跌撞撞往前走。远远看去，村支书家的门窗并没有灯光，显然他们已经歇息了。父亲几次举起手，又放下，最后到底敲响了村支书家的门。书记拉亮灯，眯着一双小眼辨认来人。见是我们，显出极不高兴的样子。父亲把大头鞋拿出来，递了过去。父亲说："这鞋是我大儿子从部队邮回来的，正宗军品，我穿着有点大，你穿正好。你是支书，是干部，脚肯定比我的大。"书记的眼落在大头鞋上，又落在父亲那张黑瘦的脸上，笑道："脚大小，与当官有关系吗？"又说，"一个村子里的人，你这是干啥呢？你这不是抽我的脸吗？"父亲没接他的话，父亲只顾自己说："这是正宗军品哩，是拥军特地从部队给你邮的。"拥军就是我大哥。

父亲硬是把大头鞋塞给了村支书。村支书说："看来，不要还不行，那我就收下了，明天我把钱给你送去。"父亲说："支书，你这么说，才是抽我的脸呢。等爱民去了部队，这些东西在我家就算不得什么了，你要啥军用品尽管吱声。你年轻，穿军用品，气派着哩。"父亲说的爱民就是我。父亲说话还是挺艺术的，他并没有赤裸裸地说要村书记帮忙，但意思却表达得非常明了。父亲毕竟是父亲，既把事办了，又不太降低自己的身份。

但父亲在民兵连长家，表现就不尽人意。民兵连长更年轻。父亲与他交谈时，总是不敢正面看他，似乎他面前总像是有一道光，照得父亲睁不开眼。我永远忘不了父亲的样子，在一个二十多岁的年轻人面前，年近五十的父亲强装笑脸，我心里难受极了。

父亲把人参递给民兵连长，笑道："正宗的长白山参，滋阴壮阳、祛风御寒。"父亲做广告一般。民兵连长说："我还年轻，这些东西用不上。我倒是想托你家拥军帮我买一件部队的军大衣，那是个好东西。"父亲说没问题，我明儿就发电报，让拥军给你家邮。民兵连长说："你还是让他先邮给你家。"父亲猫腰、点头，说："那当然那当然。"父亲的样子，极像电影里阿谀奉承的太监。两滴热泪从我眼里滴落。这就是我后来在部队吃苦受累，也不退却，一定要考军校的最大动力。

我其实不太喜欢当兵，但我到底很高兴，毕竟这也是一条出路。在我换上军装的那个黄昏，我浑身暖烘烘的。那是初冬的一天，我居然热得出汗。我先是身体表面热，最后体内竟也热起来。我知道，这是燥热。我燥热不安时，忽然想到一个人，一个叫水莲的女孩。水莲很娇美，如晨露中的水莲花。我一直暗恋着她，也向她暗示过我的爱慕之心，但她对我的殷勤表现得极为冷漠。我知道，我没考上大学，她这朵娇艳的鲜花是不会插在我这堆牛粪上的。现在，我要当兵了，我有可能提干，有可能考上部队的大学。我不再是牛粪了。我穿上了绿军装了，是一片生机蓬勃的原野，正适合她这朵娇艳的鲜花。我走出向我祝贺的人群，偷偷来到野外的树丛。绿军装真好，隐藏在树丛，过来过去的人就是看不见我。我拦住一个七岁的小男孩，让他去把水莲叫来。

亭亭玉立的水莲往这边走，脚步又轻又慢，仿佛怕踩死了地上的蚂蚁。她还不时回头看。那个小男孩居然也跟着回来了。他高兴地向我请功。我想把小男孩支开，可口袋里又没糖块。我急中生智，从口袋里掏出一块钱，让小男孩回村买糖吃。小男孩走了。水莲便睁着一双清澈的眼看我。我们谁也不先开口，就那么彼此凝望着，都是为了把对方的面容刻在心里。当泪水从水莲眼里涌出时，我不顾一切地冲过去，把她搂在怀中。最后，我一把拽住她，像二十多个前，父亲拽着母亲一样，我把她拽进一个地洞。这地洞是夏天过水的，冬天早已干涸。我们在这暖和的地洞里相拥无言，直到泪水把水莲的脸洗得通红。水莲仰起头，居然大胆地亲了我一口，亲得我全身酥麻酥麻的，像遭受了一次的电击。电击之后，我血流加快，感到体内有一股潮在往上涌。我大胆地把手伸进水莲的衣襟，去摸她鼓胀的胸脯。水莲没有反抗，只是全身战栗得厉害。我的身体也难以自控地战栗。我颤抖的手，慢慢地往下滑去，这时，我突然听见父亲的声音。父亲喊："兔崽子，你给我出来，你给我出来，兔崽子！"

我侧过脸去，见父亲立在洞口的霞光中，像一幅凝重的油画。我装作没看见，也没听见。父亲又骂了两声，我不得不走出去。洞里阴森，水莲不敢独自留下，便跟着我。出了洞口，水莲低着头，捂着脸往林子里跑。父亲一步一步走到我面前，猛地举起手，狠狠地扇了我一耳光。我的脸火烧火燎地疼。我说："爸，你打吧，打个够，要不明儿我走了，你就打不着了。我走了，我要上新疆，上西藏，走得远远的。我甚至要上一个有仗打的地方，永远不再回来。"

父亲举起的手放下了，他吼道："兔崽子，不许说不吉利的话！"然后，他声音低了下去，说："儿啊，你还想走爹的老路吗？"父亲说完，立在初冬的风里，凝望着北京的方向。我看见他的眼睛潮湿了，但目光却是那么坚定。

父亲自个走了。我摸着发烫的脸，想哭，又忽地想笑。我深切地体验到了父亲当时做那番风流事时的心境。我身上流淌着父亲的血液，这种血液挟裹了父亲当年的那种冲动。幸亏父亲及时地出现在洞口，要不，我肯定也会像父亲当年那年，做下一桩蠢事。

那年春天，新兵下连，我分到老兵连，被任命为副班长，成为同年度兵里唯一的骨干，我的心如春阳下的山泉，不停地跳跃着。我拿起笔，把这一喜讯告诉父亲。父亲高兴得挨家挨户串门，逢人便说我当班长了。"新兵下连，就当上班长，可不是一般战士！"父亲直着脖颈说。消息反馈回来，我的脸有些发烫。我怎么会这么大意，居然在信里落下了一个"副"字。既已这样，不去管他，撅起屁股，夹紧尾巴，埋头苦干，争取早日当上班长吧。

第二年，我真的当了班长，还被当作学员苗子，送进文化班，准备考军校。我当然忘不了告诉父亲。不久，几个高中时的同学写信，祝贺我考上了军校。我这才知道，是父亲撒了谎，因为这次我信里写得很详细，说是准备报考军校，我还把信翻来覆去检查了好几遍，唯恐出错。父亲怎么会撒谎呢？在我记忆中，父亲是一位正直，善良，从不说谎的人。父亲的谎言，让我很难堪，我只得破釜沉舟，头悬梁，锥刺股，学吧。这军校是去定了，否则，我哪有脸回家探亲。我每晚学习到深夜，饿了，就冲一勺奶粉；困了，就往头上浇凉水，拿起笔来，演算，背诵。那年，我接到了长沙炮兵学院的录取通知书。我从遥远的东北，又回到了江南。

我一直到军校三个月强化训练结束，才把考上军校的事告诉家里。父亲回了信，说："我说嘛，我儿子肯定能考上军校。"

我当副连长那年，回家探亲，父亲当着我的面，向村民说："我儿子当连长了，管一百多号人哩。"我脸有些发烫，又不好意思揭穿父亲。别人问我："真的吗？"我不点头，也不摇头，只会笑。晚上，我劝父亲，我只是副连长，事实是啥样，就是啥样，不要夸张。我暗示他，他那么夸张，其实是在撒谎。父亲又是那句话：当连长，那还不是迟早的事吗？我这才知道父亲的良苦用心，他是在暗暗为我树立目标，暗暗为我加油。

父亲的谎言越说越大，竟然说我立了功。上我家看父亲的同学给我写信，向我祝贺，我说："没这回事。"同学们说："你就别谦虚了。"我说："我不是谦虚，我是心虚。"1998年抗洪抢险，我们连队留守，我主动请战，随大部队前往。在最危险地段，我面对咆哮着的洪水，跃入水中，用身体去堵管涌。回部队后，我受了表彰，立了三等功。后来，我想，那一刻，我之所以有那么大的勇气，与父亲有关，我眼前出现了父亲向同学们描述我立功时的情形。

父亲总是嫌我职务调得太慢。他很少给我打电话，一打电话，他就问，调职了吗，邻村的谁谁谁，都当团长了。我出生在湖北红安，就是那个有名的将军县，共出了230个将军。父亲希望我日后也能成为一个将军。

年初，父亲病倒了，住进了医院，胃切去了三分之一，父亲竟然没有告诉我。我终于知道后，请假回去看他。他说，他只不过是动了阑尾炎手术，不碍事，让我好好干工作，别惦着。我想，我怎么安慰他呢？正好，我调了职，成为一名副营职干事。我把这个消息告诉他，可是，在他的心里，在他嘴里，我早就是副营长了。我想，反正他在病中，就让他高兴高兴吧。我就把官往大了说。我说，我当营长了。父亲问："真的？你可别撒谎！"我说："真的，管几百号人呢？"父亲当即拔掉针头，就往隔壁病房跑，他要把这一消息，散布给他的病友们。

村里有人见我与大哥都当上了军官，得了红眼病。心里便有些不平衡。父亲向他们解释说："我的儿子走出去是好事，能为村里节约一点土地哩。"村民却不这么想，这使我弟弟当兵之路走得很艰辛。首先是村主任不同意，他说都让我家去，群众有意见。果然就有人站出来说："好处不能让他们家占尽，轮也该轮到我们的孩子去了。"父亲就大声叫喊："这是去当兵，去打仗，去准备死！"有人就说："有你家这样去死的吗？要是这样去死，我们也愿意。"那些年，我们大别山区的孩子，要想走出农村，只有两条出路，一条是考大学，一条是当兵。大学难考，即使考上了，费用也不是一般家庭能承担得起。当兵，就无疑是一条捷径，这一点，父亲比别人更清楚。因而，村民的话并不能阻止父亲送弟弟入军营的决心。当村干部说不让弟弟去时，父亲说："先别说去不去，先让我家的爱军参加体检。"民兵连长说："体检的名额也是有限的。"父亲不再多说，当即回家做了几个菜，他要请民兵连长来家喝酒。父亲跑了两趟，民兵连长到底没来，父亲把那只炖得烂熟的老母鸡装进一个小坛子，连同汤水一起，给民兵连长家送去了。父亲的举动，感动了民兵连长。民兵连长说："叔啊，难得你这么为孩子着想。只是名额有限，我只能让爱军参加体检，最后能不能去，可不是我说了算。"父亲说以后的事再说，走一步看一步嘛。民兵连长说："叔哇，你不为你以后想想？人都有个生老病死，你不留个儿子在身边？"父亲说："我这辈子就这样了，但我不能让孩子一辈子像我这么活着，没为国家做点像样的事。让孩子去吧，咱村不缺修理地球的人。"

我一直以为，父亲这次的努力有些天真。他没去找乡干部，也没去找接兵的，而是去找了记者，是省报记者。他们是随同省军区接兵干部一起来的。父亲之所以去找记者，完全得益于他每日听新闻。他认为记者能抨击不平之事，能力大着呢。

父亲硬着头皮找到记者，用极不标准的普通话诉说自己的心思。记者说："你干脆就说方言吧，我们不是北京来的，我们是从武汉来的。"父亲就涨红了脸。父亲说了很多大话套话。父亲说为了国家，为了人民，他愿意把三个儿子都送去当兵，现在已经送走了两个，还剩下最小的儿子。父亲说，他自己苦点累点不算什么，人，不能太自私。国不泰，民怎安，有大家，才有小家。父亲的话让记者大吃一惊。记者采访过不少农民，他们不是木讷得说不出话来，就是说当兵是为了碰碰运气，说不定能转个志愿兵，提个干啥的，说媳妇也容易。父亲的话，使记者一下子有了新鲜感。记者表扬我父亲，说他思想觉悟高，并要求见见我弟弟。

记者一眼就相中了弟弟，说弟弟是当兵的料。弟弟一米七八的个头，长得也帅气。记者问弟弟为什么要当兵，弟弟的回答令记者惊喜。弟弟说："红安是全国有名的将军县，将军的后代不想带兵打仗，而一味想着挣钱赚钱，就不配做将军的后代。"记者问弟弟能否说出本县几位将军的名字。弟弟按官职的大小，从李先念韩先楚秦基伟，一气数了二十多位。弟弟说他们都是打起仗来不要命的人，他崇拜他们。记者问弟弟有啥专长，弟弟说没啥。父亲的眼便盯着墙上的字幅不动。记者会意，让弟弟写几个字。弟弟展开纸，提笔，饱蘸浓墨，写道："好男儿志在四方。"字遒劲有力，话更是气势逼人，记者点头称是。

真正打动记者的，是弟弟的一曲唢呐独奏。弟弟吹的是"好人一生平安"。弟弟吹得那么动情，一首祝福的歌，让弟弟吹得那么忧伤，仿佛是在吹奏心中的苦闷。山村一下子静了，那些欢闹着的鸡鸭不叫了，小狗不蹦不跳。记者的眼里分明有晶莹的东西在闪烁。记者对父亲说："你的儿子很优秀，我想他会走的，我们省军区也招文艺兵。"父亲一听，高兴得居然像个小孩一样跳起来。对音乐一窍不通的父亲，遥想他的儿子将身着军装，站在省城的舞台上给他露脸，脸上便抑制不住地笑。这笑荡漾在他那深深的皱纹里，他黝黑的面颊上，格外灿烂。

应该说，父亲的几个儿子都是健康的，弟弟也很顺利地通过了体检。又因为记者的那番话，一家人都坚信弟弟能走。父亲于是不再四处忙碌。一家人在山村喧嚣的、快活的空气里，等待弟弟去换军装的通知。

父亲怎么也没想到，他满怀希望等到的却是一场泡影。那天上午，一家人抑制不住脸上的喜悦，亲朋好友也来祝贺。父亲买了糖块、瓜子；母亲炒了很多花生和地瓜干。堂兄还上十几里外的镇上，挑来放映机，只等弟弟换上军装后，放它两个晚上的电影，让村里人看个痛快。来祝贺的人都围着桌子吃瓜果，喝着清香可口的花茶。乡亲们着好听的话说，说弟弟一脸福相，一看就不像是种田人。正说着，忽地有个人进来，说邻村的春喜已换了装，你家爱军咋还没动呢？春喜身材矮，脸又黑又瘦，是与弟弟一同走进体检站接受体验的人群中，条件很差的一个。但春喜的叔叔是乡干部，父亲当时也知道春喜家是有力的竞争对手。不过，父亲更相信记者的话。在父亲的心目中，省报记者，就如同省级官员。所以，父亲这次没去找乡干部，他认为那纯属多余。父亲对那个传消息的人说："不可能吧，你可别同我开玩笑。"那人说："我哪有闲心同你开玩笑，我见你家爱军是个好孩子，走不上可惜，才来告诉你。"父亲便跑到乡里去打听。武装部长说："那些记者不是说要把你儿子带走吗？所以，这个名额我们就没给你家。你找记者去吧！"父亲狠狠地白了武装部长一眼，扭身走了出来。

父亲跑了好几个乡，才找到记者。记者领父亲到县人武部查看了名单，弟弟的名字分明在录取之列。记者又陪父亲到乡里，武装部的人不但对父亲冷冰冰的，对记者也毫不客气，说："我们根据本乡的实际情况进行严格把关，你们认为他儿子不错，特招去，我们当然高兴，但别占我们乡的名额。"记者问什么样的实际情况，武装部长说名额紧的实际情况。记者说："名额紧，也得择优录取。"武装部长说："所以才说我们乡情况特殊嘛。"武装部部长还说："明天兵就走，有人想搅和，兵招不上来，出了问题是要负责的。"记者一听，默不作声，走了。

两天后，春喜踏上北去列车。弟弟成天默不作声，坐在村头的山坡上，一曲一曲吹着唢呐，吹得一村人心里又酸又凉。

但父亲毕竟是父亲，他内心的希望，就像他亲手留下的种子，到合适的季节，一定要将它们播撒下去。第二年征兵开始，父亲就开始活动。父亲厚着脸皮，去找一个叫王丽的女人。父亲是在本县新闻里认出王丽的，父亲认定电视里的那个美女就是他昔日的同学。她现在居然成了副县长夫人。父亲的心里立马涌起一阵苦涩。他知道，这苦涩源于他的自卑。父亲在县城读书时，偷偷地爱过这个叫王丽的女人。那时，王丽是班上一朵艳丽的花，家庭条件也好，是干部子弟。王丽走到哪儿，班上男生们的目光就追到哪儿，父亲也一次次偷偷地看她，有一次还梦见自己与王丽一同走进结婚的礼堂。梦醒之后，父亲就伤心，就嘲笑自己。他一次次打退自己心中那股热望，只用心读书。现在，人家都是县长夫人了，而自己，就像田地里疙瘩，土得掉渣。父亲不禁又怨恨二十多年前，断送他上当兵之路的那一幕。父亲越这样想，就越有动力，也就有了找王丽的勇气。父亲想，王丽也许会拒绝帮他，但不去试试，又怎么能肯定别人就一定会拒绝呢？

父亲费尽周折，终于找到了王丽的家。父亲鼓起好大的勇气，才按响副县长家的门铃。开门的正是王丽，她还像以前那么漂亮那么苗条，父亲一眼就认出了她，她却没有认出父亲。她仔细打量了父亲，问找谁。父亲说找王丽，王丽说我不认识你呀。父亲说出自己的名字，说出他们当年所在的班级，王丽才睁大眼，大惊小怪一声："啊！杨铁刚呀，很好记的名字，你怎么变成了这个样子？"父亲红着脸说："农民嘛，风吹日晒的。"

　　王丽好半天才想起把父亲让进屋。父亲踏进门槛，见地上铺了地毯，便换了双拖鞋。父亲从没走进过这么豪华的小楼，电视看多了，也知道是要换鞋的，但这点常识，依然掩盖不了父亲的尴尬，因为他手里拎了一壶芝麻油。瞅瞅明亮如镜的桌椅和豪华的地毯，父亲真不知道把油壶搁那儿好。幸好王丽发现了这个问题，她在地毯上铺了厚厚的报纸，然后接过父亲手中的壶，放在报纸上。

　　父亲坐在沙发上。沙发柔软暖和，一种微妙的幸福感漫上来。王丽很随和地说着话，王丽不断地叫着父亲的名字：杨铁刚。多年来，父亲被村里的人叫成老杨，父亲不喜欢自己的名字，"洋铁刚"，洋铁，金属里最软，最不值钱的东西，又怎能"刚"得起来。但这三个字从王丽那鲜红的嘴唇里说出来，父亲感到特别亲切，父亲甚至感觉到了一丝愉悦。

　　王丽说："岁月真是不饶人，你年轻时可是班上的美男子，那时我还偷偷地爱过你，只怕耽误你的前程，没敢表白。"父亲一听，懊悔得几乎晕了过去。他越发想让弟弟当兵，他绝不让儿子重蹈覆辙。这也是他一再犹豫后，终于鼓起勇气求王丽的原因。王丽回答得很轻松，王丽说："我会尽力把这件事办好，既然你儿子那么优秀，但有一条，他身体必须符合条件，否则，违反原则的事我也不能办。"王丽的语气好像她不是副县长夫人，而是副县长自己。

　　父亲告辞，王丽把油壶拎出来，要父亲带回，她说家中不缺这些东西。父亲说："这是自家种的芝麻自家榨的油，纯着哩。"王丽就收下了。王丽收这油当然是为了照顾父亲的面子。父亲下楼走出好几步，还回头看了看王丽家的小洋楼。王丽居然站在她家的阳台上，目送父亲。王丽在初冬的阳光里，像某幅油画上的少妇，恬静，迷人。父亲被灼烫一般赶紧收回目光。

　　其实，父亲为弟弟这样努力，完全是一厢情愿的事情。弟弟当兵没走成后,便在县城开了一间发廊。每日,弟弟一边欣赏音乐,一边给顾客理发。弟弟放的音乐很多,阳春白雪,有下里巴人,都有。喜欢听的人很多,所以,弟弟的生意很好,腰包日渐鼓起来。当父亲动员弟弟去当兵时,他已没有往日的兴致。他说:"除非当文艺兵。"父亲说:"没问题。"父亲说这话时,似乎自己是一个大得他说了算的官。

弟弟当兵走了,但他没能进文工团。弟弟当的是汽车兵,在高原。有一段时间,弟弟来信,说那边太寂静,缺氧,他特别想家。他想回来接着开发廊,挣钱。父亲去信大骂弟弟:"没有人保家卫国,屁也开不了。"弟弟便不吱声。弟弟把照片邮回家时,父亲看着,眼泪都流出来了。我也流泪了。泪眼中,我依稀看见弟弟驾驶着汽车,在高原上奔驰。

弟弟走后,父亲再也没有去过王丽的家。并不是父亲知恩不报父亲实在没有勇气再走进她的家。父亲说:"好多事都是逼出来的。"

父亲却是经常上县城的。城南有个通信部队,房子不多,但整齐干净。父亲也不知怎么就认识了那些兵。父亲把我们在信中谈到的事讲给他们听。父亲告诉他们,弟弟因为冒着生命危险,抢救一车贵重器材,入了党,破格提了干。他们听着,脸上便生出遗憾,说他们在这个小县城当兵没意思,边疆才锻炼人。父亲说:"革命同志一块砖,哪里需要哪里搬。"父亲又听他们说,当通信兵没用,像弟弟那样,当个汽车兵才过瘾。父亲说:"干革命工作,只有分工不同,没有贵贱之分。"他们听了,都羞愧地低下头:咱这兵当的,觉悟还不如眼前这位老农民。他们很钦佩父亲。父亲这些话,其实都是从我给他写的信里得来的。

通信兵把父亲介绍给他们的连长指导员,父亲就成了他们连队的常客。每年秋上,瓜熟蒂落,父亲就给他们摘几斤桃,炒些花生米、地瓜干送去。父亲对他们说:"我要到沈阳去看儿子,路过北京时,我就看看天安门。"

我当兵的部队,其实在阜新,父亲嫌阜新这个城市太小,故意把我的驻地说成是沈阳,仿佛那样,我就会更有发展。

父亲每年秋后都说来看我,却从没到我这里来过。快过年了,我给父亲打电话,我说:"爸,你来吧,我上北京接你,正好带你看看天安门。"父亲说:"不去了,我在家挺好的。天安门好气派,我天天看,我还看升国旗,听奏国歌哩。"父亲说的是看新闻联播,他每天吃完晚饭就守候在电视机前。我心里清楚,父亲不来,是怕增加我的负担,怕影响我的工作。我握着电话筒,久久说不出话。父亲立在风中,朝着北京方向眺望的目光,又出现在我眼前。我的眼泪涌出来,在这寒冷的冬夜,温暖了我。

一路同行

摆在我们面前的坦克看上去高大威武，其实是头"病驴"，需送军修厂修理。连长把这个任务交给我，让我挑个坦克驾驶员上路。我说："不用挑，就陈寒。"其时，陈寒就在我们身边，歪着脑袋看夕阳。连长扫了陈寒一眼，又顺着陈寒的目光扫一眼夕阳，最后将目光落在我的脸上。我看到的，是他满眼的疑惑。

陈寒是老兵，二级士官，不久前向党组织递交入党申请书，没被批准，心里有想法，嘴上不说，队列里他那站成三道弯的水蛇腰，和脚背上鸡肠子似的甩来甩去鞋带替他说了。说来也怪，我居然喜欢这样的兵。我固执地认为，这样的兵表面吊儿郎当，但关键时刻能冲上去。

我目光坚定，抵挡着连长眼里疑惑的光。连长猛吸一口烟，向着夕阳吐了个烟圈。他盯着烟圈，烟圈破裂、消散。连长将烟头扔在地上，用脚狠狠碾碎，冲我毫无表情地说："行吧。"就往车场外走。

陈寒的水蛇腰消失了，他挺起胸膛，冲连长的背影敬礼，说声："谢谢连长！"就屁颠屁颠移到我身边，脸上出现多日来少有的亢奋，好像连长是让他去春游。

连长走了几步，又踅回来，签了一张300元钱的借条，让我到财务股借差旅费。我往机关楼走时，陈寒追上来，捅了一下我的肋骨，小声说："多借点，穷家富路嘛。"说着勾起下巴，四周瞅，像特务接头。

我被陈寒逗乐了。我点头,但财务助理没点头,所以,我点头也是白搭,我拿到手的还是 300 元。我也觉得钱太少。我特地拐回宿舍,从抽匣里拿了 500 元钱,叠一起,对折,塞进防盗裤头的小口袋。

我回到车场时,见陈寒拎了只桶,从一辆坦克身边,斜着身子往我们这儿走,就要到我们那"病驴"跟前时,被车场哨兵拦住。哨兵是新兵,陈寒几句话把他轰走了,但很快,高大的军械股长泰山压顶似的,站陈寒面前,大声问:"谁让你偷别的坦克上的油?你们坦克里不是有油吗?"

看来哨兵上报了陈寒的偷盗行为,而军械股长恰好就在车场办公室。我们点背。

陈寒说:"别说得那么难听,我不是偷,我们借一点而已。"

"借?你打借条了吗?私自抽取别人坦克里的油。再说你们坦克上有油。"

"不够用!"

"什么不够用,坦克是用火车运送,自行路段总共才二十公里,我给了足可以行驶三十公里的油。"股长说着,来拎陈寒手里的桶。股长一米九八的大个,当义务兵时,因为有了他,每年五四、八一、元旦和春节篮球赛,他们连总是全团第一。后来以营为单位比赛,他们营照样是全团第一,再后来,我们团在四年一届的全师运动会上,别的项目输得一塌糊涂,唯有篮球得了个冠军。比赛时,他就站在篮下。他哪里是投篮,简直就是把球往篮框里放。回来后,团里给他提了干。那时我还没当兵,陈寒也没入伍。他的故事,是我来到我们团当排长的当天听说的,那天正好赶上全团军人集合,我看到队伍里一个人鹤立鸡群,自然免不了打听。陈寒也是这么认识军械股长的,所有新来的人,认识他的过程大概都如此。他的故事令很多人羡慕:玩都能玩成一个军官?于是,在我们团,每年新兵入营后,都会掀起一次学打篮球的热浪,但靠打篮球提干的,自他以后没有第二个。这个坦克一样五大三粗的人,现在居然把坦克用油计算得这么准确,看来，他提干是靠了打篮球，但不仅仅是靠了篮球，他颠覆了我对运动员"四肢发达，头脑简单"的固有印象。

军械股长伸手拎住陈寒手里的桶，陈寒就把自己的那只手松开了。我敢说，全团也就这个大个子股长，换了别人，陈寒不会这么就算了，非得再把那桶油抢回来。陈寒转身往连队的方向走，甩着他的水蛇腰，说："我不去了！"股长道："你是谁呀？我又没点名让你去。我找的是你们连长，连长不行就找营长，营长不行找参谋长。你以为你是谁？"他语音浑厚，这一点我不计较，大个子运动员都这声音，可他语气生硬，语意瞧不起人，这就使我脑子里刚消失的"四肢发达，头脑简单"的印象又蹦跶出来，而且更加强烈，认为这人素质也不咋的，跟一个小兵较啥真。

我冲上去，一把拽住陈寒。我小声说："兄弟，我军校毕业，还戴着学员实习肩章，这是我第一次单独受领任务，给我个面子行不？"

陈寒说："我们兵就没面子吗？可谁给过我面子？"

我说："我给你面子，一路上，我全听你的？"

陈寒依然阴沉着脸，不吱声。

我说："走吧，兄弟，就算帮哥一个忙。"这个时候，我要是拿排长压他，效果会适得其反。

陈寒甩着膀子，扭动着他的水蛇腰，慢腾腾靠近坦克。他手一碰坦克，就像充了电似的，来了精神头。他两步蹬车，干净利索，像一只大猴子，四肢在空中一伸一缩，那尖尖的屁股，就稳稳地钉在驾驶椅上。他踩油门，挂挡，动作行云流水。坦克在他的摆弄下，突地往前一蹿，喷出一阵乌黑的烟。

我三步蹬车，将屁股落在副驾驶座椅上。我蹬车动作比陈寒多一步，尾椎骨还磕在天窗边沿上，受了挫，很伤自尊。我咬牙承受着疼痛，不让自己惊叫。陈寒要知道我三步蹬车比他两步蹲车都费劲，以后我在连里的工作就没法干了。

因为怕辗坏路面，我们在郊区绕道前行，把整这个小城搞得乌烟瘴气。坦克轰声如雷，使我怀疑它根本没毛病，只不过得了狂躁症。陈寒说我外行，别看车还能行得那么快，其实到了生命极限，像人临死前的回光返照。我说："照你这么说，车还指不定能走多远呢，能到军修厂不？到不了早言语一声，半路抛锚，我可担不起这责任。"陈寒说："它敢，到我手中，它就得听我的。我让他在哪儿坏，它就在哪儿坏，差一米的距离都不行。"

我有点憷，他这股拧劲，让我心里没底，我后悔选错了人。

我们把坦克开进火车站。车站荒凉，铁路倒有十几条，大都锈迹斑斑，只有中间两条被火车磨得锃亮，在夕阳下发着刺眼的光。我们正要从铁轨上行进，把这刺眼的光碾碎，半路杀出一个戴黄色安全帽的人，挡住我们的去路。他让我们绕道把坦克开到坡形站台上。坡形站台一边是斜坡，一边是陡壁，陡壁与拖车相连。拖车没有引擎，但车下装有火车轮子。坦克开上拖车，拖车再挂在火车车厢上，坦克就可单独构成一节车厢。

陈寒加油，踩油门。又是一阵黑烟，坦克上了坡形站台。拖车与站台陡壁有半米多宽的空隙，我见那空隙太大，要"安全帽"把拖车往里靠，"安全帽"冷笑一声："这点空隙算啥，打仗的时候，多宽的战壕也得过，怎么现在就过不去？闲多了的吧。"

"你啥时见我们闲着了，我看你闲得不像样，分内的活都懒得干。急了我找你领导，让你下岗，一天没事闲死你！"陈寒一点就着，给"安全帽"一个"急速射"。我给他一个眼色，安抚了他的怒火，又转过脸去，对"安全帽"说："大哥，话不能这么说，打仗的时候，我们命可以不要，可在平时，我们还是要注意安全的。这大热天的，天上又没落冰雹，你不也戴着安全帽吗？""安全帽"便没言语。他借助钢筋撬棍，把拖车往前移了移，用三角木把拖车的车轮固定。陈寒一踩油门，车便稳稳地驶上拖车。

我问"安全帽"火车什么时候开，他说："早着哩，你以为一辆火车头，就拉你们这辆破坦克，那你们部队得搁多少钱？你们的坦克得编号，挂在别的货车后，啥时挂够一列火车，自然就开了。"

照他这么说，车一时半刻走不了。我让陈寒锁好坦克门。我饿得前胸贴后背，陈寒也好几次叫饿，我带他上饭馆。

饭馆并不大，倒也整洁干净。刚坐下，热情的女服务员拿着菜谱走过来，问我们点什么菜。我说不用了，就来一斤饺子。陈寒嬉皮道："来个回锅肉，排长，我馋肉了。"我不理他，坚持不要菜不要酒。陈寒的语气近似哀求："两个人一个菜，一瓶啤酒还不行吗？开坦克是个苦差事，不吃点喝点怎么受得了！"

"咱们带的钱不多，先省着花，返回的时候，再痛痛快快吃喝。"我知道回来不可能剩钱，这么说，是缓兵之。服务员早已没有耐心，尖声道："啊哟，兵哥哥豪爽点嘛，不就是一盘回锅肉吗？"回头对掌勺的喊："一盘回锅肉……"

见服务员已喊出声来，我不好再说什么，又要了个尖椒炒干豆腐，一小碟花生米，两瓶啤酒。服务员说："就是，多要点，你们出差，花的又不是自己的钱。"我觉得服务员话多，问她："你给报销？"服务员说："反正不花你自己的钱。"我讥讽道："你可真有学问，知道的还真不少呢。你知道我姓啥叫啥家住哪里吧。"

"你姓共产党叫解放军家住部队，我没说错吧。"服务员滑溜地动着她猩红的嘴，我无可奈何摇摇头，冲陈寒笑道："受过专业训练，整不了。"

服务员故作媚态。倘若她是一个漂亮的女子，我还能接受，她偏偏长着两只葵花子的小眼睛，高颧骨，塌鼻子。嘴小，但不是樱桃小嘴，嘴皮太薄，除了说话，看不到嘴唇。我脑子里蹦出一个词：东施效颦。自此以后，东施效颦这个词，便与她的形象永远刻在我脑海里了，刻骨铭心！我没了食欲，就着几片辣椒，匆匆把一杯啤酒灌下肚，放下筷子，看陈寒慢慢吃慢慢喝。

陈寒见我不吃，风卷残云，将那盘回锅肉卷了个底朝天，另一盘菜也吃得只剩三片辣椒，说了声："主食不吃了。"抹抹嘴，抓起军帽就走。服务员问我要不要休息，如果需要，她家楼上有房间，单人间双人间都有，足疗按摩一应俱全。她叽叽喳喳像只鸟，我急忙跳开去，唯恐染上禽流感。

落山前的夕阳，也来了个"回光返照"，把最后的光芒散在大地上，我感觉到一丝温暖。原想这温暖的夕阳，只属于江南三月，没想到这儿也有，而且格外醉人，我昏昏欲睡。我们打开坦克门，钻进去，往座垫上一躺，立刻感到周身凉飕飕的，不久骨头也冻得针刺般疼，我们不得不钻出来，上到坦克顶，并排坐着。车内潮湿寒冷提醒了陈寒，陈寒说北方天冷，温差大，恐怕会冻死人。我说："任务来得太急，要不我就带上大衣了。"

每一列火车疾驰而来，我们就希望能在这个站停留，把我们的坦克挂走。我想早点走。当兵多年，走南闯北，饱尝等车的滋味。但一列列火车，并不被我焦急的目光阻挡，速度从没放慢。我感到很累：眼累，脖子累，连心都累。我转过身，不去看火车，把目光投向不远处的一块空地。一个中年妇女在拾煤渣，几个小男孩玩着游戏，追追打打，闹声冲天。一个小孩向这边看了一眼，喊道："坦克，坦克！"所有的小孩蜂拥而来，围着坦克看稀奇，问这问那。我正闲得无聊，便耐心地一一回答。等他们猴子一样往车上爬时，陈寒大吼一声："走开！"孩子们像一窝惊蜂，四散而逃。

望着孩子们惊慌的背影，我心里有些难过。我想起小时候，一支部队上我们镇拉练，路过我家门前的大山。我冲上山去追着看他们，他们把望远镜递给我看，还让我摸他们的枪，无形地把一颗向往军营的种子，撒播在我身上，使我后来从高一到高三，连续三年应征，锲而不舍，直到考上军校，成为一名军官。

我说："让孩子们回来玩一会儿吧，让他们坐到坦克里玩。"陈寒说："你可真是菩萨心，就你这样还带兵打仗？妇女和儿童，不费一枪一弹，你就被俘。"

我不吱声。我再言语，他会有更多奚落我的话送给我。他从来就没把我这个新毕业的地方大学生排长当回事。算了，不与他计较，别人不尊重我，我自尊自爱，少说为佳。

拖车高大，上面又立了坦克，成了庞然大物。我和陈寒钻进坦克，打开防护盖，露出上半身，望着四周突然变得渺小的花草树木，浑身涌出一股征战前的自豪。我感觉自己成了一位举足轻重的将军，身后是沸腾的千军万马。但豪情万丈之后，我觉得自己更像堂·吉诃德。此刻堂·吉诃德一样的我焦急地等，我觉得时间过得太慢。一会儿看天，一会儿看表。太阳落山了，我的坦克却依然站立在拖车上，没一点动静。我待不住了，想寻求解决办法，这时，我看到"调度室"三个字，急忙跑了过去。

是一间平房。办公桌前坐着个年轻人，我问坦克啥时能走。他不耐烦地冲我翻了一下眼皮，说不知道。我说："你们怎么会不知道，这是调度室，你是工作人员。"年轻人斜视着我，说："正因为我是'工作人员'，才不知道车啥时走，我要是领导，我就特地为你这辆破坦克调动一辆火车头。现在，我们也得等，等北上的货多了，够编成一列火车了，就启用一个火车头。谁知道啥时能凑齐。"

"啥时能凑齐，总干这个，还能没点经验。"

"经验嘛，晚十二点钟以前是走不了的，你们尽管去歌厅潇洒好了。"

我不愿在车里待着，便让陈寒锁好门窗，转身向街心走。街心高楼林立，看不见夕阳，灯陆续亮了，不觉已到了夜晚。霓虹灯下，车来车往。车站的夜景迷人。大街两旁的树下，坐着几个票友，他们拉着胡琴，晃动身子，微闭双眼，自弹自唱。他们自我陶醉的样子，引得陈寒直乐。客车站前，旅客成堆，一个个匆匆忙忙，却偏偏半天走不出去。几十辆出租车，毫无规则地停在那片空地上。司机沙哑着嗓子招引旅客，有几个甚至生拉硬拽，我一甩胳膊，摆脱了他们伸过来的手。陈寒说这么逛街太没意思，不如去看电影。我见时间还早，票价也不贵，就与陈寒很随便地拐进了一家小型影院。

影院粉红的灯光微暗，有一种说不出的诱人气氛，但这种气氛很快令我不安，我担心他们放的是"少儿不宜"。十几分钟过去了，也没看出个头绪，只见人在屏幕上追追撵撵，打打杀杀，打得头破血流，惨不忍睹，也到底没看明白他们为什么要这样拼个你死我活。整个片子没有故事情节，没有主人公，像是从好几部电影里剪辑上去的，乏味得很。我起身要走，陈寒拉住我，说不能让6元钱白花。我不喜欢这种粗制滥造的东西，见陈寒恋恋不舍，只好又坐下，很快就在这闹哄哄的厮杀声中，进入了梦乡。

我醒来时，陈寒正睁大眼盯着荧屏，那上面果然是"少儿不宜"，好在不是特别"不宜"，是稍微有点"不宜"。陈寒贪婪的目光令我反感，我拽起他就走，一个女服务员打着微亮的手电筒，挪到我们身边，我感到她很肉感地蹭到了我的肌肤，身上直起鸡皮疙瘩。她问我上不上里屋，说着指了指里面那个门。我知道，到了里边屋，就由不得我们了。我拽着陈寒往外摸索。出门看表，十二点半，我吓出一身汗，自言自语说："车要是开走了可咋办。"陈寒说："怎么会呢，说十二点以后嘛，这些人干工作，只能拖后，不可能提前。"

我质问他："万一呢，万一开走了怎么办？"

"大惊小怪，万一开走了，我们直接坐客车到军修厂不是更方便？"

"说得轻巧，人不离车，车不离人，这是押运准则！"

我一路狂奔。

车站的灯火依旧，老远，能看见坦克高大的影子，我放心了。我们打开车门，钻进去。坐垫都很短，每个坐垫能坐两个人。躺下，就只能容下半截身子，更别说伸腿、翻身。陈寒躺在座垫上，吊着膝盖，见身边有只空油桶，用脚勾过来，将脚后跟搭上，勉强平下身。余下的空间不大，我只得蜷着身子，靠着厚厚的钢板歇息。

休息的地方窄小，此刻对我们来说，根本不是困难。真正让我们难以忍受的，是寒冷。坦克本来密封挺好，都可以在水里行进，可因为是旧车，此刻像有无数个小孔，将车外寒冷的空气吸进来，发出呜呜的抽风声。整个坦克像是一个巨大的冰柜，涌动着一层霜雾。我感到有一股冰凉的液体，从我的后窍钻入体内，直达心间。我伸出手，用手掌护肚，但丝毫没有用，膝盖和肘关节如同贴上了冰块，一直凉到骨头里。我不敢再睡，干脆坐起来，双手抱膝，大腿贴着腹部，手臂顺着腿弯曲，肘贴着大胯，脸挨着手，手指轻轻搓揉膝盖。尽管这样，我还是冻得直哆嗦，上下牙磕得咯咯响。不知是因为我的动静太大，还是因为实在太冷，"没心没肺"倒下就着的陈寒，今天竟然也睡不着。他坐起来，大骂贼冷的天，缺德的老天爷。骂完之后，他建议我睡旅馆，我不去。陈寒说："怕什么，一晚上最多50元，开个发票不就完了。"

"钱不是主要的，关键是不能擅自离开坦克。"

"没事，锁好车门。"

"车要是开走了呢？"

"我不说过吗？车要是走了，咱就坐客车去军修厂，坐卧铺。"

"不行，如果炮衣丢了呢？那可是武器装备。"

"破炮衣谁要！"

"那些破塑料袋，空酒瓶都有人要，何况炮衣，拿回家，都能支成一间房子。"

陈寒从口袋里摸出一支烟，点着，悠闲地吸。我急忙制止，陈寒说抽烟车内会暖和不少。

"你是驾驶员，应该知道车内抽烟意味着什么。"

"正因为我是驾驶员，才知道在这儿抽一支烟根本没什么危险。"

"万一出啥事，后悔就来不及了。"

陈寒打开车门，把烟扔出去，歪着头，尖尖的下巴朝着我，说："万一，万一，你总是那么多万一，万一地球爆炸了，你能抱着坦克哭？"

他的话不像是用嘴说出来的，像来自他那尖尖的下巴，生硬地刮痛了我。我暗问自己：大学生排长啊，你需要多长时间的磨合，才能与这些小兵打成一片，才能拥有一个士官班长的威性？

我跳下车，上了站台。我认为与其在车内冻着，不如在外面跑跑跳跳，运动取暖，或许比车内好受些。陈寒也跟上站台。

车外并不比车内好受，不仅冷，雾浓重如细雨，湿了整个大地。跺跺脚，累了，坐下来歇息的地方都没有。陈寒看见小楼里还亮着灯，便要上楼避寒。我见楼离得并不远，从窗户里能看见坦克，就默许了。

我们敲门。值班员黑脸黑眼圈，呵欠连天，可能刚从瞌睡中被惊醒。他隔着玻璃盯着我们，就是不给我们开门。之后，他慢腾腾地走了两步，肚子前挺，双手后张，伸着懒腰，把一个企鹅的形象表现在我眼前。我笑了。他不知道我笑"企鹅"以为我冲他笑,便回我一个笑。

陈寒说:"让我们进去待一会儿吧,我们是当兵的。"陈寒指了指自己的肩章说。黑脸人摇头,说社会发展到今天,什么都有假的。陈寒正要驳斥他,我上前一步,将他拉到我身后。我说:"我们是坦克团的,外面冷,想进来暖和暖和。"说着将军官证从小窗口递进去,黑脸人仔细看了,又审视了我们半天,这才开了门。

我与陈寒进了屋。黑脸人也不搭理,自己坐到沙发上,仍然呵欠不断。我自觉没趣,又惦着坦克,示意陈寒回。陈寒问黑脸人有没有东西可以借他垫一垫,盖一盖。黑脸人冷言冷语说:"这儿又不是旅店。"陈寒眼睛电子扫描一般,扫视整个屋子。他看见铁柜子上有一摞报纸,便开口要。黑脸人说报纸是留着当资料保存的。我想白天没啥事,可以看报纸打发时间,就把口袋里的一包"七匹狼"递了过去。黑脸人没接,我便轻轻将烟放在办公桌上。黑脸人这才把那叠报纸翻了翻,抽出几张递给我。墙角有几只压扁了的旧纸箱,陈寒拿起就往外走。黑脸人追出来,喊道:"干什么,抢劫呀!把你们的烟拿走,我看你们才是'七匹狼',你们两匹,外面还有'五匹狼'等着吧,正好一个班吧。"我们不接他扔过来的烟,使劲跑。陈寒边跑边笑,说这个人可能当过兵,咋知道一个班七个人呢?我也笑了。我说:"不能吧,当过兵的人,能对咱这态度?"

陈寒将报纸铺在坦克底板上,然后把一只长纸箱往身上套,像甲壳虫。我学着他的样子,把剩下的那只纸箱套在身上。我们挤成堆,顺着空隙把脚伸展开,感觉如同钻进了猫耳洞。

迷迷糊糊中,我感觉坦克剧烈地振动,隐隐约约听见有人说话。我警觉起来,正要喊陈寒,车"哐"地又动了一下,像是与什么东西发生剧烈碰撞,陈寒叫了声:"完了,出车祸了。"他夸张地伸手摸自己的腿,摸胳膊,发现没缺啥少啥,这才打开防护窗,探出头去看。我也探出头去,见一个人拎着手提灯,在坦克下照,又拿铁锤敲敲打打。接着听见一声长鸣,火车头驶过来,又是"哐"的一声巨响,拖车便与火车头连在了一起。"坐好,火车要走了。"我提醒陈寒。

人随车动,眼随路旁参照物动,免除了小站给我的视觉疲劳,心里充实不少。

但坦克并没走多远,停了下来。火车头扔下坦克,独自"轰隆隆"远去了,我狐疑地望着远去的火车头,它一去不复返,我干脆又躺下。不久,车再次遭到剧烈撞击,却并没开动。这样反复碰撞几次,每次坦克后面多出一节车厢。我才想起,这就是那个"安全帽"说的给货物编号,便复又躺下,不去管它,在寒冷中一次次睡去,一次次被撞醒。

第二天中午,车依然没有走。一节节车厢连在一起,如一条巨龙趴伏在铁轨上。我以为这下火车怎么也该走了,没想到那火车头再次喷出一股浓烟,独自远去。这时,我们饥肠辘辘,干脆跳下车,锁好车门,一路小跑到附近的商店,买了面包,饼干。陈寒还缠着我要了两瓶啤酒。

火车头像是特别善解人意,等我和陈寒吃饱了,喝足了,便"轰隆隆"开动了。这时,已是我们在这个车站呆的第二个黄昏。因为一次次仿佛要走,一次次到底没走,我的心已趋于平静。我坐在座垫上,极累极乏,陈寒见了,风趣地说:"排长,你可千万要挺住啊!"说着坐到防护窗边,两腿吊在窗里交叉摆动,手扶防护窗盖,远看风景。

其实四周并没有风景,光秃秃的山,还没长出幼苗的大片黑土地。车行进的速度极慢,而且走走停停。来到一个并不大的车站,车头又独自远去了。我心里很着急。这样下去,十天半月恐怕难以返回,不但钱不够花,更主要的是赶不上下月的野外驻训,生疏了专业。但在陈寒面前,我还是装作挺轻松的样子。我说:"等就等吧,难得出来一次,多玩几天。"陈寒见火车头没了,知道车一时半刻走不了,待着难受,就要下车溜达。下了车,我仔细看了站名,才知道到了城东车站,心中不免涌起一股酸水。一天一夜,居然只走到市郊!坦克要是没毛病,我们自个开去,都比火车快。我仰头望天,暗生一股怒气，也不知这股怒气从哪里来，要发泄到哪里去。而这时的陈寒，心情似乎要好些。他认为自己是个兵，跟着排长走，有吃有喝就行。啥时回去，能不能完成任务，与他没有太大关系。他东瞅瞅，西看看，有时还情不自禁地唱歌。陈寒唱歌挺好听，不跑调，音质也不错，参加过市区卡拉OK大奖赛，虽然没获奖，却杀入了决赛圈。但这时，我却没心思听，阻拦他说："你注意点形象，别摇头晃脑。"陈寒嬉皮笑脸道："这叫活泼开朗，是革命军人最美好的形象。"

火车就这样走走停停。在城东镇，陈寒说他可不想再吃饼干，拉着我走进小吃店。我想吃两碗牛肉面，不贵，还能撑饱肚皮。陈寒却仍旧要菜要啤酒。我说车上有"阔佬"，陈寒说："就那点玩意儿？你是不是想把咱俩变成木乃伊。"我笑道："那敢情好，瘦人病少。"陈寒说："得了吧，就你那抠搜样还能当大官？又不是花自个的钱。"我听了，劝说陈寒："不是花自个的钱就可以大吃大喝？你可真腐败。你要当团长，还不把咱坦克团吃黄摊了！"陈寒被我的话逗乐了，转过脸去看山水，说这山好水好，不如来个姑娘好。

正午，火车缓缓驶入一片山地。强烈的阳光辣辣地照在身上，如火烤一般，我们不得不缩进坦克。昨夜气温太低，我们都没睡好，此刻想美美地睡一觉闭目养神。但是，坦克很快如同一只蒸笼，摸摸车身，烫手。汗从我的额头，脊背，胯间渗出来，我收臀、缩腿，麻利地褪掉裤子，脱了上衣，平身躺着。陈寒说："排长，你啥时变成了女人，让我看看是'安尔乐'还是'舒尔美'？"陈寒说着，就伸手下摸我的裆。我冲他喊："放尊重点，怎么能这样跟排长说话？还想动手动脚，混熟了吧！"

"混熟了？混熟了你还能瞒我？赶紧把钞票拿出来，有难同当，有福同享，官兵一致，完成任务。"

"还没到用这钞票的时候。我们预借的钱快花没了，中间还要经过好几个大站，这样下去，别说完成任务，恐怕人都回不去。"

陈寒笑道："车到山前必有路，只要能到军修厂，什么也不用担心，兄弟单位，能不借咱一点钱？他们若不借，我们就赖在那儿白吃白住，等团里来人接我们。"

"你别做梦,都老兵了,还这么幼稚。两个大活人要别人来接,回去脸往哪儿搁?我们还不如扒火车回去,到时候可别叫苦!"我是大学生干部,陈寒在我面前很随便,但我一旦严肃起来,陈寒也就不敢再吱声,毕竟我是干部他是兵。我俩这么一闹,就没了睡意。阳光更强烈,汗水顺着脊背往下淌,背心、裤衩很快湿透了。陈寒说:"得了,干脆全脱。"说完,麻利地褪下裤衩。我难为情,陈寒说:"怕什么,又没别人,咱俩就跟在浴池一样。"说完就要扒我的裤衩,我急忙说:"我脱,我脱。"

两个赤条条的人,一人把住一个防护窗,将头伸出窗外,尽情地说笑,贪婪地迎住火车奔驰而生的风。风中的阳光刻刀一般,晒得皮肤生疼。陈寒拿出两张报纸,三下两下,就叠成一顶纸帽子,扣在头上。他给我也扣了一只,还说我戴纸帽子样子傻,像"文革"时被批斗的知识分子。我便故意做出一副低头挨批的可怜相,把他乐得差点栽下坦克。他站到座垫上,指着我吼道:"打倒臭老九!"我缩回头,依然装作低头认错,却悄悄倾过身子,伸出巴掌,拍向他的屁股。肉肉相碰,"啪"的一声脆响,淹没了火车的汽笛。陈寒本能地跌落在座垫上,龇牙咧嘴,半天才跪起来,扭过脖子看,见屁股上五个鲜红的指印,喊道:"排长,你是往死里整啊!"

陈寒大半个身子探出车外,春光几乎外泄,他不太在乎,寂静的山野,看不见一个人。至于那林中鸣鸟,坡上羊群,它们懂个啥。陈寒看山水看累了,便看自己,也看了一眼我,他说他像夏日长势正旺的茄子,比我要雄壮得多,说着自满地笑了。

列车驶入沈阳市区。路两旁高楼大厦鳞次栉比,巨龙般盘旋缠绕的立交桥,在我眼前缓缓移动,我心动荡了。他想看看这个东北古城的风景。然而,火车像是故意与我赌气,疾驰而过,却在并没什么风景的郊区一小站停下来。

陈寒要喝水,我们就穿了衣服,下车往站外走。出了站门,是一个集市。行人川流不息。卖蔬菜水果的小商小贩并不叫卖,只用过于热情的眼,打量来往行人。我急忙混入人流中。一身军装,在这种场合闲逛，打眼。摊子上摆着的几乎都是橘子，西瓜，并没什么新奇水果，有也买不起。我买了两斤橘子，就往回踅，陈寒紧跟其后。

我们钻进坦克，吃饼干，喝啤酒，橘子的芳香弥漫开来。忽听一声汽笛长鸣，又一辆火车停在身旁的铁轨上。其中一节车厢上，并排着几十辆摩托车。从摩托车中间探出一个脑袋，东张西望，最后目光就落在这边的坦克上，看稀奇古怪一般。我在潜望镜里，看清是一张年轻的脸，伸出头去向他招手。年轻人朝我喊："老兄，你们搞么子咧？"我听出他说的是长沙话。我是长沙炮兵学院毕业的，在长沙待了几年，毕业后分到东北，长沙话便成了记忆，此刻听起来格外亲切，遇见了老乡一般，来了精神。我喊道："小兄弟，过来嘛。"小伙子指指摩托车，摆摆手，示意走不开。我喊："没得事的咧，这儿一样看得见！"我的长沙话果然奏效。小伙子下车，飞奔而来，爬上坦克，动作敏捷如猴。

小伙子扫了一眼坦克，目光落在饼干上，样子像个饿极的小孩，喉结动了一下，悄悄地咽了一下口水。我弯腰，从防护窗内掏出一瓶啤酒，一盒饼干，递过去，小伙子推说不吃。

小伙子果然是长沙人，替一个老板押运摩托车，一趟800元，吃，喝，住全在其中，所以路上不敢耽误，也不敢放开吃，否则挣的钱还不够花。小伙子说话有气无力。我看着，心里挺难受，再次把啤酒和饼干递过去。这次小伙子没推辞，拿起饼干，狼吞虎咽，又一口将啤酒灌下肚，抹抹嘴，说了一大串感激的话。

坐的时间不长，小伙子起身要走，说他要去找调车室的人，争取下午能将摩托车挂走。他回到摩托车中间，摆手示意我帮他看着，自己揣了个小纸包，往站台边上的那幢楼走。大约半个钟头，小伙子回来了，高兴地告诉我，他给调车室负责人两包白沙烟，一斤槟榔，人家答应一个钟头后给他挂车。陈寒说："咱们也去找找吧，早一天走，就少受一天罪。白天热死人，晚上冻死人。"小伙子说："买条烟送去好使。"我摇头笑道："不用，我们是往同一个方向去的，我就不相信他们偏偏把我们的坦克留下。"小伙子说："你还别说，他们就能把我的挂走，偏偏把你们的留下。"

果然，不到一个钟头，就有一列货车开来，把湖南小伙子的那节车厢挂上了。小伙子对我说："老兄，快点找他们说说，还来得及，咱们一起走。"我依然摇头苦笑，没过多久，车站升起一股浓烟，列车远去了。小伙子在车上远远地挥手告别。小伙子的身影消失后，我感觉车站一下子变得冷冷清清，有一种失落感。我钻进坦克，倒头昏睡。

我醒来后，天色已晚。我在熟睡中出了一身汗，黄昏时气温一低，内衣冰凉如铁。我感觉胃部一阵刺痛，一股酸水往喉咙外涌，直漫舌尖。我无法抑制地发出古怪的打嗝声，酸水吐了一地。我两手紧贴腹部，企图用手暖暖肚子，但无济于事。此刻，我不禁来了情绪。外出前，我想到了拿衣服，军械股长像个催命鬼，说车要走要走，结果到了始发站，还不是停了一天一宿。陈寒知道我的胃病，也见过我痛得在床上翻滚的样子，心里不好受。他过来搀扶，要送我上医院。我说："现在的医院能去吗？不是给你开一大堆药，就是让你住院。我们可是既没钱买药，又没时间住院。胃病是一阵一阵的，一会儿就好。"陈寒无言以对。他知道我的脾气，他知道我的胃病是受凉引起的。要我去住旅馆，我说车可能就要开，还是不去了。陈寒跳下车，独自向调车室小跑，很快跑回来，说："太好了，车今晚不走，住旅馆去吧，洗个热水澡，喝点热水，美美地睡上一觉，病准好。"我生气地说："我说过，不能擅自离开。坦克上的零件如同我们身上的器官，少一样都不行。出来的时候，车上有啥，到军修厂就得有啥。你倒挺会享受！"

"是，排长，我挺会享受。可我是想你去住旅馆，我看车。"

"那也不行，让你一个人在这儿，我不放心。"

"你能放心谁呀，把我一个人留在这儿，我肯定把车卖了！"

我一骨碌坐起来，说："还真的，让你一个人在这儿，没准车上真的会丢东西。"

陈寒气得半天才说出话："得了，你就住这儿，我上旅馆了。可别怪我照顾首长不周啊！"说完往站台那边走，任凭我怎么喊他，就是不回头。大约十几钟后，陈寒回来了，手里多了一小桶热气腾腾的水。

　　陈寒取下两个备用水壶，灌了水。将毛巾放入热水中浸湿，拿出来，拧了个半干，撩起我的衣襟，敷在我的肚脐眼上，用另一条热毛巾给我擦背。这样反复几次，待水快凉了，不能再敷，他就把水壶递过去，一只塞在我的腹部，贴着我的肚皮放着。另一只让我弓起腿，脚掌踩上去。片刻，一股暖流流遍全身，冲缓了我的疼痛。

　　第二天黎明，我打开防护窗，见车站悬着的那个大钟，知道车果然一夜未动，很恼火。陈寒却很平静，他漫不经心地说着俏皮话："昨日你要是给我两包烟，加上我这三寸不烂之舌，别说清原，就是太原也到了。"我被激怒了，愤愤地说："就不去找他们，我不相信他们就敢把咱的坦克烂在车站。"我说完，装作漫不经心，看晨雾中忙碌的人。

　　中午时分，坦克还没编上号，我坐不住了，同是往清原方向去的，为什么摩托车能走，坦克却走不了。此刻，我一肚子怒气，已变成了满腔正气。我跨过一道道铁轨，向调车室走去。我上了楼，找到调车室。我举手正要敲门，手却像被挑了筋一般，酸软无力，那一腔正气，也变得弱不可摧。"人在屋檐下，不得不低头。"我不能这么鲁莽。我转身，走下楼，找到一个小卖店，买了两包"红塔山"。我不敢再买"七匹狼"，怕别人再说我们像狼。有"红塔山"壮胆，我敲门的手格外有力，敲出的声音是那样脆响。

　　办公桌边，坐着一位精瘦的男人，有着高仓健的冷峻。我打开一包烟，递给他一支，瘦男人没接。我把烟连同没开封的那包，放在他桌上。我说："大哥，替公家办事，给的钱少，天遥路远的，我和我那位兄弟还饿着呢。你看能不能帮我把坦克挂上，让我们早点走。坦克修好了我们还要把坦克接回去，来接坦克时我一定好好谢你。"瘦男人笑了，瘦男人是冷峻的笑，很有风度。他站起来，说："当兵的嘛，可以关照一下，我这就找人给你挂。咋不早说呢，我还以为你们不着急呢。"他的尾音拖得很长，像是在背台词。

　　坦克临时挂在一列即将出发的车上。我仰面朝天，叹了叹气，说不出是高兴，还是伤感。

列车缓缓前行，进入我视野的，是一片闪着银光的水域，接着就是巍峨的群山。山水相接，秀美无比。然而，好景不长，蓝天很快就被大片大片的乌云覆盖，接着就噼里啪啦下起雨来。我们只得猫进车里，当起了缩头乌龟。风撕扯着炮衣，炮衣在风雨中如一只怒吼的雄狮，拍打着坦克，哗啦的声音掩埋了风声雨声。显然，炮绳松了。我打开坦克门闩，没等往外推，狂风就把坦克门掀开，我被卷了出去，我吓得大叫一声，本能地死死抓住门闩，人却整个悬在空中，随着疾驰的列车前进。我不敢怠慢，将脚勾过去，摸索到一个搁脚的地方，没等站稳，又一阵风打来，厚重的钢板门再次卷回来，就在我的手快卡入门框的那一刻，陈寒伸出一只脚，用脚掌挡住门，我的手避免了皮肉之苦。陈寒迅速伸出一只手，死死抓住坦克门。又伸出另一胳膊，拦腰抱住我，使尽全力，把我拽进坦克。我们费了很大劲，才将门关严。接着陈寒打开防护窗，探出身去，让我抱紧他的脚，他在风中搏击了十几分钟，终于将炮绳重新系紧了。

陈寒缩进车里时，早已成了落汤鸡。他脱光衣服。我一件件帮他拧水，挂在调平装置的摇把上，然后脱下自己的衣服，想给陈寒穿，才知自己的衣服也是一拧一把水，干脆也脱了个精光。赤裸的身体，像两个刚出锅的肉包子，热腾腾冒着气。时间不长，热气没了，两人冻得瑟瑟发抖，牙不由自主咯咯地响。

"我是驾驶员，车上的事，由我负责，你就别瞎操心了！"陈寒说。

"啥叫瞎操心，那炮衣差点让风吹跑了。"

"吹跑了咋啦？大不了给个处分，你背不动，我帮你背。你是干部，是党员，我不是，我一个兵，一个熊兵，我怕啥。可你要是让风刮去，我可背不动你一家人。雨下这么大，车速又那么快。"

我拍拍陈寒的头，说："没事，我不是好好地站地你面前吗，只是不太雅观。"陈寒嗤的一声笑："咱俩一个德行！"

火车到达清原，停在城郊一小站。风雨依旧。喜欢看雨景的我这一刻焦急不安。这里是我们的终点站。从这里到军修厂，有二十公里的路程，因为是履带车，怕压坏公路，只能寻着旧履带印，沿山沟、河套前行。现在，履带印早让雨水冲得干干净净，茫茫雨雾中，何处是路？我不禁犯愁了。

"等雨停了再走吧，这么大的雨，路滑，土鲜，车容易陷进去。咱们先找个旅馆，洗个热水澡，睡一觉再说。"陈寒说。

"你倒挺会享受，卸车！"我说着，跳下坦克，一看才知道，坦克并没停在卸车专用站台，而是被火车头很随便地甩在一段旧铁轨上。我无奈地望着远去的那股浓烟，火车头远去了，一时半刻还能回来吗？

我望雨兴叹，陈寒却暗自高兴，嘀咕道："我一个小兵阻止不了你，这瓢泼大雨留不住你，而这车站，却很轻松地让你插翅难飞。怨不得我，我找地方睡觉去了。"他锁好坦克门，正要下去，我说："在坦克里好好待着，我这就去找人调拖车。"陈寒生气地说："不用了，我这就把坦克卸下来。"说着钻进坦克，三下两下启动。顿时，雨中升起一股浓烟，但浓烟在雨水中并没蹿上高空，只在陈寒的头顶翻滚，像是天空中坠下的一朵乌云。巨大的轰鸣声形成一股气流，将我撞了个趔趄。我上前一步，整个人贴在坦克上。我知道陈寒要强行卸坦克，便用身躯制止。陈寒眼往两侧看，想把坦克从侧面开下来。我吼道："你找死？这有一米多高，坦克是要翻的。熄火！"陈寒不理我，我又吼道："你再这样下去，我处分你。没入党，没立功，总不能背个处分回家吧！"

陈寒将坦克熄了火。他仰头，大口大口吞吃雨水，样子是那样贪婪。他是在惩罚自己。我爬上坦克，把他的头按进车里，扣严防护窗，反锁上坦克门，自己跳下车，在雨中一路小跑。我要去找调车室的人。

我向调度室的人说明情况，他们说这个情况他们管不了，让我们找军代处。

"你们不就是钱不够花吗？让军代处安排你们吃住。"

"一路上，我们都是自己掏钱。我们出来的时候借了差旅费。"

"那还说啥,谁叫你们大吃大喝。"

"不是大吃大喝,路上走的时间太长。我们预计三天就到,这都第七天了。我们不能再待下去了,所以想请你给调辆火车头。"

那人笑了。说:"口气不小,火车头说动就动?要动,也得军代处领导签字。"

雨越下越大。雨点沙粒一样打在脸上。看样子雨一时停不下来,坦克在风雨中如一只破船,又怎能整宿整宿待在里面。迟走不如早走,到修理大队,车一交,早点返回部队。我深吸一口气,抹一把脸上的雨水,理理头发,挺起胸,大步朝前走。我想,当一个人单独去完成一项任务时,条件越艰苦,困难越大,就越应该挺住,因为只有一个人,你别无选择。我这么想着,心头的失意又变成了一种豪迈。

军代处在清原旅社附近。清原旅社的牌子很大,军代处的牌子却很小。我找了好几个来回,才找到那间办公室。办公室的门开着,里面却没人上班。桌上是一张铺开的报纸,一杯冒着缕缕热气的茶水。我断定人没远走,就坐下来等,这一等就是二十多分钟,依然不见人影。我坐不住了,走出去,想打听军代处的人,见一间办公室的门虚掩着,里面有动静,看来有人。我敲了门,没听见回音,便将门推开,见一个年轻女人,倏地从一个中年男人身边跳开去。那男人的神情有些尴尬,女人脸上飞起红晕,也不知他们刚才在干什么好事,我没心思去猜想。我说:"我找军代处的人。"那中年男子说他就是。中年男子说话时,嘴角似乎还残遗留着一丝幸福,仿佛在向我表明,他们刚才确实过得是多么的开心,多么令人回味。我说想调动一辆火车头。中年人说:"我们不管这个,你应该找调度室。"

我垂头丧气,坐回车里。陈寒偷偷瞅我,知道我又没办成事。寒意袭来,陈寒说:"抓紧走,在这里会冻成冰,我看看去!"他起身就走。我不让,但我拦不住他,我怕陈寒把事闹大,便跟在他身后。

陈寒一脚踹开调车室的门。一个大个子年轻人惊立起来,与陈寒怒目相对。陈寒看不懂他肩上的标志,但他独处一室,办公桌椅豪华,想必就是军代处领导。陈寒几乎是歇斯底里,吼道:"你什么玩意儿,到底要将我俩扣留多久?扣留我们有什么意义,显示你的权威?告诉你,兔子急了还咬人,今天,你给我调车,痛痛快快让我走,你好我好。不给调车也行,我将坦克卸在那边,从铁路上碾过去,到时候可别怪我把火车站当训练场!"

大个子半天才说出话来:"就你?你要是敢从铁路上碾过去,我就敢抓你,你这是破坏铁路设施。"陈寒冷笑道:"我没按时完成任务,回去反正要挨处分,我就干脆让我的处分更有分量!"

"陈寒!"我喊他,把他往外拽。他甩开我,说:"我不怕,所有错都是我的,所有责任我承担,与你无关。你当你的排长,我退伍返乡!"说着,他一步步逼近大个子,大有打不过你咬也要咬你一口的癞皮狗样。大个子盯着陈寒,目光便有了一丝胆怯,语气也缓和下来。说:"我这就给你调车,你可不要乱来。年轻人乱来,是要后悔一辈子的。"说着,他抓起电话,嘀咕两句,车站西端便驶出一辆火车头,把坦克拖到车站东北角,一溜烟远去了。陈寒稳稳地将坦克开下来,却找不到出路,原来这是个半途而废的站台,四周都是两米多高的坎。陈寒手拿铁锤,跳下坦克,往军代处冲,骂道:"敢跟老子耍,让你有好果子吃!"我一个鱼跃,将陈寒扑倒,抢下他的铁锤。这时,我看见不远处停着一辆火车头,车头上有人向我招手。我跑过去,仰头看。是一个年轻人,虽满面灰尘,却露出那份阳刚。他对我说:"老弟,别着急,那边有个旧站台,可以卸车,我这就给你拖过去。这点小事,犯不着求他们。很简单的事,一到他们手中,就复杂了。"

我点头致谢。

火车头拖着坦克,走了四五十米远,停在一个土坡边。司机跳下车,摘掉挂钩。他告诉我,这土坡是备用站台,就在这儿卸车。我高兴得大喊一声:"立正,敬礼!"我和陈寒两人成列,举手敬礼,动作整齐一致。司机爬上车,鸣笛,算是回礼。直到车头消失了,我们才放下手臂。

陈寒驾驶坦克,沿着土路前行。经过一家大院门前,一位年轻的女人破门而出,双手叉腰,拦住坦克的去路,不让过,说怕碾坏她家门口的地。我说:"我们有战备锹,坦克过去后,把你家门口整平。"

女人还是不让，陈寒踩了一脚油门，表示要强行通过，女人一屁股坐在地上，说："要过可以，从我身上过。"我急忙扶起女人，说："大姐，你别这样，我们绕道就是了。"

哪里有道？一侧是高山，一侧是十几条铁轨。我只有再找女人说情，这时，从里屋跑出一位身材矮小的老人。老人衣着很旧，但很整洁。老人训斥地上的女人："起来，当兵的钱你也敢讹？"转身对我说："我儿媳，没教育好。是不是上军修厂？我带你去。"老人回了屋，出来后手里多了把伞。

老人给我撑伞。他伸直手臂，努力往上伸，伞仍不时碰着我的头。我把伞接过来。老人在伞下不及我的肩，但老人无所顾虑，乐于助人的样子，令我心生敬意，觉得他特别高大。老人告诉我，他是山东人，六十年代搬到了东北。老伴早过世，现在与儿子们住一起，但他不白吃，自己捡些破烂换点零钱。我掏出五十元钱，递给老人，老人不接。老人说："你这孩子要是这样，我就不给你带路，我又不是导游。"我听老人这么一说，感动得差点掉下泪来，一路上没人这么亲切地跟我说话。

陈寒驾车，我坐在副驾驶。老人在陈寒身后的指挥位置，坐下去，头就露不出来。老人索性站在陈寒的身后，给陈寒撑伞指路。行不多远，坦克深深地陷进稀泥中，陈寒踩油门打转向，坦克只是原地打滚。我下车，找来砖头石块，垫在履带下，结果丝毫没有用，砖头被碾碎了，石块压进垃圾里，无影无踪。老人看了，跳下车，向来时的方向一路小跑。时间不长，老人就回来了，扛了两根木头。木头又粗又长，扛在老人肩上，看上去像是只巧玲珑的麻雀，含了两根长长的筷子，很不协调，却很感人。我跑过去，把木头从老人的肩上抢了过来。

我顺着履带，把木头往垃圾里塞。陈寒在车上踩油门，挂挡。车轰隆一声，窜到木头的半截处，又弹簧一样缩回来。陈寒再踩油门，挂挡，车终于窜出污泥，上道了。

在老人的带领下，车一路顺利前行。老人不失时机地与我攀谈。因为在雨中，又有机器的轰鸣，老人不得不把声音提得很高。老人无限伤感地说，人行在路上，咋能不人帮人呢！老人说着，抹了一把眼睛，可能是雨水顺着伞边沿滴进他的眼里。

坦克在河沟山涧中穿行，有时驶入半人深的水中，陈寒担心车过不去，不敢前行，老人说："没事没事，我为当兵的带路二十年了，啥样的天气没见过，啥样的路没走过。这还不是最坏的天气，也不是最坏的路。"

车转弯抹角走了好一阵子，驶入一个大山沟。老人告诉我，前面就是军修厂。我狐疑地抬眼看，立马被眼前的景色吸引。这是一个迷人的境地，天空没有雨，雾时散时合。远山近木，苍翠欲滴。繁茂的树林里，不时传来阵阵鸟鸣。鸟声经雾的冲洗，清脆婉转。一条小溪缓缓地顺坡而下，山水相映，秀美无比。更令我惊喜的是，山腰有一群欢跳的梅花鹿，雾中，我看得不太清，但毕竟是亲眼看到了鹿群。山顶有一片淡白的光，正冲破浓雾，向山下射来。天晴了，我的心一下子明朗许多，前面就是军修厂，是兄弟单位。我抹了一把脸上的雨水，向陈寒挥挥手，轻松一笑，命令道："快点开！"

今夜有雪

李明辉走进这片旷野时,天空更加阴沉灰暗。这时风正强劲,一阵一阵的。那些早已冻僵的枯草,到底经不住它的摧残,一根根从腰折断,向同一方向扑去。旷野一片寂静,寂静得只能听见呜呜的风声。风声也是一阵一阵的,像是来自脚下的枯草丛,又像是来自远处的树林。

李明辉伫立在风中。风像无形的小刀,轻轻切割他面部的肌肉。他没顾及疼痛,举目搜寻掩体所在的位置。

眼前是一片大草地,是一望无际向同一方向扑倒的枯草。李明辉怀疑自己走错了地方,身后的通信员也狐疑地向四周看,他同样找不到兵待过的迹象。李明辉正要往前走,走向另一片草地,前面的枯草丛忽地伸出一面红旗,一面炮长指挥用旗。小红旗在风中飘动了两下,就冻住不动了。通信员急忙走过去,李明辉道一声:"慢,小心掉进去。"李明辉惊喜地立在那儿,等着兵们给他开道,他的确找不到进去的地方。他为他的部下能伪装出这种效果而兴奋不已。

通道开了,就在李明辉的脚下。通道口的门居然是一捆高粱秆,它四周的缝隙间夹上了枯草,往那通道口一挡,与四周的枯草浑然一体,李明辉因而难以发现入口。李明辉弯腰慢慢走进去,眼前立马漆黑一片,但很快,一束手电光出现在他的脚前,随着他的脚尖移动。

李明辉猫着腰,慢慢走在通道里,通道不宽不窄,两个人侧身刚好能挤过去。李明辉满意地点点头,在手电光的指引下,他走进了一个战炮班的掩体，掩体内的结构还真像那么回事。四周的墙壁齐刷刷直上直下，贴着墙壁，竖直排满了干枯的向日葵杆，用以防潮。一个大土炕，占据了掩体相当大的面积，五六个战士躺在土炕上休息，发现手电光，问了声：口令！见是营长，战士们弹簧一样坐起来，腰板立马挺得笔直。与土炕相对应，是一个窄长的土墩，上面摆放着军用挂包、水壶和洗漱用具。战士们的鞋，整齐地摆放在土墩与火炕之间的浅沟里。

李明辉掀开战士们的被褥，见下面铺了半尺厚的枯草。妙极了，李明辉说："我上军部开会，仅一天半时间，我的部下干得这么漂亮。伪装是高技术条件下局部战争中的一个难题，也是这次战术演练的一大项。咱们构筑的工事，隐蔽性好，实用性强，肯定能在集团军考核验收中获得好名次。大家再加加工，力争把第一名夺过来。"战士们异口同声回答："是！"

李明辉在坑道内走着，外面的天空虽然灰暗，但让掩体内没有一丝光亮，也不是那么容易做到。

"有没有通气孔？"李明辉问。

"有。"

"如果下雨下雪呢？"

"水不会流进来，通气孔都是从最顶端斜开出去的。"

声音短促有力，李明辉听出，是营基准炮炮长丁晓亮在回答。

李明辉要过手电筒，亮开，仔细察看掩体。他的目光突然停留在头顶一根木头上，他伸手摸了摸，又用手指抠了一阵子。

"这树干是从哪儿弄来的？"李明辉问。

"报告营长，是从营房带来的。"丁晓亮答道。

"我再问一次，树干是从哪儿弄来的？"

"是我们从那边树林里砍来的，今夜有雪，我们怕天黑前完不成伪装任务。"丁晓亮的声音明显地弱下去。

李明辉不再吱声，沿着通道，弓着腰向别的掩体走去。他看完了全营的工事，各连都有新砍的树杆，有的连一个掩体就用了好几根。李明辉立刻用电话命令各连："撤除所有新的树木，一根不留！"

然而，十分钟过去，没有一个连队行动。李明辉看一眼表，走出掩体，眼前的草滩，依然一片死寂。李明辉再次钻进掩体，下了第二道命令：全营官兵，撤出掩体，成营横队集合。顷刻，两百多名官兵蚂蚁一样钻出地面，成四个纵队向这边集合。脚步声口号声响成一片。

各连值班员向营值班员报告。

营值班员向营长报告。

李明辉没有向全营官兵下达"稍息"的口令，他太激动了。

"同志们。"李明辉开始他的讲话，"我知道大家很苦很累，我知道大家不分白天黑夜的干，是为了我们营这个整体。我们的同志，在天气恶劣，条件如此艰苦的情况下，砍老百姓的树支撑掩体顶篷，也是为了把任务完成得更快更好。但是，我们是军人，怎么能反过来损害老百姓的利益？砍老百姓的树，这是犯罪。同志们，在这片盐碱地上，种一棵树容易吗？他们种树不是要用木头，是防风沙，是为了活命，而我们的同志，呼啦啦一下子给别人砍倒十几棵，不心痛吗？我，一营之长，是我考虑不周，没有早看一步，这责任主要在我。我本应带着砍树的同志，去向老百姓请罪，赔款。但是，依照森林法，砍一棵树罚款四百元，我查了一下，我们一共砍了十八棵，大家算算多少钱？七千二百元！我们一个小小的营级单位，别说是在外驻训，就是在营房，一下子也拿来不出这么多钱。更主要的是，砍树达六棵以上，就得判刑。我能忍心将自己的同志送上法庭？我们的行为，就是全军所有部队的行为，我们的形象，就是所有军人的形象。我们砍伐能百姓的防护林，形象不好，影响极坏，我们只有一错再错，将树埋上，任何人不得将这件事传出去，这是秘密，更是命令！"

"同志们，我们将树埋掉，可是我们已犯的错误是埋不掉的。"李明辉声音颤抖，布满血丝的眼睛湿润了。他极力控制自己的情绪，接着讲："后天军长将带领作战指挥部人员来验收伪装情况，但实际上，属于我们的时间只有今天天黑前的几个小时，天气预报，今夜有雪。为了使伪装达到最佳效果，为了在这次验收评比中取得好名次，我们必须克服重重困难，在下雪前搞好伪装，大家能不能做到？"

"能！"声音响彻阴沉的天空。李明辉下令："解散，开始行动！"他立在风中，刷啦刷啦的脚步声消失后，兵们便从地面消失了，瞬时，眼前的草地出现二十多个土坑。李明辉摘去棉手套，用几乎麻木的手指揉揉酸涩的眼睛，心里一阵惊痛：这是全营官兵的心血呀。天寒地冻，整整干了四天，而现在，一切又得重新开始。他摘下棉帽子，轻轻叹了声：唉！

随着李明辉的一声长叹，冬天就过去了，春天来临。李明辉带领全营指挥分队，迎着第一缕春风，出现在这片旷野。村子里，老百姓便陶醉在这"幺两""栋两"的口令声中。当这动听的口令声骤然停止时，一个个身着迷彩服的兵又劳作开了，远远望去，像一只只涌动的蚂蚁，匆匆搬运食物。老百姓知道兵们在得用训练间隙挖工事，只是他们不明白，这些兵以前都是冬天来临时出现在这里，今年怎么就提前到了春天。

迎春花开遍旷野时，细心的老百姓发现，他们的防护林加宽了。几千株幼苗，像部队集合的兵，虽在风中，却一个个站得那么直，那么齐整。

飘香的豆腐渣

仲秋,满田满畈,飘荡着庄稼成熟的气息,这是一年中乡村老师家访的最好时节。春天青黄不接,家长是请不起老师的。整个夏季,园子里的菜倒是疯长起来,可一直在忙,忙着割早稻谷,忙着栽晚稻秧苗,一天累得骨头散了架。老师也累。我们山里的老师,大都是民办的,除了教书,早晚和星期天还得侍弄田地。只有秋日,有收成了,农活也不那么紧,家长们就希望老师在这样的夜晚,来家坐一坐,像看秋日成熟的果子一样,看到孩子的成长进步。老师,也想利用这一年中最好的时光,到学生家走一走,与家长们交流。这时节,花生成熟了。晚上坐一坐,家长炒些花生,喝点茶,说说孩子的学习,像乡村茶话会,避免了说教式的尴尬。

山里人,把老师看得很重,老师家访时,家长们大都希望老师早点来,到家吃晚饭。但并不是每个学生家,老师都会走到。老师家访,通常是选择那些学习成绩好的,读书有前途的,能看到光亮的。因而老师走到谁家,家长都很高兴,觉得孩子有出息,他们有脸面。有的人家,怕老师不去,没面子,主动邀请。但并不是邀请了,老师就一定去,有的学生,学习成绩太差,或是调皮捣蛋,老师是不会去的,有点朽木不可雕,任其破罐子破摔的意思。我们竹林湾,就有一个叫王田的男孩,因为连续三年,班主任和代课老师一直没家访,家长觉得没面子,认为孩子没出息,就让王田退学,当了放牛娃。

我读小学三年级,学习成绩不是太好,也不是太差,一直在中游晃荡，所以，老师家访，迟迟没轮到我家，以后会不会来，我拿不准。母亲认为，我家要是请，老师会来的。她说我学习成绩虽然不冒尖，但脑袋瓜子还好使。"再等一等吧，等一个星期，你爹就该回来了，就会带钱回来。咱们去镇上多买些菜，鱼肉都要有，酒也要有，好好地请一下梅老师。"母亲说。梅老师是我的班主任，教我们小学三年级的语文和数学。父亲在大别山脚下的烟宝地修水库，出去快一个月了。

盼父亲的日子，每一天都很漫长，但一个星期的时间，又似乎转瞬即逝。湾子里，我的同班同学毛蛋请了梅老师，麻球家也请了，整个竹林湾三年级学生，就剩我家没请。父亲还没有回来，母亲脸上，偶尔出现一丝焦虑，但她还是坚持再等等父亲。

那天，母亲到外公家，回来时路过我们学校。那时我们刚放学，我看见母亲的身影，冲过去与她一起回家。在校门口的山路上，碰见梅老师。母亲对梅老师说："上我家过夜吧。"我们那里说的过夜，是吃晚饭的意思。梅老师说："不去了。"母亲问："我家黑鱼学习怎么样？"母亲这么一问，老师可能就多心了，可能怕伤了母亲的自尊。梅老师说："那我去你们家坐一会儿吧。"

母亲是客气，没想到老师真的就答应了。一路上，母亲走在前，梅老师走在后，我跟在梅老师身边。我看见母亲一直心事重重的。她手里拎着个包袱，包袱里面有一个小盆状的东西凸出来。母亲不时正正那个盆子，可能是怕盆子歪了，里面的东西蹭到包袱上。

我家在竹林湾最南端，过了一段河堤，三五条田埂，就是清水塘。我家就在清水塘旁的那片坡地上。我们到家时，天还没黑，夕阳西照，晚霞倒映在水中，一片绚烂。梅老师惊叹道："你家住的地方，简直像在画里。"其实，梅老师并不是第一次来我家。

进了屋，母亲找抹布，给梅老师抹了桌椅，请梅老师坐。母亲给梅老师沏了茶。梅老师在八仙桌的右侧坐着，母亲在左侧站着。梅老师说着我的学习情况。我微低着头，给梅老师续茶，不敢看梅老师脸，也不敢看母亲脸上那因梅老师的话而不断变化着的表情。

梅老师也不完全说我，也问到我爹的情况。母亲说："你知道的，咱这山里，田地少，除了交公粮、口粮，留着自己吃的，剩不多少，粮食又卖不起价，他爹就到山里修水库打零工去了。"

母亲和梅老师说了一会儿话，屋门前的那片天，一朵游云飘过，送走了黄昏，暮色降下来。母亲说："梅老师你坐，我去煮饭，你晚上就在这儿吃。"梅老师说："不了，我喝完这盅茶就走。"母亲说："就在这儿吃吧。"一开始，母亲的语气并不坚决，但老师越客气，母亲就越是留客。母亲说着，就走到灶屋门口，在跨入灶屋时，她顿了一下脚。我猜测，如果这时梅老师再客气一下，母亲就会顺水推舟，让梅老师走，偏偏梅老师没再坚持。他说："那好，大嫂子，那你就简单一点，少炒两个菜。"

我看见母亲一下子愣在那里，好像她背后，老师的话是一把刀，刺中了她。但母亲很快回过神来，笑着说："嗯，我就炒两个菜。"

我在堂屋，站在老师对面。在教室里，学生多，不觉得，这时，我感到那么不自在。我匆忙给老师续满茶，就到灶屋里待着。

母亲生火做饭。她先焖大米饭。秋日柴禾干燥，火旺，很快，大米饭略带生涩的香味飘上来。母亲接着烧了三把火，生涩的气味没了，米饭浓烈的香味在锅顶飘荡。母亲压了饭锅的明火，让炭火自然地给饭锅加热。这样的米饭不糊锅，水汽也不重，很爽口。母亲将菜锅底下的柴禾点燃，把灶膛烧得热烘烘的。锅烧红了，母亲还未往里放油、放菜。母亲好像忘了，有些失神。我提醒母亲，我说："娘，锅红透了。"母亲这才拿起油罐，往锅里舀了三勺油。那油一下子就冒起烟，燃起火。母亲往锅里放了点秋白菜，那白菜放进锅里，就被强大的热气流弄得精疲力竭，瘫软在锅底，变成一小团。母亲把满满的一盘豆腐渣，全部倒在锅里。

"豆腐渣？"我惊叫起来。豆腐渣，我们是不拿出来招待客人的，只把捏成拳头大的一团一团的，放在太阳底下晒几天，让它发酵，当酱菜吃。新鲜的豆腐渣，是不吃的，有一种青涩的，黄豆皮的味道。

母亲说："你小点声。"

我吓得吐了一下舌头。但我想，梅老师肯定没听见，柴禾燃烧的噼噼啪啪的声音，豆腐渣里的水被热锅烫出的吱吱声，母亲翻动锅铲时，碰到铁锅里发出的锵锵声，温暖地混杂在一起。

母亲小声说："家里没菜了，我正寻思明天到镇上买些酱萝卜。"

母亲又说："要不是夏天全湾子的鸡发了瘟，给老师杀只鸡炖上。现在，全湾子一只鸡没有，买都买不着了，只等着明年春来再买鸡崽。"母亲的声音依然很低，像是自言自语。

母亲又翻动了几下锅铲，突然惊喜道："对，还有两个鸡蛋。你爹上次回来，买了五个鸡蛋，走前，我给他煮鸡蛋，让他带着。他做水库下苦力，不吃好点可不行。我都把鸡蛋放进锅里了，正要生火，他抓了这两个出来，说留给咱娘俩，现在正好凑个菜。"

但母亲的惊喜转瞬即逝。母亲说："可是，只有两个，要是再有一个就好。"我说："去借一个吧。"母亲说："家里有客人，我出不去，你去吧，你看上谁家借两个鸡蛋，或者要点别的菜，也算是借。"

母亲把包袱和盆子递给我，我没接，我说："不就几个鸡蛋吗？我装作抱柴禾，就顺进来了。"

我走出灶屋，看见梅老师坐在灯下。为了省电，我家堂屋只点了一个十五瓦的灯泡。灯光有些暗，但我依然能看见梅老师局促不安的神情。梅老师说："刘家旺，我还是走吧。"他的语气并不坚定，是商讨。我说："梅老师，你别走，饭都焖好了，我娘已经在炒菜。"我脱口而出，语气坚定，但随后就后悔了。如果我借不着鸡蛋，就只能用豆腐渣招待老师了，这多丢人，这样还不如不留他吃饭哩。

我先到毛蛋家。毛蛋正在吃饭，他以为我找他玩。他说："你这么快就过夜了。"我说："没有。"我看见他家那张八仙桌上，只有一盘炒白菜，八仙桌显得大而空旷。我对毛蛋娘说："婶子，我娘想问你家借几个鸡蛋，等我爹回来再还你们。"

毛蛋娘说："哎呀，你娘又不是不知道，鸡都发瘟死了，一湾人家，难得找到一个鸡蛋。别说鸡蛋，除了秋白菜，家里啥菜都没有，我正想约你娘，明天到镇上去买点酱菜，再让毛蛋他爹到地里挖些地瓜，去磨些地瓜粉。"

我的脸骤然一热，像被灶膛的火燎了一下，什么想法都没有了。

毛蛋娘说:"你借鸡蛋做么事?家里来客了?"我说:"没……没。"我急忙掩饰,我怕他们知道梅老师在我家。我和毛蛋这些山里娃,腿快,但我们的嘴比我们的腿更快。毛蛋要知道我到处借菜,招待老师,不出半天,全学校都知道了。毛蛋学习不太好,他会躲着老师,她娘却是个好事的人,没准跑到我家,看看我家给梅老师做啥菜。她要是知道我家就给老师炒豆腐渣,毛蛋很快就会知道。毛蛋知道,我的同学不出半天,就都知道了,那我的脸就没地儿搁了。可梅老师没事,他吃什么,不会到外去说。

我撒谎道:"我娘想借几个鸡蛋去看外婆。"

"你娘不是刚从你外婆家回来吗?"

"我外婆病了。"

我惊讶于我撒谎的才能。我怕毛蛋娘问得更多,露馅了,赶紧走。毛蛋说:"黑鱼你等我一会,我快吃完了,跟你玩去。"

我说:"我不去,我要写作业。"

"我上你家,咱们一起写。"毛蛋说。

我被他这突然冒出来的一句话,弄得不知如何应对,幸好毛蛋的娘给我解了围。毛蛋娘说:"你在家写,你们在一起,就知道玩。"

我趁机冲出了毛蛋家,向麻球家走去。刚走几步,麻球娘那双不停眨动的眼,在我脑子里一晃,我的腿就迈不动了。麻球娘多疑,比毛蛋娘更难对付,一句话露出破绽,她会跑到我家去对质。麻球家景并不比毛蛋家好,估计也借不着好东西。再说,麻球的嘴,也不比毛蛋的慢。我这么想,就放弃了去麻球家继续借菜的想法。

别的家,与他们没什么交情,别说很可能没有鸡蛋之类的东西可借,就是有,我也开不了口。我在门口的柴禾垛,抱一些柴禾回到堂屋,梅老师板着腰,有些拘谨。我拐进到灶屋,听见梅老师冲我说:"刘家旺,让你娘少炒两个菜。"母亲替我做了回答,母亲说:"没有,我就炒两个菜。"

锅里还是那盘豆腐渣。豆腐渣青涩的气味没了,慢慢地,飘出香味。豆腐渣有一个好处,就是能炒很长时间而不会炒煳锅,因为它就像海绵,里面吸附着大量的水。

"鸡蛋没借来,现在,只能煎一个鸡蛋了。"母亲说。母亲的声音一直很低,这种语调提醒了我,我也将声音放得很低,像说悄悄话。我还从没同母亲这么说过话。我说:"那就煎两个鸡蛋吧。"母亲说:"那哪行?"

我们竹林湾,是不能给人弄两个鸡蛋吃的,煮两个鸡蛋就更不行了,是骂人的暗语,我是知道的。我说:"打在一起,搅拌一下,再煎了。"母亲说:"那也不行,客人一眼就能看出来。只能煎一个鸡蛋。"

母亲又说:"你参要是在家就好了,花生还在地里,没有扯回来。家里倒是还剩下两升陈花生,还没剥。"我说:"我现在就剥,很快的。"母亲说:"不剥了,一会儿炒熟了给梅老师带着。梅老师一年难得到家来一趟,不能让他空手回去。"我想对母亲说,剥一升,炒一小碟花生米,剩下的一升炒着让梅老师带着,但我很快想到梅老师中山装的那两个大兜。毛蛋说:"一到花生熟了的时候,梅老师就走访,就穿上那有两个大兜的衣服,人家就会给他炒花生,把那两个兜灌得满满的,带回去给他儿子吃。"我于是我打消了剥花生的念头,我觉得母亲说得在理。

母亲并没立刻煎鸡蛋,她依然用锅铲翻着豆腐渣。锅铲碰着锅,发出清脆的铁器碰撞的声音。豆腐渣的香味,由灶屋至堂屋弥漫开来。香味将我喉管的涎液勾出来。母亲一直就这么炒着,让人觉得她做了好多道菜。这样炒了很长时间,伴着母亲的炒菜声,天渐渐黑下来,母亲竟然还没将那盘豆腐渣炒好。梅老师起身,再次要走。我赶紧喊母亲。母亲一步跨出来,说:"饭菜都快好了,你咋能走呢?你走,就是瞧不上咱家?黑鱼也会觉得没面子。"梅老师就又坐下了。梅老师说:"大嫂,那你就少炒两个菜。"母亲说:"没什么菜,就是火小,柴禾潮,慢。"

我不敢出去看梅老师,也不敢看母亲,一直将头低着,往灶膛里添柴禾。娘将豆腐渣炒了很长一段时间,才盛出来,盛在两个盘子里。之后,母亲煎鸡蛋,她果真只煎一个。

煎鸡蛋的香味飘上来,但是,很快淹没在豆腐渣的香气里。母亲选择了一只小碟子盛煎鸡蛋，但一个煎鸡蛋在小碟子里，还是显得空荡荡。

我们竹林湾，家里来客人了，吃饭时是不关门的。有人端着碗一边吃饭一边喊娃或唤猪，路过，偶尔会拐进来，夹一筷子招待客人的好菜。但这天，母亲装作在门角拿笤帚，顺手就把门关上了。我知道母亲为什么关门，她怕别人来串门，怕别人望见我家的"全豆腐渣宴"。门关了，外人就知道这一家人有事，就不会来了。我们竹林湾，历史上出过进士，是一个知情达理的村落。

湾子里，只有来了女客，女人才上桌，男客得男人陪。爹不在家，母亲就把我当男子汉，让我上桌子，陪梅老师一起吃。母亲把菜端上桌。我望着两盘豆腐渣一只煎鸡蛋，脸比灶台还热。母亲给我们递了碗筷。她努力地让自己微笑，掩饰满脸的尴尬。她说："梅老师，我按你说的，就炒了两个菜。"

梅老师说："好，很好，多了吃不了。"

母亲在桌前的香案上，端起一只白瓷瓶，晃了晃，对梅老师说："喝点酒吧。"梅老师摇头说不。我说："梅老师，你就喝一小杯吧。"母亲急忙说："梅老师不喝就算了，也没什么下酒菜。"母亲说着，就把白瓷瓶又放到香案上了。母亲说话时，向我有意眨了一下眼，我才想起，那个瓷瓶是空的。剩那么一点酒，前天爹回来，喝了。

母亲给梅老师盛了一碗米饭，梅老师吃了。他起先吃得很慢，我也学着老师的样子，很斯文地吃。吃着吃着，梅老师扒饭的速度加快了，我也忍不住加快了速度，几口将那碗饭吞下肚。我又盛了一碗，饭真香，豆腐渣也香。娘在灶屋忙活，偶尔出来看着我们吃。她另拿一只筷子，将那只鸡蛋夹给了梅老师，梅老师将鸡蛋夹到我碗里，我很懂事将鸡蛋夹回梅老师碗里。梅老师第二次将那只黄亮亮的煎鸡蛋夹到我的碗里时，用筷子把那只鸡蛋捣得稀碎。母亲直拿眼瞪我，可是，没办法，我想夹回去，已经不可能了，我只得把它吃了。但我吃得并不香，好像没有豆腐渣好吃。

我又给梅老师盛了一碗饭，梅老师吃了。他把筷子轻轻拍在桌上，意思是吃饱了。我也放下碗筷。母亲伸手，去端梅老师的碗，要给梅老师盛饭。她说:"一个大男人,两碗饭怎么能吃饱。黑鱼他爹,一顿要吃四碗,不行,再吃一碗。"梅老师把碗捧得紧紧的,不让母亲盛。他说:"吃饱了,真的吃饱了。好吃,我从没吃过这么香的饭菜,特别是菜,真的很香。"母亲就垂下双手,笑容有些苦涩。

我和梅老师吃饭时,母亲插空已将花生炒熟了。梅老师要走,母亲抄着蔑筛走出来,里面盛着熟花生。母亲让梅老师吃点花生再走,梅老师不吃,母亲就拽住梅老师,把花生都装进他的两只口袋。梅老师要把花生往外掏,母亲按住了他的手。梅老师边道谢,边踏出门槛。母亲说:"梅老师没吃好,等黑鱼他爹回来,再请梅老师来过夜。"梅老师说:"挺好挺好,吃得很香。对了,大嫂,叮嘱你个事,家旺大了,你不能老叫他黑鱼,尤其在人多的时候。再说,家旺也不黑。"母亲笑道:"知道了,梅老师。"

一轮皓月挂在天空,地面一片银白。

我同梅老师说再见,梅老师笑道:"先不再见,刘家旺,你送送我。"

我几步冲上去,跟在梅老师身后,走过我家门前那片平地,走上塘埂。在塘埂中央,梅老师停下来。梅老师把花生往我口袋里掏,我不要,他紧紧地拽住我,掏一把花生,塞进我的口袋,接着再掏,再塞进我的口袋。我不敢看老师,看着水塘里我们的倒影。我们两个人像帷幕上的皮影戏推来搡去。

梅老师的口袋其实并不大,他的两口袋花生,我的两个裤兜全部装下了。我想起毛蛋的话,毛蛋说:"梅老师的兜可大了,专门是为了装花生的。"其实,所有的中山装,都有那样的两只鼓在外面的大口袋。是毛蛋不爱学习,遭了梅老师的批评,便编出这样的故事,来败坏梅老师名声。

梅老师将他口袋里的花生掏空了。他拍拍口袋,在口袋外边抹了抹手,将手举在我头顶,拍拍我的头,说:"家旺,你爹妈不容易,你得好好学习。"梅老师声音低沉。我清晰地听见他的呼吸,很粗,很温暖。梅老师那只手,顺着我的头顶,抹扫到我的后脑勺,最后,疼爱地扯扯我的耳垂。梅老师的那双手,在这秋日凉意很浓的夜风中，将一股温暖传递过来，一种叫作幸福的滋味在我心底漫出。

梅老师让我回，我就往回走，他反过来送我。他看着我一直走过塘埂，走上我家门前那片坡地。他冲我喊一声："家旺，你进屋吧。"我没有进屋，我站在门前，看着他的身影，走过塘埂，渐渐变得朦胧，在月下的田埂上移动，直到融入远处的树影。

母亲关上门，责备我不懂事，怎么就把花生接了。我说："我也没办法，梅老师的一只手，那么死死地抓住我。"母亲长叹一声说："黑鱼，咱们这么招待梅老师，他以后会对你不好吧。"我说："不会，他说这是他吃得最香的一餐饭。"母亲说："他那是讽刺我们。"

我揉揉撑得溜圆的肚皮，说："娘，他没有讽刺我们，这豆腐渣炒得太好吃了，这也是我吃得最香的一顿饭。他真的没生我们的气。"娘问："你咋知道?"

我当然知道，我从梅老师那只温暖的手上，感受到了。但我没有告诉母亲，我愿意独守着这个秘密。

母亲盛饭吃。只要不陪女客，母亲总是在客人吃完再吃。我看见母亲吃得特别香。她吃了一口豆腐渣，说："是哈，我也觉得这豆腐渣炒得好吃。"我说："娘，这叫饥不择食。"

"什么? 鸡不择食?"

"哎呀，你不懂!"

"你个臭伢子，才读几天书，就瞧不起娘。"

我冲母亲笑。我明白，母亲显然不会说"饥不择食"这个词，但她应该知道这个道理的，要不，她为何把一盘豆腐渣，炒了足有半个时辰。我笑了，掏出课本，在灯下写作业。我从来没那么认真地写过作业。母亲洗了碗筷，坐在灯下，看着我。起先，她脸上有过一丝担忧，慢慢地，就舒展开了。我被母亲看得不好意思。我说："娘，你干你的活去吧。"母亲就坐到织机前去了。

那个晚上之后，我成了在课堂上，被梅老师提问最多的学生。不久后的一天，天突然阴了，很冷。梅老师把他那件中山装外套脱下来，硬要我穿上。我发现梅老师中山装上那两个外鼓的兜，已经拆下去了。我穿上梅老师的中山装，抡起两只空荡荡的袖子，像披上一袭战袍。梅老师微笑着看着我。

　　转眼到了年底，期末考试，我的数学考了满分，语文也是最高分，作文被拿到镇中心校去当范文读。作文是非命题作文，要求我们写一次难忘的经历，我就写了那个晚上，梅老师到我家家访的事，题目就叫《飘香的豆腐渣》。卷子是拿到镇中心校去统一评阅的。我的作文被留下来，被那里的老师朗读给镇上的学生听，称赞我的作文有"真情实感"。这是我的文字，第一次走出大山。

　　现在，凭借我的文字，我成为一名军旅作家，进驻省城。我的女儿也读小学了。我多么渴望她的老师，能到我家坐一坐，吃餐饭。但现在的老师，早就不家访了。我就想请他们到饭店坐一坐。我把我的想法同爱人说，爱人说我老土。我说："怎么就老土呢？你把电话给我，我试一试。"

军营：我走了

我担心的事情终于发生，政治部通知我，说政委找我谈话。年终岁尾，找干部谈话，不是提职，就是被确定转业。我清楚我的处境，我属于后者。

雪后初晴，黄昏干冷干冷的，我从营院往机关大楼走。两里地的路程，我没有骑车，没有打的，我步行。我需要这漫长的路程，来酝酿应对首长的问话。首长最后肯定会说："怎么样，有困难吗？有什么想法说出来。"

想法当然有，我想在部队接着干。我是正营职军官，十九年兵龄了，我想再干一年，兵龄就够了二十年，这样，我就符合自主择业条件。现在社会上就业压力越来越大，随着转业干部的增多，政府安置压力大，分配的工作也大不如前。够自主择业条件，我就不要工作，不麻烦政府，也不再伺候别人，过一种与世无争的生活。

我慢腾腾往前走，我看到两个年轻人，依着路旁的一株大树，搂抱在一起，搂得那么紧，恨不得一个人把另一个人装进去。他们在啃咬着对方，没有车开过来时，街道上很静，能听见他们啃咬的声音，穿越风的声响，尖厉地刺中我的耳膜。我说不上是厌恶，还是嫉妒，总之，他们这种情景，与我的心境反差太大，我心里有一丝不快。我想，他们为什么不找一个隐蔽一点的地方？这个地方暴露，冷，难道他们无私到一定要让别人在这冰天雪地里分享他们的快乐？

姑且称他们为浪漫吧。我和妻从来没这么浪漫过，在人多的时候,我们连手都没拉过。妻也想浪漫,她走上大街时,总是不自觉地牵着我的手,我总是很快就甩掉她。妻说我死板,一本正经。是的,我是死板,是一本正经。即便我脱下了军装,穿着地方服,我总仿佛还穿着那身笔挺的军装,机器人似的甩开双手齐步走,妻在后面急匆匆追。后来,她慢慢地就不愿与我一起逛街了。

妻是个打工妹。我从没想到要找一个打工妹为妻。我从大别山走来,一个农家娃,当军官了,付出了多大的努力,我心里最清楚。我再也不想回归农村,所以,我找对象不想找农村姑娘。我也不想找下岗女工,我不想让自己太苦。我当时想,我一定要找一个工作好一点的姑娘,哪怕她丑一点,矮一点,脾气暴一点,但一定要有一个固定工作,收入不错。我从小穷怕了。

可我偏偏找了现在的妻,一个没房没地没工作的打工妹。

那时,我还是一个刚毕业的学员排长,戴着红肩章,年轻鲜亮,像"早晨八九点钟的太阳"。周末,我常请假出营院,到市新华书店看书。在新华书店,我认识了一个阿姨。他见我一身军装,站在那里看书,一看就是半天,对我印象特好。我站的时间长了,她就把她的椅子递过来,让给我坐。她是售货员,见过几次面之后,阿姨告诉我,她家有很多书,让我有空上她家串门,我喜欢看的书,都可以拿去看。

书对我一直有很大的诱惑力,我点头说:"去,一定去。"

那一周格外漫长,但我到底等来了星期天。我请假下山,按阿姨说的路线前往。快到他家时,我突然觉得第一次上人家串门,这么两手空空,不太雅观,我得买些水果。然而附近只有一家水果店,而且并没什么太好的水果,就西瓜还像那么回事。

冬日的西瓜贵,我口袋里的钱不多,留足回去的打车钱,还要给兵们捎带一些生活用品,我不敢多花,只买了半个西瓜。

阿姨家在市郊,是一个农家小院,阳台上的几盆鲜花,驱去了冬日的萧条,给了我一丝温暖。阿姨把我带到她家厢房,房里有好几箱书。《安娜·卡列尼娜》《钢铁是怎样炼成的》《牛虻》等,阿姨年轻时,是市歌舞团的歌唱演员,也是个文学爱好者,酷爱苏联文学。现在岁数大了,从文艺前沿,退居到文化战线上来。

阿姨递给我一个编织袋,我贪婪地装了满满一袋子书。

阿姨的丈夫,我叫他叔,戴着一副黑镜框眼镜,慈眉善目,样子有点像漫画。他年轻时是市艺术团乐队队长,现在岁数大了,在文化局一个科当科长。

一个二十出头的姑娘,在屋子里端茶倒水,之后,躲进里屋不出来。是个文静、大眼睛的姑娘。阿姨介绍说,那是她的女儿,叫丽华,她在煤矿当记工员。

开饭了,满桌子菜。中间是火锅,叔说,那叫八宝宫廷火锅。也不知是他自己美其名曰,还是菜谱里真有这个菜名,我不便问。锅里有煮熟的五花肉片、肉丸子、粉丝、酸菜、大虾等一共八样。热气腾腾的火锅,让我心里升腾起无限温暖。

回了营院,我向我们指导员汇报下山的情况。指导员惊讶地说:"你第一次上人家,怎么可以买半个西瓜,这样不但显得你抠门,半个西瓜,也是残损,是不适合串门的。这样吧,下周周日我放你假,你再去,你一定要给人家买整个的大西瓜。"

我觉得指导员的话有道理,那天吃完火锅,那位姑娘切我买的那半个西瓜时,我看着是有点寒碜。

下山前,指导员递给我一百块钱给我,要我给阿姨家多买些东西,我没要,我说我有钱,只是那天没带那么多。

我买了一个大西瓜,还买了两瓶葡萄酒,一盒营养麦片,像过年串门似的。

后来,不知怎么,我常想起丽华一家人,一到星期天,不上她家去,就像缺了点什么似的。我每周都去,每次去,都饱餐一顿。

时间流逝,冬天过去了,春天来临。我与丽华一家人越来越熟悉了。一个春暖花开的日子,我再上她家。那天雪已消融,路旁的树木泛青,小河沟里有了积水,潮润的空气沁人心脾,我的心也是潮润的。我在她家坐了几分钟后,阿姨说,她同她女儿出去办点事,让那个我叫叔的人陪我。

叔给我做饭。饭菜摆上桌，他有心事似的，一杯接一杯，干了一瓶啤酒，那话匣子就打开了。他说了很多话，比如他姑娘性格好，心地善良，之后，他与我碰杯，干了，他对我说："我很喜欢你，你做我的干儿子还是当我的姑爷子？"

我脑子里急速旋转。我家弟兄多，我小时候，兄弟们冰糖葫芦串似的一个接一个，又正长身体，缸里米下得快，我们常吃不饱。到部队后，遇到野外训练，也常常是饱一顿饿一顿的。想想这一家人，多么热情。他们的女儿，又是一个文静的姑娘。我就想，走进这一家也不错，可又不好明说当他的姑爷子，就说："我两样都当。"

叔问完那句话，紧张地等着我回答。我对家乡漫长的回忆，令他拘束不安，正在他窘迫之时，我的回答令他眼里陡地闪动着光亮。他长吁一口气，连连与我碰杯，直说："喝，干儿子。喝，姑爷子。"

我与丽华开始处了。

我们指导员特别高兴，晚上买了一只烧鸡，两瓶啤酒，为我庆贺。教导员听说此事，把我找去谈心，给我敲警钟，与我长谈到深夜。他要我现实些，找一个在煤矿工作的姑娘，企业不景气，以后日子会很艰难。他的话我不想听，我虽然算不上热恋，但也算是找到了情感的归宿。我打着哈欠说："没事，教导员，我能养活我自己，就能养活她。"

教导员笑了，说："你的话很感人，但愿你说到做到。"

一年后，那个我叫阿姨的图书售货员，成了我的岳母，那戴着眼镜的老叔，成为我的岳父。当然，他们的女儿丽华，成了我的妻。

我婚后第七天，正在家休假，接到单位通知，让我火速归队。回到营院，才知部队要北上大庆，抗洪抢险，两个钟头后出发。我匆忙给家里打了个电话，就打点行装。

车队启动那一刻，我听见有人在细雨中呼喊我的名字。我以为是幻觉，转着脖颈搜寻，是我新婚的妻，她手里拎着一只旅行包，她身旁，我岳母为她撑着雨伞。

多少双眼盯着我，我不敢下车。我向妻挥手，让她回，她却向我的车奔跑过来。车已启动，我担心她的安全，就跳下车，向她冲过去。

雨水像细密的珍珠，挂在妻的发间。妻把包递给我，沉沉的一包水果，还有烧鸡、饼干。她眼里含着泪，尽管她的脸被细雨润湿，但我还是能看到她眼角是泪，不是雨。毕竟我们才新婚七天，而且这几日北方洪水肆虐，她已从电视里见过。但妻是坚强的，当着我的面，她始终没让那眼角的泪滚落下来。

我鼻子一酸，急忙接过包。我转过身，才发觉长长的车队停了下来，车上，所有的目光穿透细雨，盯着我们，包括我们那个脾气火暴的团长。他一再下令，让每个官兵务必通知家人：所有亲属不得送行。然而，我的妻还是来了。这就是我的妻，一个煤矿工人。

我等着团长一顿臭骂。我万万没想到，团长竟然走出车，面对着我的岳母和妻，高喊一声："敬礼！"

一千多号人，坐在车上，齐刷刷将右手举到额角。许久，他们才放下手臂，将军用雨衣罩在头顶。

团长钻进车。小车启动了，小车后，一辆接一辆的军用大解放跟着启动，长长的车队，在细雨中缓缓前行。

我的眼泪涌出来。我没敢回头，我想，妻那眼角的两滴泪一定也涌了出来。我心里无比自豪，妻是来送我的，其实，她代表了所有的官兵亲属。

车驶出营院，驶上长长的公路时，我心里突然莫名地不安起来，我想起电影里，那一个个部队执行任务，家人送别，却成了永别的镜头。

我们到大庆时，嫩江平原天气很好，嫩江两岸一片平和景象。老百姓也很平静，他们参与筑堤，但脸上并无忧虑的神情。我们按上级的批示，筑嫩江大坝，筑了两天，阳光很烈，晒破了我们的肩膀，除了嫩江里缓缓而流的河水，我们并没看出洪水的迹象。我甚至觉得我们的指挥官大惊小怪。然而，就在我们喘息之间，我们看见嫩江北岸往北那片平原上，水像一道浑黄的移动的墙，直奔我们而来。顷刻间，那边的高粱和树木，被淹没在水中。嫩江北岸往北，成一片汪洋大海。

南岸比北岸高，上级命令我们，死守南岸二十四小时，保证下游老百姓安全转移。

检查，巡视，固守。我们团发现了一个大的管涌，团长立即组织战士潜入深水，堵塞管涌，但都无济于事。

形势逼人，团长一声令下：在全团选出十八名水性好的干部战士，组成敢死队，堵塞这个最难对付的管涌。我水性不错，读高中时，游泳得过一块床单，我报了名，并被选中。

我从我们营作业地往管涌处奔。妻那张噙着眼泪的脸，不断在我眼前闪现。我的担心和不安更加强烈。但我没把这种不安说出来。我一次次对自己说，没事，别想它，集中精力，我会没事的，我们会顺利完成任务，安全返回。

我以百米冲刺的速度冲向那个出现管涌的地段。到了目的地，团长拦着我，让我休息一下。情况紧急，我哪有心思休息，我跃入水中。

水透心凉。

十八人敢死队顺利完成任务。那是一场惊心动魄的战斗，我们穿着裤衩，一次次潜入水中，与水流搏击，水浪冲走了我们身上的裤衩，我们十八人浑身赤裸，身上遍是泥水和伤口渗出的血痕。

当我们瘫软河堤时，我们已顺利将管涌堵住。我们团，我们整个师完成了堵截洪水的任务，为老百姓赢得撤离时间，老百姓安全撤离后，由于洪水很快会漫过堤坝，上级命令我们迅速撤离。

撤离时，我们才知道，管涌所在位置，并非只有十八勇士，我们的营长、参谋长、我们的团政委，一直就在岸边等着我们。

我心里涌现出一阵感动。

没有车，新筑高的堤坝窄，车行不了。警侦连开来军用摩托，要把政委接走。政委指着他们说："我走了，他们怎么办，我得跟他们一起走。"政委个矮，体胖，走得气喘吁吁，但他的存在，感染了我们，鼓励了我们。我们本来精疲力竭，这下，力气又回到了身上。我被首长感动，同时也被自己感动。我是湖北人，从小在水里泡大，水性好。而我们政委，是吉林山里人，旱鸭子。我想，一旦洪水冲过来，我会在洪水里托住他。他是我的上级，我跟着他，就像战争年代，警卫员随时准备为首长挡那飞来的子弹一样，我不会扔下他，我始终离他只有三步之遥。

在洪水追上我们之前，我们爬到一个山坡上，在坡顶那个小学，等待着冲锋舟来接我们。

抗洪抢险归来，我们还没来得及休整，接上级命令：我们部队调整，一个师压缩成一个旅，我们全团撤编。

从消息传来，到正式下令，时间持续了一个月，我却仿佛经历了漫长的十年。等待最后命令的时日，我受着煎熬，因为我留恋那身军装，在军营还没待够。我申请留下来，所有人都想留下来，可毕竟是大裁军，大调整。我们都怀着一丝侥幸的心理，等待着最后命令。

命令下达，我们团一千多号官兵，只有近百人留下，编入别的营队，我被确定留了下来。我知道，因为我是年轻排长，因为我抗洪抢险表现勇猛。我行走在新的营区，忍不住落下泪来。我喜欢军装，我热爱军营。经历那么长时间的等待，煎熬，我留了下来，我心情激动，无异于第二次入伍。

我走进家，一股寒气扑面而来。迎向我的，是妻那张泪痕满面的脸，岳父岳母的脸色也不好看。尽管他们在极力掩饰，但我还是看出了他们脸上的失落。我问："咋啦，出什么事了？"

岳母说："丽华下岗了。"

岳母的话一出口，妻哇的一下哭出声来。这是我们结婚以来，我第一次看见妻哭得这么伤心，以前也哭过，但都是悄然落泪。

我脑子轰的一响，似乎房子塌了半边。妻的工作并不好，收入不高，但毕竟有一个工作。下岗了，女人三十日过午，她上哪儿再去找工作？

但我不能把我的担心说出来，我装出无所谓，此刻，最能安慰她的是我，我是她的靠山。

我说:"下岗就下岗吧,我养你。"

岳母说:"她还有机会重新上岗,但是得交五万块钱。"

"五万?既然可以重新上岗,说明还有岗位,为何又要交钱?拿五万块钱再上岗,那不是用自己的钱,给自己开工资吗?"我发着牢骚。

我们没有五万。我一个月才一千多块,妻就几百块钱。五万,我得攒到啥时候。岳父两人身体不好,我知道,他们也没有积蓄。

妻并没放弃,她说,她想找她表姐借,重新上岗后,过紧日子慢慢还。她表姐在大连港务局工作,夫妻俩都是部门科长,自己还养船做生意。他们到我们家来串门时,夫妻俩一人驾驶一辆宝马。

妻说到他表姐,眼里一亮,重新燃起希望的火光。

岳母拦着妻,不让她向妻的表姐开口。岳母说:"现在这年头,钱不好借。"妻说:"我与表姐从小一起在姥姥家长大,有这份感情,她会给我个面子。五万块对我们,是个天文数字,对他们,是小菜一碟。"

妻亲自给她表姐挂电话,电话那边表示很同情我们的处境。说:"五万太多,帮个两三万应该没问题。"

我们一家人很高兴,有了三万,大头凑到手了,剩下的再想办法。

然而,第二天一早,妻的表姐来电话,说因为她做生意急着投资,那钱拿不出来,没钱借我们。

我想起妻表姐夫妇二人的豪华车,还有她表姐一身的珠光宝气。我早知道,这个社会人情越来越薄,但薄到如此程度,是我没料到的。

我走过去,拉着妻的手,说:"没事,有我呢。我不是还没下岗吗。"

妻仍默默落泪。我不想她哭,我想让她笑,我同她开玩笑说:"你就在家待着。我做梦都想当作家,写了这好几年,没当成,你可好,这么轻松地,就是个坐(作)家了。"妻没有笑,她笑不出来。

妻开始了她的打工生涯。没有固定单位,没有固定收入,没有双休日节假日，一个月四百块钱，却总是忙碌着。

我告诉她："这班不上了，我养得起你。"妻不干，妻说："人不能闲，一闲下来就老了，完了。"

妻最后一份工作，是给一个水产老板打工。那是一个敞篷的水产市场。冬天冷，妻穿着厚厚的棉袄棉裤，厚棉鞋，把自己打扮成一只"北极熊"，在湿漉漉的地面忙碌。几个月后，妻被我们部队评为十佳军嫂，被区里评为再就业模范。

有一天晚上，妻尿血了。上医院检查，说是长期受凉引起的肾病。

我知道妻卖水产的工作很辛苦，没想到苦成这个样子，而她一直瞒着我。我说："这班不上了，说啥不上了！"

妻坚持要上，她说："我刚被评为就业模范呢。"

"我们不要模范，我们要身体，我们要孩子！"我吼道，态度坚决。

妻再次下岗。

这是五年前的事。五年后的今天，我也面临"下岗"。面对黑沉沉漫过来的夜，我一声叹息：生活，这就是生活！

我跟随大部队，跋涉到美丽的科尔沁大草原。我们军与某空军进行地对空大规模军事综合演习。演练半个月后，部队就要进行实弹射击。实弹射击前夜，我望着美丽的草原之夜，心里格外担心，明天，就是妻的预产期，孩子能否顺利出生，妻能否平安？没有电话，演练保密，不让用手机，我只对着家的方向，祝愿她们母子平安。

第二天清晨，太阳升起，草原壮美极了。我担任全连阵地指挥。我沉着冷静，顺利完成全连实弹射击任务。炮轰后的草原趋于沉寂，我仿佛听见孩子的啼哭，看见妻幸福的微笑。

一个星期后，部队撤回，我推开家门，妻穿着睡衣，半卧在床。我在床上搜寻，看不见襁褓，看不见我的孩子。妻痴呆的目光盯着我，片刻，终于裂帛一般轰然大哭。妻告诉我，孩子没了，是个儿子，难产，一出生就没了呼吸，就是我把炮弹打得满天飞逝的那个上午。

我的儿子,我可怜的儿子。我不是医生,但我坚信,如果妻分娩时,我在身边,我会帮妻解决一些困难,妻会因我在场,多点信心和力量,儿子就不会在妻的肚子里迟迟出不来,更不至于出来时,就没了呼吸。就算我无回天之力,我也应该看我儿子一眼,送他一程,毕竟,他到过这个世界一遭,我们父子应该见上一面。

儿子,我可怜的儿子,他将来或许会成为一名军人,甚至一位将军,但是,他死了,一出生就死了。

我坐在床前,就那么默默地坐在床前,没有流泪。我自己也奇怪,我为何不哭,是心过于冷漠,还是傻了,不知道落泪。

无数次,儿子在梦里与我相见,有时他胖,有时他瘦,有时他哭,有时他笑,他常蹬踢着两只肉乎乎的小腿,将我的梦踹碎。

儿子,我那未曾谋面的儿子!

作战值班室出奇的静,我独自一人,守在电话机旁,等着新年的钟声敲响。我等来的却是妻紧张急促的声音,妻在电话那端说:"老爸突然病倒,脑血栓。我这就找车送医院,你赶紧请假。"

大年三十,除了值班员,都在家与亲人团聚,这个时候请假,我怎么说得出口。妻说让我找人替一下,要不换一下,我明天再值班。我清楚值班规定,不是极特殊情况,不让替,也不让换,值班员名单节前就报上级了。上级命令,不能随便更换值班员。我是军人,我得服从命令。

妻道:"军人就都是冷血动物吗?"

我一直坚守到第二天,早八点,交了班,打车直奔医院。岳父手上挂着吊瓶,一夜之间,他完全变了一个人,说话口齿不清,半身边子不能动弹,伴随的是老年痴呆。

他已完全老成了一个小孩。

岳母一着急,引发了冠心病,也住进了医院。我们家那点积蓄,就水一样很快流光。

可生活还得继续。

我想起一个比我岳父还老的人，我的外公。外公的样子在我脑海里闪过之后，我就接到父亲的电话，说外公病危，半昏迷中，梦呓似的喊着我的名字。他那么多外孙，一直念念不忘的还是我。

父亲希望我回家见外公最后一面。他还附了一份电报，作为我请假的凭证。

我对家乡的方向说："外公，你挺住，你一定等我。"

外公是个农民，在乡村算得上一个文化人。他中年丧妻，没有再娶。他没有儿子，只有三个女儿。他的三个女儿，给他生了一大堆外孙。这些外孙里，外公最喜欢我，因为我学习好，似乎他儿时的志向，能在我身上继承。自那年我考上了县里的重点中学，外公就资助我。他一个人，两亩田地，种粮够他吃的了，却还要租种别人不愿种的贫瘠地。他那么不辞辛苦，完全是为了我。我家弟兄多，青黄不接时，周末回家拿米，米缸有时是空的，我就到外公家去。外公不但给我准备了一个星期的米，咸菜，花生米，油炸鱼，还塞给我三五块零用钱。我还穿过外公亲手给我缝制的衣衫，虽是土布，款式却很新潮。我那时想，我要是能考上大学，我第一个要报答的，就是外公。因为如果没有他，我很难完成高中的学业。

我后来当兵，穿上军装。到部队前，外公身体已大不如前，却一定要坚持给我做一顿丰盛的午餐。做完了，累得直喘气，却依然微笑着，疼爱地看着我吃。我鼻眼酸涩，从那一刻起，我决心到部队混出个样来，回报我的外公。

我常收到外公鼓励的信。

我考上军校后，外公身体更差，时常病倒在床，那天他身体稍有好转，就步行二十里山路，到镇邮局亲自给我发了一封电报，祝贺我的同时，叮嘱我不要骄傲，要再进一步。

我告诉家人，我想回家，想最后看一眼我的外公。岳父用含糊不清的话说："去吧，去吧，我没事。"

我怀揣电报，急忙回部队请假，见全营官兵都忙着擦枪擦炮，一问，才知道部队明天要远赴科尔沁草原进行实弹演习，营长准备下午再通知我，让我多陪陪岳父老人。营长说，考虑到我家的实际情况，想让我留下来，可这么大规模的演习，四年才一次，而且我的专业过硬，营里不能没有我。营长说："等演习完毕，我向上级请示，多给你几天假，好好陪陪家人。"我点头，能成为营队不可或缺的人，这是多大的一份荣耀，这说明了我的价值。

但我预感到，外公等不到我演习归来。

演习结束，外公果然已经离开人世。那个夜晚，我一夜未眠，我掏出那封电报，我遗憾，但我没有自责，我知道，我没有错，我完成了一个军人的使命。我静坐办公桌前，不能自已，写了一封长达12页的信，信里，我忏悔，内疚，我倾诉我对外公的怀念。我把信用快递邮回家，让父母亲把我的信烧给外公。我以这种方式，为外公送行。

路两旁的雪未化尽，这儿一块那儿一块，像我零乱的心。路旁高楼林立，却没有我的一砖一瓦；花坛锦簇，没有我的一草一木，哪里是我真正的家？我一直寄居在岳父家里，五口人，挤在两居室的房子里，包含温暖和热闹之时，也有些许辛酸与尴尬。

部队刚涨工资，给我带来实惠，我铆着劲拼命干，以便获得首长认可，多干两年，攒点钱，凑着买房子的。可现在……

我选择走营院后门，我怕那些下班的机关参谋干事看见我。我要走了，我不知道怎么同他们打招呼。我进了大院，路过一个小径分岔的花园。冬日无花，但那些绿化的矮树和灌木，依然生机盎然。我记得夏日时，这里美极了，但我记不清这里开过一些什么样的花。我每次路过这里，都是匆匆上机关，匆匆回营队。

与花园相连的，是一个水池，兵们叫它"莲花池"。那里长年有莲花，但不是真正的莲花，而是铁片车铸的荷叶和莲花，漂亮得能以假乱真，这是我们旅修理营的杰作。池里水结了冰，冰面上，顽强挺立着几朵艳丽的"荷花"，令人心动。

我想，我该学学这些"荷花"，无论条件多艰苦，都要顽强挺立。

我进了办公楼，进到政委办公室。政委对我进行了一大堆理论说教，我没太听进去，我听得最清楚的一句话是："上报你为转业对象。"

尽管我已预感到政委会对我说这句话，但当政委真的把这句话说出来时，我的心还是震颤了一下。我沉默。政委最后果然问我："你还有什么想法没有？"

我张了张嘴，我在心里说，我有想法，我想多干两年，争取调副团。就算副团调不上去，部队刚涨了工资，我不想走，我还没买房子呢。我走了，不但我的工资要降下来，妻的随军补助也会随着我的离开而取消，住房补贴也没了，我明年买房子的梦想，就会再次破灭。

我想对政委说，让我再干两年吧，如果两年不行，就干一年，干最后一年，我就满了二十年军龄，可以自主择业。政委肯定说我太年轻，自主择业不可取，可我愿意自主择业。我当兵这么多年，一直操枪弄炮，专业到地方用不上，自主择业，有工资保障，我再打一份工，日子虽不会大富大贵，解决温饱不成问题。

我不敢正视政委，我想告诉他我想接着干。但我知道这样说太赤裸裸，我应该说我还想为国防事业做贡献。但我的喉咙哽涩，迟迟没说出来。政委好像窥见我的内心，他说："转业其实也是为国防事业做贡献。"一下子就把我想说的话堵死了。我只能说："首长，我服从命令，没有想法。"

我知道，这不是我的心里话，但服从是我的本能，我从当兵的第一天起，就学会了服从。我十九年的军旅生涯，回答首长问话最多的，除了"是""坚决服从命令""保证完成任务"等有限字眼，几乎没有别的内容。

政委夸我觉悟高，不愧为部队培养多年的干部。他冲我满意地笑。

走出办公楼，我的心空荡荡的，腿却灌了铅似的沉重。

我从军后，父亲的改变很大，除了会用期待目光看我，还学会了说谎。那年我在部队过了一个热闹的、令人落泪的春节，新兵就下到老连队,我被任命为二班副班长,成为同年度兵里唯一的骨干。我的心如春阳下的山泉,不停地跳跃着。我拿起笔,把这一喜讯告诉父亲。父亲高兴得挨家挨户串门,逢人便说我当班长了。"新兵下连,就当上班长,是二班班长,可不是一般(班)战士!"父亲直着脖颈说。消息反馈回来,我的脸有些发烫。我怎么会这么大意,居然在信里落下了一个"副"字。既已这样,不去管他,撅起屁股,夹紧尾巴,埋头苦干,争取早日当上班长吧。

第二年,我真的当了班长,还被当作学员苗子,送进文化班,准备考军校。我当然忘不了告诉父亲。不久,几个高中时的同学写信,祝贺我考上了军校。我这才知道,是父亲撒了谎,因为这次我信里写得很详细,说是准备报考军校,我还把信翻来覆去检查了好几遍,唯恐出错。父亲怎么会撒谎呢?在我记忆中,父亲是一位正直,善良,从不说谎的人。父亲的谎言,让我很难堪,我只得破釜沉舟,头悬梁,锥刺股,学吧。这军校是去定了,否则,我哪有脸回家探亲。我每晚学习到深夜,饿了,就冲一勺奶粉;困了,就往头上浇凉水。七月底,真的接到了军校录取通知书。我一直到军校三个月强化训练结束,才把考上军校的事告诉家里。父亲回信道:"我说嘛,我儿子肯定能考上军校。"

我当副连长那年回家探亲,父亲当着我的面,向村民说:"我儿子当连长了,管一百多号人哩。"我脸有些发烫,又不好意思揭穿父亲。别人问我:"真的吗?"我不点头,也不摇头,只会笑。晚上,我劝父亲,我只是副连长,事实是啥样,就是啥样,不要夸张。我暗示他,他那么夸张,其实是在撒谎。父亲道:"当连长,那还不是迟早的事吗?"我这才知道父亲的良苦用心,他是在暗暗为我定目标,给我压力,为我加油。

父亲的谎言越说越大,竟然说我立了功。我的同学给我写信,向我祝贺,我说:"没这回事。"同学们说:"你就别谦虚了。"我就不言语,心里叫苦,我哪里是谦虚,我是心虚。

现在回想起来,那次抗洪抢险,我在最危险地段,我面对咆哮着的洪水,跃入水中,用身体去堵管涌,似乎与父亲有关。那一刻,我之所以有那么大的勇气，是因为我眼前浮现了父亲向同学们描述我立功时的情形。

父亲总是嫌我职务调得太慢，为何还没干到团职。他嫌我所在的辽西某城太小，他对我的同学说我在某军区大机关。我很想揭穿他，可想想又算了，只要老人愿意，让他说去吧。父亲很少给我打电话，一打电话，他就问，调职了吗，邻村的谁谁谁，都当团长了，谁谁谁，到大机关给首长当秘书了。我出生在湖北红安，就是那个有名的将军县，共出了230个将军。父亲希望我日后也能成为一个将军。

我知道，对我而言，作家梦比将军梦更现实，但我总是无一例外地对父亲说，我努力，当将军么，有希望。

去年年初，父亲病倒了，住进了医院，胃切去了三分之一，父亲竟然没有告诉我。我终于知道后，请假回去看他。父亲说，他只不过是动了阑尾炎手术，不碍事，让我好好干工作，别惦着。我想安慰他几句，正好我调了职，成为一名营职科长。我把这个消息告诉他，可是，在他的心里，在他嘴里，我早就是营长了。我想，反正他在病中，就让他高兴高兴吧。我就把官往大了说。我说，我副团了。父亲问："真的？你可别撒谎！"我说："真的，管好几百号人呢！"父亲当即拔掉针头，就往隔壁病房跑，他要把这一消息，散布给他的病友们。

父亲的谎言，父亲的谎言啊！一直激励我在军营努力。可现在，我就要脱下军装了，我该怎么给重病的父亲说起此事？为了让我在部队安心工作，这么多年，父亲总是报喜不报忧，但我能感觉到，我在外的日子，他们遇到了很多困难。有的我不知道，有的我知道了，却帮不上。当年我一身军装，沿着长长的山路往外走，一家人多少双眼盯着我，希望我的命运就此改变，并由我命运的改变，改变整个家庭。的确，我的命运改变了，可是，我又能帮他们什么？这是怎样的一种尴尬和无奈！

我需要一个谎言。我帮不上他们，至少不能让他们失望。我的谎言是阳光，是雨露，会让他们内心的希望之花，依旧开放。

我选择周六的晚上，到部队搬运自己的行李。这时人少，除了值班员，别人都回家休息，我的兵也在睡眠中。看见我的只有哨兵。我对他说，我要休假。我不告诉他们我转业，我害怕他们送别的场面。

车驶出营院。我拉开窗玻璃，再看一眼我待了多年的军营。

东西搬上楼，家人这才感到，我的转业是那么真真切切的事。妻流下泪来。我是一家人的精神支柱啊，而精神支柱，是需要经济来支撑的。现在，经济支柱坍塌，精神支柱何以焉附？

妻擦干泪，她的希望还未彻底破灭。她让我去找我们的政委说说，留下来，哪怕就干一年，或许就有了转机。她坚信一年一个政策，明年，干部转业或许就没这么大压力。她说："你要是不敢去，我去。"我知道，她没这个胆。我们部队有的家属，因为各种各样的事，找过部队领导，但妻从来没找过他们，她不是那样的人，她只是说说而已。

我说："还是我去吧。"

岳父给我拿钱，让我买两瓶好酒。她还拿出两盒茶叶，大别山毛尖。前一阵子，我弟弟邮寄给我的，我没舍得喝，孝敬了岳父，没想到他也没舍得动。

我提着烟酒，到了政委家门口。那是一幢小别墅，院子里有绿化树，即便在冬天，也是枝繁叶茂。灯光勉强透过浓密的枝叶照过来，照着他家的大铁门。门没锁，门环虚扣着。我伸手去拽那个虚扣的门环，冰冷蛇信子一样刺痛了我。我缩回手，到底没有勇气拽开它，更没勇气走进院子，去敲政委家的第二道门。

我伫立大铁门前，一阵风，天越发冷，我劝自己走，既然没有勇气进入，呆立在这里有何意义。我就给自己台阶下，我对自己说："走就走吧，铁打的营盘流水的兵，怎能对政委说让我再干一年的话。如果每个人都这么说，那么，今年就没人转业了？如果明年被确定转业的人也这么说呢？部队不就成了养老院了。军营是一片神秘诱人的地方，年轻人都想进来，我们不离开，他们就进不来。走吧，听政委的话，政委曾经说过，我们走，让年轻新鲜的血液输送进来，其实也是对国防事业做贡献。"

我踅身往回走，回首我的军营生活，没有轰轰烈烈，却很充实，很有意义。换个角度想，部队给我的已经很多，要不当兵，我还在家犁地呢。

我会心一笑，步行到月亮湾公园。这里有条河，河两岸万家灯火，倒映在河水里，河面便像是高远的天空。天水合一，大地沉静，多美的夜晚啊，我和妻曾梦想在这河边，购一套房子，但我们的工资和积蓄，总没有房价长得快。等我们好容易筹齐首批付款后，房价又涨了一倍。我手握攒得布满盐渍，充塞汗味的钱，对妻苦笑道，这房子我们不买了，我们天天上这儿溜达，比住在这里的人来的次数还多，又不用交物业管理费，合算。妻苦笑。

在天桥下，一个卖唱的，坐在冷风中，用破旧的小号，吹着一曲《回家》。不知怎么，我听着听着，突然想哭。是的，回家，我要回家，家是温暖的。只是，岳父岳母肯定会伤感，妻肯定还会哭。我不想让她哭。那年我北上抗洪，她与岳母送我，始终微笑着，祝我平安归来。她那么支持我，就是希望我在部队长干，希望有一天，她这个打工妹，能成为一个随军军嫂甚至是首长夫人。现在我如果告诉她，我根本没进政委家的门，她会再次泪痕满面。我必须撒个谎，对遥远的父亲，和近在咫尺的家人。

天越来越暗，华灯初照，我盯着一个个灯，希望那光亮点燃我的灵感，帮我找到一个谎言，可我久久地，久久地没有找到。我放慢归家的脚步，我希望路灯更暗，夜色更晚，等妻睡下了，我再悄悄进屋，不开灯。这样，撒谎就会坦然，易于掩饰。

编造一个什么样的谎言呢？我隐入痛苦的构思之中。

我走到一个十字路口。新扩建的公路向北延伸，公路尽头，有片天地灯火通明，那就是我们的营院，是我生活了十几年，如今要永远别离的地方。"我走了。"我对遥远的那片灯火说。不知为什么，我说出这句话来，心里竟然就轻松了，似乎有一团憋闷在心里的气，随着这三个字飘然而出。我眼前也随之一下子亮开：走吧，前面的路或许很艰难，但有了军营生活的磨炼，我想，我会闯出一片天。我深呼吸，尔后长吐一口气，顿觉浑身轻松，谎言的困惑随风飘逝。我知道，家人如同我，不需要谎言，需要的是面对。我感觉眼泪涌了出来。

北风那个吹，这是今冬第一场雪，大雪漫天飞舞。

那年的那场雪

那年的那场雪，飘落在鄂东北一个叫竹林湾的小村上空时，我们一大家子，在鞭炮声中，刚吃过新年饭。一湾人过来拜年，顺便来看我和丽丽。丽丽穿着红色貂皮大衣，脖子上缠着貂的尾巴，气质非凡。男人们的目光被貂皮粘住了，有的将鼻子贴在貂皮上嗅。丽丽脸红了，女人们眼尖，说："这新媳妇，脸一红，粉嘟嘟的。四郎，你选正人了。"说得我脸腾地一下红了，我最怕别人叫我的小名，特别是在丽丽面前，我不想让她知道我家弟兄多，负担重。可没办法，这些女人嘴大舌头长，得罪不得，何况乡里乡亲，小时候，我吃过她们做的面粉果子。那时，我娘孩子多，奶供不足，我还吃过一个女人的奶。

我新婚不到一个月，婚礼是在辽西阜新办的，没让家里人去。我当兵在阜新，爹嫌阜新太小，没发展，告诉别人我在沈阳为官，我也不去解释，只要老人高兴，就让他说去吧。

这次回来，女人们说，饭没吃上你们的，也就算了，可闹洞房不能落下，无论你在外当多大的官，到家了，规矩不能破。"你家丽丽是大城市里的人，开放，那咱就来开放的，等着瞧吧，晚上有你们好看的。"可他们这些村野之人，根本等不到晚上，几句话，几个动作，兴情就上来，闹起来！白天闹，就得关起门来，否则太亮堂，没那气氛，有些话不敢说，有些动作不好意思做。门一关，屋里黑，又不是漆黑，是朦胧的黑，效果就比晚上点着灯还好。这不，就有男人点着一根烟，要丽丽含在嘴里，不准用手，只用嘴，将烟转移到我的嘴里。我也只能用嘴，不能用手。这一招很高明，两人必须把嘴唇噘起很高，借助舌头的力量，男人才能将烟叼进自己嘴里。这其实是想法子，让新郎新娘在众人面前亲嘴。幸好闹洞房时，父母只在厨房里，给闹的人烧茶水，煮面条，根本见不着我们的面，要不，我们会难为情。闹洞房是好事，被闹的新郎新娘，闹着闹着，两人面前的那层窗户纸就闹破了，新媳妇心中那点羞涩被赶跑了，某种混杂着恐惧却又是那么渴望的情愫被挑逗起来，像鸽子的翅膀，早在心里扑腾开。闹的人一走，就用饥渴的眼光暗示着她的新郎官快点行动。新郎就更不用说了，早成了一只急猴，所有的男人都这德行。闹腾的人呢？看着新郎新娘做着他们设计的动作，比如接吻、拥抱，结果把自己因忙农活，而沉睡了多少天的男女之欢唤醒了，没等闹完，急着拽起自己的女人往家跑。虽然女人没有新娘子年轻漂亮，可年轻漂亮是别人的，咱只能种自家的地。

正疯闹，外面的雪花飘得密集了。有人说："看吧，往年，冬月里就下雪，这次，冬月没下，腊月没下，非要等到正月，等到大年初一。""专门迎接你们这对贵人，老天也知道，你们来自沈阳，也曾是皇城根哩。"大伙就起哄，说这样就更应该闹。我们在阜新生活了好几年，毕竟也是地级市，开放。他们所能想到的招数，丽丽都很顺从地做，最后，只有他们不敢看的，没有我和丽丽不敢做的。于是，就像一片河水，流得太顺，就没有浪花，不好看了，被闹的人没了激情，说："散伙吧，找个地方打牌。"他们就围着桌子打起牌来，男人一桌，女人一桌。男人们玩得大，基数五块，女人们玩得小，尽是毛票子。

他们玩在兴头上，有两个男人推门进来，是高桥河村的。高桥河属黄坡县管辖，因与我们湾只有一河之隔，两村人还是挺熟。只不过我外出多年，不认得他们。他们像落水的鸡似的，摇着头，拍打着两只手，抖落身上的雪花，然后说是特地向我家道喜来了。一家人挺高兴，给他们倒茶，他们不喝，给他们端面食做的果子，不吃，说是想打牌，硬是把玩兴正酣的两个人拽下桌，他俩坐了上去。

他们一上桌，声音就大起来，似乎要把房顶抛掉。堂屋没法待，我和丽丽进了里屋新房，有几个儿时的伙伴跟了进来。许久不见，总想多同我说说话。可丽丽累了，打了一个呵欠，那些人就很知趣地走了。

我也累，我俩很快睡过去了。不知过了多久，听见有吵闹声，以为在梦中，睁开眼，闹声更大，好像动起了手。我冲出里屋，可不是，真打起来了，是大哥与高桥河那两个来打牌的在动手。大哥被其中一个人踢了一脚，又被另一个人打了一拳。大哥被激怒了，怒吼着："六郎呢？六郎死到哪儿去了。五郎呢？五郎！"我这才想起，我回来这一天，没见着五郎六郎，他们知道要闹我的洞房，闹他城里的嫂子，难为情，躲出去了。大哥没喊来五郎六郎，就喊我。大哥喊："四郎，快来，把他俩赶出去。"我往前冲，结果没冲上去，丽丽紧紧地拽住了我。回来时间不长，我没有给丽丽介绍大哥。丽丽或许不知道，那正挨揍的是我大哥；或许感觉到了，只是见这种打架的场面，太害怕。她把我拉回里屋，插上门，背靠着门板，用身体堵住我，坚决不让我出去。这时，我听见了六郎的声音，六郎喊："竟敢在我家动手，我得让你爬着出去。"接着，就听见打架的声音，是巴掌扇在脸上，是拳头打在膀子上，声音沉闷。还有娘呼天喊地的声音："别打了，要出人命了……"但这些声音渐渐地弱下去了。我仔细听，不是弱下去了，是远去了。听得出，他们已经到了门口。接着，我听见娘"天啦！"一声，然后，门口就变得寂静无声，这一声叫喊，和叫喊后可怕的沉默，让我有一种不祥之兆。我担心六郎，六郎上过几天少林寺，回来后好打抱不平，出手狠。六郎呢？六郎刚才还在说话，现在怎么没了一点声响，是不是让那两个人打懵了。我一把拽开丽丽，打开门冲出去。我家的大门口，围着好多人，他们的脸都朝向那条小水沟。我听见小水沟里有沉闷的摔打声，像水牛在泥田里打滚。我再次听见六郎的声音，六郎问："还闹不闹？"那人没吱声。六郎又问："还闹不闹，你不作声，我就把你闷死在这里！"我拨开人群，挤到水沟前，我看见六郎身下压着一个人，那人满脸是泥，我看不太清楚，只知道他是那两个高桥河人之中的一个。爹站在一边，脸色铁青。娘独自一人，在那棵老槐树下用围裙擦泪，我听见她叨唠着："别打了，冲了喜，可是要不得的。"

那个人终于被六郎压得受不了，瓮声瓮气地说："我不闹了，你放我走吧。"六郎就放开那人。那人像新捏成的泥人，浑身还淌着泥水，脸也跟泥水似的，蜡黄蜡黄，没一点血色。他边往村头的那条小路上撤，边骂："六郎你听着，咱们一会儿算账，咱们晚上一起算。等着瞧吧，晚上非得把你们湾闹翻天。"接着，他冲一直在旁边观望的另一个高桥河人喊："儿子，咱们走。"我这才知道，他们是父子俩。他们沿着来时那条路，很快地就消失了。

六郎身上滴答着泥水。他站在沟边，对围观的人说："敢在我们湾闹，没门！"有人提醒他赶紧回屋里，用热水洗个澡，换套衣服，要不非得着凉，非得感冒。六郎没有应他。径自走向门前的那条河。雪还在下，那些雪花，轻轻落在河水里，就那么变魔术似的没了。六郎一步步往水里走，水淹没了他的脚背，淹没了他那壮实的腿，淹没了他的腰，淹没了他的肩，最后，他竟然像雪花一下，悄无声息地没在水里。河水平静得像一面镜子。众人屏住呼吸，不知六郎玩的什么把戏，我也喘不过气来。直到很长时间，六郎从水里一步步往河边走，俨然一位河神，在水里慢慢地长高。六郎上了岸，身上同样滴答着水，只是这次滴答的不是泥水，那水透亮透亮的。六郎神情平静，像是什么也没发生过。他身上有细密的雾在升腾，那是他的体温在蒸发着身上的水，于是，他看上去不像是洗凉水澡，而是在洗桑拿。六郎平静地对大伙说："都回去准备准备吧，这帮人吃了亏，晚上肯定还得来。"六郎说完，就上新华家去了。他没有回我们自己的家，他身上湿淋淋的，不能回家，他怕淋湿了娘为我和丽丽准备的新房。

娘生下我弟五郎时，哭着说："咋又是男孩子，我命苦啊，连个烧火做饭的替手都没有。"爹理都没理娘。爹说："我就要儿子，儿子有什么不好。咱接着生，生出一帮'杨家将'来。"爹还将我们的名字都改了，从大哥开始，我们本来叫建国爱国拥国友国喜国，他改成大郎二郎三郎四郎五郎，可是娘生下六郎后，爹突然省悟了，说："不能再生了。"自己上乡卫生院挨了一刀。爹就只有他的"杨家六将"了。

围观的人站在飘落的雪花中，议论一阵子，就散去了，回了各自的家，或上了我家。家里有喜事，不玩不闹，我家就会觉得没人缘，没意思。不过，已经没心情打牌了，仍旧是议论。我从他们的议论声中，知道了事情的大概：高桥河的两个人输得太惨，就把气撒在一旁看牌的堂嫂身上，说女人晦气，让女人滚。堂嫂觉得委屈，她自认为自己表现得很好，因为认识两个男人，给这两个男人倒了好几次茶，还递了两根烟。真是太不讲理了。堂嫂也是有脾气的人，于是就说，要滚也是两个牙狗滚。便吵了起来。大哥说，今天是大年初一，又是我家的喜日子，不要吵，要吵就滚出去，于是动起了手。

地上开始有了积雪，像撒了一层面粉。吃过晚饭，雪停止了飘洒。在雪地的映照下，天很亮堂。一湾人又涌进我家，说是白天没闹好，晚上闹。娘很高兴，又是端茶水又是递烟。她认一个理：闹得凶，人气旺，丽丽就会生儿子。她已经有好几个孙子了，真弄不明白，她为什么还盼孙子。

六郎嫌闹，从墙上取下他的那把竹笛，上了河边歪脖柳树下。六郎一有不顺心的事，就到柳树下吹笛子，吹上一阵子，心就顺畅了。去年当兵，因名额紧，六郎没走上，他就在河边吹了三个黄昏，吹得鸡不叫狗不闹，把一村人吹得烦了又吹哭了，他自己也哭了，这事也就过去了。不过，今天的六郎，肯定是高兴，他四哥带了个城里女人回来，他怎会不高兴呢。六郎高兴的时候，也吹笛子。

六郎吹的曲调是欢快的，好像是《步步高》。但吹着吹着，那曲调渐渐地就悲凉起来，我不知道六郎为什么那么忧愁，一定又想起了当兵的艰难。六郎年龄并不大，才十七岁，就下学在家两年了。当时他特想读书，可家里没钱。这两年，我有了工作，想资助他，他又不去了，说读书没出息，想当兵，当兵不成，又想学武，当个武打明星，那是可能的事吗？于是就成日在河边游荡。六郎的笛声让我不好受，我想去叫他别吹，回来吃饭，走到半道，六郎向家跑过来。六郎见了我，说："不好了，打架的来了，高桥河打架的来了。"

家里的人还没散去，六郎对他们说："别吵吵，赶紧回家抄家伙,别拿刀,别拿铲,就拿木头棒子。既然他们打到家里来,就别让他们好好地回去,打断他的胳膊,打断他的腿,千万别往头上打。"坐在我家里抽烟喝茶的人,根本就不想走。这烟和茶,是我从城里带回的,谁家也没这么好的。他们以为六郎烦他们,骗他们走,六郎这人,精着哩。六郎见他们不动,急了,说:"真的,我听得清清楚楚。他们说,河边第一家别打,他家弟兄多,有人当兵,有人还上过少林寺。除了这一家,谁家都可以,随便抓一个人,捆起来就跑,你们不要以为他们就是冲我家来的。"湾里人听说他们随便抓人,想起了自己的老婆孩子,急忙往家跑。

六郎拿起长笛,哆哆哆哆哆哆哆哆……吹出一串急促音,像冲锋号,和平国际新华有宝排骨鱼刺等年轻力壮的小伙子等都冲了过来。他们平时最听六郎的,六郎说往西,他们不敢往东。六郎说:"抄家伙!"那些人就冲进我家,出来时,一人手里拿了根木棒:没了铁锹的锹把,镐把,擀面杖,掏茅厕的粪筒子。六郎道一声:"上!"他们就一阵风,向着湾里的唯一通道,迎过去。

很快,喊声震天。高桥河的人说:"抓走一个,就抓那个倒茶的烂女人。"六郎说:"谁敢动手,我就让他竖着进来,横着出去。"他转过身,冲着我们湾子里的人做动员:"是他们先打进来的,就别怪咱不客气,只要咱们一不怕苦,二不怕死,高桥河那几十个年轻人,几十根木头棒子,就是纸老虎……"六郎话还没说完,有人就附和道:"六郎,打!狠狠地打,打得派出所都不敢管,打得乡长县长都不敢来,六郎你就好了,成这儿的国王了。"

六郎说:"我可不想成什么国王,我只想教训他们,让他们知道,咱竹林湾的人不好惹。"六郎话音刚落,棍棒就上去了,先是听见木头棒子抵挡木头棒子的声音,那么清脆。接着,就听见木头棒子打在人身上,发出沉闷的声音,像捣衣女在河边敲打湿淋淋的衣服。后来,各种声音,清脆的,不清脆的,叫声,骂声,混杂在一起。这些声音,像无数根钢针,向我扎过来,我感觉心直哆嗦。丽丽身上像通了电,哆嗦得更厉害。我抓起一根扁担,就要往外冲。丽丽一把抱住我,她说:"你别去,我害怕。"我看着丽丽,我是热血男儿,人家都打到湾子里来了,蹲在我们头上拉屎了,我怎能听妇人之言。我甩开她,跨出门槛。这时,娘一个趔趄,挡在我面前。娘说:"四郎,你是国家干部,你不能去,要去也得老娘去,我看他们能把我咋的。"我说:"你能干啥,去挨打?"娘说:"他们敢打我,我都快入土的人了,他们就不怕天打雷劈?我得去劝他们别打,打死人,可得偿命。"我还是不敢让娘去,他们要是那么理智,也不会来动手,他们就是疯子,疯子是还管你年老年少?万一一棍子闷在娘身上,还不把她那副老骨头打碎。我正想夺路而去,三哥出现在我们面前。三哥这个胆小鬼,外面打得这么凶,他竟然一直躲在屋子里。也难怪,三哥从小内向,胆小,走路都不敢迈大步,人送外号"假女人",怎么能指望一个"假女人",像热血男儿往前冲呢?可三哥这次很坚决。三哥说:"四郎你不能去,你是吃外饭的,你参与进去,问题就严重了。湾里人被打伤了,把伤员送到高桥河,谁打的让谁掏钱治,还得供吃供喝,让他们养着。你不行,你是军人,是国家干部,你到时得上班,你到时候上不了班,部队就得处分你,弄不好还得开除你。"三哥说着,抢过我手中的扁担,冲了出去。屋子里东西都让他们拿空了,我找不到可以用来打架的武器,这时,我看见鸡窝旁边立着的搓衣板,搓衣板也行,也可以劈开脑袋。我抓起搓衣板,这时,娘把我紧紧抱住。娘说:"四郎,你不能去。大郎二郎三郎五郎六郎都去了,总得留一个给我送终吧。"娘把问题想得太严重了。娘把话说到这个份上,我也就不敢去了。这时,侄子们,还有几个外姓的孩子跑进了屋。他们本来是在外面看热闹,打架的动静越来越大,他们跑了进来,有几个已经吓得哭爹喊娘。娘就说:"四郎,你正好留下来看孩子,把他们领到后面的山洞里去,那个地方没人知道。"

有几个小孩不愿上山洞,说里面有蛇。他们让我把他们带到后面队长家。队长家是楼房,虽然只盖起了一层,可那是钢筋水泥的,是铁大门。门一闩,没人能进来。我就听他们的,领着他们往后走,丽丽也跟着。丽丽的身体还在哆嗦。她原来一直在流泪,只是没哭出声来。我安慰她说:"没事,打不进来。"

到队长家门口,我们喊了好几声,队长的女人才开门。我们进去后,她就把门反锁上,再用几根木头顶起来,果然严实。外面的喊叫声小了,像是远去了,小孩们的哭声也弱下去。丽丽渐渐地冷静下来。我把她的手握住,我说:"没事,一切都过去了。"话音刚落,喊叫声再次响起。我听见了娘的声音,娘尖厉的嗓子撕心裂肺,钻进门缝里来。娘喊道:"天打雷劈的,连老娘你都打咧。老娘都是要入土的人咧,打老娘是要遭报应的咧……"我再也坐不住了,扯去军装,只留了个背心,撤掉木头棒子,打开门闩,再次冲出去。丽丽又来拦我,村主任的女人说:"你就让他去吧,多个人,多个帮手。连你娘都挨打了,他哪能坐得住。"村主任女人的话,令我脸红。我冲丽丽吼道:"我当兵,就是保家卫国,现在,人家都打到家里来了,我连母亲都保护不了,还算是一个军人吗?就算我不是一个军人,至少也是一个男人,我要去!"丽丽还是扯住我不放。这时,我看见村主任家的墙上挂着一张弓,还有一竹筒子箭。这是村主任的儿子的,我小时候也玩过。我想起我小时候英勇善射,能射中天上飞的鸟,水里游的鱼。我抓起弓箭,对丽丽说:"我离得远远的,我能打着他们,他们打不着我。"然后,我就冲了出去。

门一开,叫喊声就像爆竹一样,再次炸开,让我心生一丝胆怯,我从没听见这么令人恐怖的叫喊,仿佛天就要塌下来,地就要陷下去,世界就要走到尽头。我不敢往前走。这时,有人向我冲过来,我一看,是黑鱼。黑鱼说:"是四郎吗?你别去,他们下手太狠了,我的脑袋开了瓢,我得回去包上。我寻思再坚持一会儿,不行了,血都流到膝盖上了,再不包,就流没了。"我听得全身直冷,我冲黑鱼喊:"你快去包吧,先用盐水洗一洗再包。"但我的话,黑鱼肯定没听清,连我自己都没听清,它颤抖得太厉害,走调了,像鸟语。我的声音让我感到更加恐惧,我站在那里,脚走不动了。这时,我看见又有人冲过来,我想,是谁又当了逃兵?正想看个究竟,那人挥起木棒,向我头顶横扫过来。那木棒,在雪地映白的天地间,闪出一道乌黑的光。我急忙往下一蹲,那人扫空了,一个趔趄,跌跌撞撞往前去。趁这良机,我几步跳进道边的竹林里。尽管夜里的竹林有蛇,有山鼠,很吓人,可你只要不先动它,它们就不会动你。人就不一样了，你不打他，他追着打你。

那人见我跳进了竹林，怕有埋伏，不敢追。我躲在那里，还能听见娘的喊声，娘说："别打了，要出人命了。"娘的喊声又尖又响亮，像一把刀，把天划开一道口子，天仿佛一下子亮开了。月亮出来了，银白银白的，映在水中，还有那些云朵，也映在水中。我突然看清，那不是云朵，那是人，是云的倒影映在水中，它们动得那么迅猛，你追我赶。我还看清了他们手中的木棒，你扫向我，我砸向你，还有话语，几乎都是那几句话，一边说："你找死！"另一边说："我非得给你开瓢！"一边说："我打到你家去，把你家的桌子抛了，把你女人的裤子扒了，看你还有脸活在世上！"一边说："你进来了，就别想活着回去，让你只顾生不顾养的老妈来收尸体吧。"然后就是你出击，我退；我出击，你退。河水里便成了皮影戏院，有图像，有声音，有动作。尽管那人像看上去都是倒立的，但很清晰，太像皮影戏了！我伏着竹林围墙，拉弓搭箭，但是，我看不清岸上的人，我只能看清水里的"人"，我射箭又有什么用，何况，我根本分不清哪边是我们湾的人，哪边是高桥河的人。我腿脚发麻，又冲不过去，只能趴在竹林围墙上，看水里的打斗。我看见有人脑袋挨了一棒，身子就矮了下去。

这时，我又听见了娘的叫喊，娘哭道："枪打炮轰的嘞，又打了我一拳嘞……"我英勇的娘，又挨了一拳。我再也趴不住了，我再趴着，就不配穿军装，就不配站着撒尿。我冲上去，拽开娘，与那人对打。我想起我当兵时，学过的军体拳，当军官后就没练过，但一招一式还牢记在心。我弓步冲拳，弹腿踢裆，其实都是假动作，我不想真的打伤他，不想惹麻烦。我想，我打出去，对手就会躲，躲躲闪闪，也就把他打退了。哪知这家伙根本不躲避，也不知是看出了我的假动作，还是不怕死。我无奈，就像一个专业足球运动员，面对一个足球初学者，假动作骗不了他，他根本不理会我的假动作，所以，反倒很难带球从他脚下通过。

他不理睬我的拳脚，只顾自己打，很实在地打在我的肩上、肚腹上。我加大力度，也出实招，却还是无济于事。我这才知道，军体拳只是花拳绣腿。既然他不按套路出牌,我也就不能按套路了。我锁喉,弹裆,反剪其手,终于将他制服。直到他喊了我一声"爹",我才将他放了。

我刚放了这个,三哥就跑过来,直后悔。说:"你怎么能将他放了,你应该把他当人质。"我说:"那怎么行,那是犯罪。"三哥说:"他们又不是没这么干过。"

打闹声叫喊声渐渐远去。我听见有人喊:"别让跑了!""在我们湾想打出去,没门!""皮影戏"上的人影,不再分立两边,而是集中到一块,而且不断地向远处跑去。从这些动作,和这喊声判断,我们湾打赢了,高桥河的人被打得屁滚尿流。我向着湾子外的那条通道冲。我冲到桥上时,高桥河的人已经过了桥,湾里的人都立在这边,没有冲,只一味是喊"打"。我被喊声激励,往桥上冲,六郎一把拽住我。六郎说:"别去,小心他们杀回马枪"。但高桥河那边的人骂得太难听了,激怒了我,我再次往前冲。六郎说:"小心中计!他们是在诱惑我们,谁冲得最前面,就有可能被他们杀回马枪,抓去了,那时,就由不得我们了。"我们湾的人就不往前去。高桥河的人一边退,一边骂,我们压住怒火。见我们不追,他们就喊:"今晚你们湾别想睡觉,我们还得来。"

一湾人站在桥边,等那边人的脚步声、喊叫声完全消失后,我们才慢慢回撤,一边撤一边议论纷纷。有人说,今晚不能睡觉,他们还会来,找更多的人来。有人说,他们敢?我一个人就开了他们两个瓢,他们被打怕了,他们说来,只不过是吓唬咱们。六郎说:"不管这么多,咱要小心。先回去休息,去弄点饭吃,打仗打饿了。"好几个人条件反射似的都叫饿,但更多的人叫痛,当时心中有怒火,被别人打了,都不觉得。这时,痛感全来了。有人疼得厉害,一摸,头上全是水,伸开手掌一看,乌黑乌黑的,才知那水不是汗,是血。"完了,我被开瓢了。"那人几乎哭了起来。国际大喊一声:"哭个球,我被开两次瓢了,你们看。"我们扭过头去看,可不是,国际一左一右两行血,顺着脸颊流向胸脯,像女人的两绺细辫挂在胸前。比开了两次瓢更让我们惊奇的是，这么冷的天，国际竟然光着膀子。为了我们湾这个集体，他可真豁得出来。他家在村北头，离得远，我把他带到我家。我把我的衣服给他披上，丽丽这时情绪恢复了正常，她白我一眼，说那套衣服是我婚礼时穿的，两千多哩。我没理他，想找棉球给国际擦一擦，没找着。国际抱起我家的脸盆，舀了大半盆凉水，一头按进水中，大伙不由得都打起寒战来。我要往里加热水，国际不让，他说："冷水消肿止血。"我就给他的盆里撒了一点盐。他洗完，抓起我洗脸架上那条粉色新毛巾，擦他那湿淋淋的头发。我看见丽丽龇了一下牙，做出一个极其厌恶的样子。我气极了，城里女人，咋这么没有同情心，他不是为我们湾吗？没有他们奋力拼打，恐怕真的就把你这个浓妆艳抹的女人抓走了。

　　国际洗完，像没事一样，继续说着话。我劝他去找医生打一针破伤风，否则可能引起严重后果，国际说："什么破伤风，像你们城里人那么娇气？再说，我不能走，万一高桥河再来，人肯定会更多，那时，我还会冲上去。我一个光棍不上，谁上？就算被打死了也没事，一个人，无牵无挂的，就当是睡着了。我就是不能让这帮人在我们湾得逞。他们想在我们湾打出去，没门。"我听得眼圈湿湿的。我这才知道，国际三十岁的人了，还没有成家。多雄性的一个男人，咋就没有女人嫁他呢？穷，一个字："穷"啊！

　　屋子里稍稍静下来，这时，三哥进来了。三哥的头上流着血，他也被开了瓢。他被开了瓢后，没有再战，躲进了树林。所以，他这才跑回来。众人都惊，更惊讶的当然是三嫂，但她并不去伺候三哥，而是跳起脚骂："活该，咋不被打死呢？看你还敢往前冲不！"他的话音刚落，六郎抓起桌上的茶杯，狠劲地砸在地上。六郎吼道："滚，你们女人都滚。还不是你们女人惹的祸。"骂完，他又指着丽丽说："还有你，人家被打成这样了，用一下你的毛巾，你吹胡子瞪眼睛，城里人怎么啦，城里人的心就不是肉长的？"丽丽惊讶地望着六郎，仿佛不知发生了什么事，等她终于明白六郎骂了她，她冲进新房，捂着被子哭。我急忙去哄她。她的表现让我很生气，可她毕竟是城里人，没见过乡村这样的恶战，可能是吓坏了，就顾不得礼节。然而，我越劝她,她哭得越凶,甚至吵着要回东北。一湾子的人,本来不想睡觉,等高桥河的人来。怕困,顶不住,就计划接着闹洞房,可一见丽丽那张脸,情绪没了,不想再闹了。六郎的气未消,他说:"走!上新华家,上新华家等着,说不定高桥河的人真的还会来。"大伙就跟着他走。六郎年少,但六郎有号召力,年轻小伙子们,都跟着他走。有家有室的,当然不跟六郎走,屋子里依然挤得满满,个个摩拳擦掌,似乎还没尽兴,都抢着表功,这个说,他开了一个光头的瓢,那个说,他打断了那个高个子的一只胳膊。这么说来,我们胜利了,我们总共被开了两个瓢,而他们,初步统计,开了五六个,断了两只胳膊。大伙正议论,娘突然说她膀子疼。我跑过去帮她捶一捶,她竟疼得嚎叫起来。我估计她的膀子被打脱了臼,我赶紧带了个人,到河那边去找赤脚医生。医生不来,说他自己也病了,胃疼得厉害,恐怕是胃穿孔。他给我拿了一些跌打风湿膏,还有几片止痛药。他说:"你回去让你娘吃上贴上,明天我再去。"我知道他不来的原因,我们湾打仗呼天喊地,他早听见了,他是怕到这边来挨打。他还说,他是学西医的,看情况,我娘的膀子脱了臼,得赶紧找个老中医给她端上来,否则超过十二个小时,就不好办了。我们只得翻山越岭,跑到五六里外的三角山下,找来一个道士。一路沟沟坎坎,他竟如蜻蜓点水,走得那么轻,那么稳,简直快把我们拖累死。

道士站在娘身边,一挥拂尘,一张嘴,吐出一股青烟(我怀疑那烟是他事先含在嘴里的),在烟雾弥漫下,他抓起娘的肩膀,只往外一拽,往上一端,娘哎哟一声,就说好了,不疼了。一屋子的人,惊得你看我,我看你,最后目光都集中在道士身上。道士仙骨凌风,有一股威慑力。要是把他留在咱们湾,高桥河的那帮怎敢来闹?有人向我使眼色,我明白。我急忙让老爹跑进厨房,给他做饭吃,可他一挥拂尘,飘逸而去,把一个颇具魅力的精瘦背影留给了我。

道士一走,我们感到屋子里空荡荡的,一阵恐惧再次袭来。我们怕高桥河再来人,我们不得不商计对策。有人说,准备一些辣椒粉,他们一来,就点火,让他们睁不开眼。但这种方案很快被拿下,因为我们是主场,我们人多,这么做得不偿失。有人说他们再来,就可以拿铁器，甚至可以拿刀，干吗只拿木头棒子？这种想法同样没有通过，因为我们可以把人打伤，但不能打死，打死了，就是人命官司，是要偿命的。有人就说，把辣椒面直接往他们眼里撒，还可以撒白石灰，让他们睁不开眼，咱就可以上前，把他们捆起来，这样，我们就占主动权了。大伙齐声说好，几个妇女就去准备辣椒面白石灰。妇女们一边走，一边唱："小小黄安，真不简单，铜锣一响，四十八万，男人打仗，女人送饭。"这是抗日战争时期，流传在我们红安县（那时叫黄安县）的一首歌曲，歌颂红安男男女女的抗战的革命精神，现在她们唱得格外豪迈，我们心中的激情上来了，恨不得抓起木头棒子，冲过桥去，冲进高桥河，杀他们个片甲不留。

有人说："怎么没见天然家的人呢？"另一个人说："是呢，一家人都没露面。"就派人去察看，回来说："我的天，一家人，闩起门睡觉，湾里出了这么大的事，硬是与他家无关。"

"就因为他们家有红砖大院子，安全，高桥河的人要往他家扔一上火把，那时，恐怕跑就来不及。"于是，就有几个人跑去敲他家的门，我也跟去了，我想看看他们怎样训斥天然一家。他们用木头棒子敲天然家的黑漆大门，用大砖头砸天然家的黑漆大门，天然的娘披着棉袄来开门，她冲我们喊："你们都疯了，天然睡着了呢。"

"一湾人都去打架，你家就睡得着。"

"为人不做亏心事，半夜不怕鬼敲门，不是我家闹起的事，咋就睡不着呢？"

"呸，你不是我们湾的人？天然不是我们湾的种？"这句话，激怒了天然的娘，这个还不算老的女人，把刚打开一条缝的门，又哐的一声关上，还上了闩，从厚厚的铁门那边扔出来一句："谁有本事闹，谁就有本事去摆平，干吗找我们家。我们是正经人家，不干那些不正经的事。"天然娘经常称她家是正经人家，是因为他男人是个民办教师，她把男人列入孔夫子圣人那一类。天然娘不这么说，大伙气还小一些，天然娘这话，让人更拿住了理：别人打到湾里来了，你家闭门不出，还说保卫全湾是不正经的事。对不起，哐哐，两声，门再次被砸响，伴着骂声："叫你家天然这只缩头乌龟起来！"见没回音，突然想起天然是她家的独苗，他家是怕天然打仗，万一有个三长两短，绝了后。于是，很理解地说："天然不出来，就让你家陈老师出来。反正，一会儿高桥河还得来人，你家必须出一个男人。一个当缩头乌龟行，总不能两个都当缩头乌龟吧！"

"四郎已经不是我们湾的人了，他是沈阳人，他都去了。"

"都当缩头乌龟也行，只要你们承认不是我们湾的人，以后，啥事也别找我们。"

"你家天然娶媳妇也别找我们，自己背家具背嫁妆。"

"你家教书匠死了，也别找我们抬，让天然把棺材扛到坟地去，扛不动，就找牛拉，别想让我们给你家帮忙。"

我想，肯定是最后这句话起了作用，天然家的大铁门再次被打开，这次出来的是十六岁的少年天然。他娘想拦他，被他一掌推开。天然吼道："我说去，你们不让去，非要让我在湾里抬不起头！"天然刚出大门，天然的爹追出来了。这个吃多了粉笔灰的干瘦白脸半老头子，那一刻不知哪来那么大劲，一把将天然拽回院子里，吼道："你回去！"然后，又冲我们说，"要去我去。"大伙这才发现，他还穿着大裤头子。有人嘴快，说："一看你就不诚心，又不是去嫖娼，你穿个花裤头子。"这几年，湾里外出打工的人多起了，带回来钱，也带回来如"嫖娼"之类的新鲜词，把老朽的陈老师吓得转身就跑，直说："流氓，满嘴胡言！"大伙觉得这家人一点集体荣誉感都没有，说："走吧走吧，就当他不是我们湾里的人。"

"他根本就不能算我们湾的人，以后，谁也不许跟他家人打交道。"

"话也不跟他家的人说。"

"谁跟他家人说话谁是孙子。"

"细伢子除外，细伢子在课堂上还得叫他陈老师哩。"

"只许在课堂上，下了课不许叫他陈老师，叫臭老九。"

"对，就叫臭老九！"

他们义愤填膺之时，陈老师出来了。他胡乱裹了几件衣服，抓起靠着猪圈墙的那把锹，说："走，你们说，往哪儿去，你们指哪儿我打哪儿。"有人说，现在不打，现在只是做准备，先上四郎家等着。

到了我家，吃几个女人做的手擀面，吃得呼啦啦响，外面的摩托车声急驰而来，盖过了吃面条的声音。这声音像警笛，不用招呼，大伙自个就紧张起来，知道是高桥河的人开着摩托车队打仗来了。他们刚才跑得慢，挨了打，现在有了摩托车，就跑得快，所以再来。我们操起木头棒子就往村口冲，有人边跑边说，还是抓锄头吧，做两手准备，他们要用木头棒子，咱们就用锄把，他们要用铁家伙，咱就用锄头，敲出他们的脑浆来。说是这么说，谁也没来得及换锄头，就冲出去一箭之地了。女人们先是惊呆了，很快意识到要投入战斗，急忙捧起她们自制的催泪弹——辣椒面和石灰粉，迈着很急很碎的步子，往大道上冲。丽丽在灯光下，再次面露恐惧之色。她全身又微微地颤抖着，我再也不忍心离开了。

摩托车放着尖利的连环屁，往湾子里冲。"打打打！"吼叫声再次铺天盖地响起来。但吼叫声不久就停息了，换成了嘈杂的说话声，有人说，快，快送医院。我知道，在这么短的时间里，又有人被打伤了。既然让送医院，肯定不是一般的开瓢或骨折。一般的伤，湾里人是不会往医院送的。

一帮人涌进我们家。被打伤的是陈老师，我从他们嘈杂的话语里，终于听明白，陈老师因为第一次没有参战，受到湾里人的咒骂，这次赌气，冲在最前，结果，陈老师冲得太快，太出其不意，躲闪不及，被摩托车撞了。陈老师痛苦地呻吟，似乎要断气的样子，但大伙说没事，陈老师只是断了腿，可能是粉碎性骨折，没有生命危险。他本来娇气得像个女人，这次真痛了，当然就装出奄奄一息的样子。虽然没打起来，但陈老师表现真不错，不愧为人师表。

大伙拽下骑摩托车上的人，正想把他们揍成肉饼，摩托车上的人说话了，女人说："我是春花。"男人说："我是胡黑子。"大伙仔细一看，可不是。春花是我们村的姑娘，嫁到高桥河去了。黑子是她的丈夫。黑子说，他是送春花来躲乱的。高桥河那几个游子哥，在你们竹林湾没打出去，被打断了五只手，开了四个瓢，伤了三个腰子，不但他们受了罪，老婆也跟着遭殃，扬言还要打进来。他们可能被打怕了,不敢真来,就瞄准了春花。"春花是你们湾的姑娘嘛,他们想拿春花当人质,好让你们竹林湾拿钱取人。"有人说:"你说这话也不知羞耻,春花是你们湾的媳妇,也算是你们湾的人。"胡黑子说:"可春花不姓胡,姓陈。他们要是折磨春花,你们湾更心疼。"胡黑子这么说,湾里人听得就有些迷糊。春花的娘哭着跑过来,把受惊的春花往家拽,还让胡黑子也上他家住。胡黑子说:"我不能住,我得回去,他们真要是打,我也得去参战。"有人就说:"你媳妇在这儿,你还想参战?你是不是人?"胡黑子说:"没办法,谁叫我是高桥河的人呢?谁叫我姓胡呢?'一笔写不出两个胡。'"有人就说:"既然你回去准备打我们,那我们现在就把你捆起来。"胡黑子说:"我只是做做样子,我不会真的对你们湾的人动手,我能动手吗?"春花的娘说:"你把春花偷着送来了,你再回去,他们还不得揍你。你就这儿躲几天。"胡黑子说:"我是胡姓的人,他们不会把我怎么样。我一个大男人,要是躲起来,他们会把我的头塞裤裆。"春花娘突然惊呼一声:"石砣哩?"石砣是胡黑子和春花的儿子。胡黑子说:"石砣也是胡姓人,是高桥河的根,他们更不会把他怎么样。"说完他就骑着摩托车走了。

陈老师被抬上手扶拖拉机,往县医院送。除了开拖拉机的,另两个人都是老年人,因为怕高桥河的真打过来,不能让年轻人去,要保存实力。

春花一直在流泪。也许是受了惊吓,也许是辣椒粉刺激的。湾里那些女人,见摩托车来了,早就把辣椒粉撒向了摩托车。春花一边抹泪一边说,他们湾的年轻人,想抓竹林湾这边的人,没抓着,就想抓她,让她当人质,好让湾里拿钱取人。他们最近一直就是这样,靠打牌闹事挣钱。"王家楼大不?四百多户人家,两千多口人,让他们抓去一个人,绑在摩托车后拖回去的,最后,拿五千块钱取人。我娘家还行,挺团结,才一百多号人,硬是没让他们打出去。"春花娘说:"还不亏了陈家六员虎将,还不亏了陈六郎。还不亏了在外当兵的四郎,四郎抓住他们一个人,差点吓破了那人的胆。"

春花的话,让一湾人感到后怕。大伙起先怨堂嫂,说她不该在那几个人打牌时，凑过去倒茶，添乱子，现在，大伙明白了，不怨她，高桥河的人故意找碴来了。几个女人听说高桥河的人要抓春花，抓他们自己湾里的人，跳起脚来骂，骂这帮人畜生都不如。春花见娘家人这么我同情她，站在她这一边，很感动，顺便就透露了一些秘密。她说，高桥河的人说明天还要来——说不定后半夜就得来。有人说，咱竹林湾，虽是杂姓湾子，但团结和睦，毛主席说了，团结就是力量，团结就是胜利。看他们敢来，通知全湾男女老少，今晚不睡觉。守着，等着，有来的，就别让他好好地回去，要么留下一只胳膊，要么留下一条腿。丽丽在里屋听得清楚，自言自语："这哪是人住的地方，简直就是原始社会，比原始社会还野蛮。我可不呆了，杨四郎，明日我就回东北。"我说："明天大年初二，上哪儿买票？"丽丽说："买不上票，就在车站旅馆待着，也比这儿安全。再这么待下下去，我非得崩溃。"

一湾人就这么坐着等了一晚上。丽丽不顾我的劝说，已收拾好行装，但清晨的到来，和阳光的照射，减弱了她的心中恐惧，沐着清晨阳光，我带着丽丽漫步在碾场、河边、田埂上。雪地上的血迹淡了，洇成一片一片粉红，似乎不是昨夜留下的鲜血，而是一片片云霞。天空下，河水静静地流淌着，多美的一片天地，回想昨夜，丽丽不敢相信那是真的。我说："我也不相信，就当他是一个梦吧，但愿它真的就是一个梦，一梦醒来，山村依然那么宁静。"

丽丽把手伸进河水，我把手放进去，河水有一丝温暖。河岸上，零星有几朵野花花探出头来，像调皮的孩子将头探出棉被。丽丽凝望着那几朵野花，疼爱地说："咱们要个孩子吧，就在今晚，就在这宁静的乡村。"我一把将丽丽搂在怀里。她被这乡村的美吸引了，不再惧怕了。更主要的是，她一直是拒绝要小孩的。今晚——我渴望它早点到来。

我正憧憬着今晚的好事。桥上出现一个老人的身影，蹀躞着。走近了，看见是王家楼的一个老婆子。我认识这个人，巧舌如簧，一辈子以替别人做媒为生。但她促成的夫妻，打架的离婚的多，所以，她并不是一个受人欢迎的人。她用一双小眼盯着我，又锥子一样盯着丽丽,说:"多受看的姑娘,白似一根水嫩的萝卜,还抹了粉,跟个戏子似的,陈四郎,你选美可是选中了,难怪没让我这个老不死的给你做媒。"她说着,竟然伸手要来摸丽丽的脸蛋,丽丽躲开了她。

她的到来,破坏了我和丽丽刚刚好起来的心情。我盼着她快点走,她却纠缠个没完。她是高桥河请她来当说客的。高桥河昨晚破了六个脑袋,断了七只胳膊(她显然是夸大其词),让我们湾赶紧准备两万块钱,让她送去,否则,他们还要来。下次来,可就不是拿木头棒子了,而是拿刀。老太婆龇一下嘴,做了个很受惊吓的动作,说:"他们说了,拿刀打不出去,就动火铳。反正,他们打遍了周围十里八乡,没有不胜利不赚钱的,他们绝不会栽在你们竹林湾。"

我看见丽丽那被风吹得微红的脸,一下子变得苍白。我再看眼前这个老女人,她或许觉得自己升级了,由一个红娘,变成使者,脸上露出颇为得意的神情。我恨不得一巴掌扇在这张破抹布似的嘴脸上。但我不能,两国交战,不斩来使。我说:"你回去吧,告诉高桥河的人,我们竹林湾奉陪到底。"

老太婆并不回去,她坚持要去告诉湾里所有的人。湾里人与我说的一样,奉陪到底。整个湾子又变得喧闹了,大伙议论纷纷,有人竟然开始磨刀,有人把鱼叉找出来,有人还把多年不用的火铳找了来。丽丽再次感到恐慌。她眼眶湿湿的,说:"咱们报警吧,这么下去,会出人命的。咱是文明人,可不是这些村野匹夫,咱们要依靠法律。"丽丽的话使我恍然大悟。我说:"对呀,咱报警。"结果,话音刚落,不少人围过来,说不能报警,绝对不能报警,乡派出所一来,先掏钱。所有参加赌博的,所有参与过打斗的,各打五十大板,每人罚款五千块。咱们出去打工,一年血水加汗水,还挣不到五千块呢。我说:"可这样总不是办法。"湾里人说,高桥河也就是说说而已,他们被打怕了,他们不敢真来。我说:"万一真来呢?""真来?真来就让他们爬着回去,想走可以,留下胳膊,留下腿。以为咱竹林湾是好欺负的吗?咱竹林湾,历史上出现过绿林军呢!"我说:"现在是新社会,咱必须依靠政府。"我说完就要去报警,结果,一湾人都拦住我,有人说:"你去报警吧,我家没有钱,要罚款你陈四郎给我掏。"又有人说:"你别报警,你要不想待,回你的沈阳享你的清福去吧,你压根已经不再是我们竹林湾的人。"最让我伤心的是,全家人都不支持我报警,六郎也不支持。六郎说:"咱报警,高桥河的人以为我们怕他,以后还会来欺负我们小湾子。咱就不报警,有我在,谅他也不敢来。你和嫂子要是害怕,你们就早点回东北。"我望一眼六郎,心里很难过,他虽然会点功夫,但总不至于刀枪不入。再说,即便六郎能耐,打死打伤别人,也得赔钱,也得偿命。

看来不能报警,报警会得罪乡亲。我小时候吃过他们的奶;读书时,兄弟多,菜不够吃,吃过百家菜。我出去这么多年,当官了,无力回报,总不能惹他们生气吧。既然不能报警,那我只有与六郎他们一起,保护乡亲们,守卫我的家园。否则,我连自己的家都捍卫不了,我这兵当得有何意义?我想,高桥河的人,就是欺软怕硬,他们不敢再来,他们真的再来,我将使出我的军体拳第三套,抓个人质,给他们一点颜色看看,他们也就老实了。

湾子里的空气再次紧张起来,大伙围在一起,讨论迎战计策。丽丽阴沉着脸,一言不发。她默默地整理行装,把她的衣服,一件件往皮箱里叠放。之后,她拖着皮箱,一个眼神,示意我跟她走。看来,是要我带她离开这个可怕之地。我被众人的目光压制,并没跟上去。在我们山里,男人怕女人,为人所不齿。何况湾子里有难,我若不参加保卫,临阵脱逃,以后就没脸回乡了。

见我没有反应,丽丽满脸怒气,独自拖着她的皮箱,默默往外走。门外到处是雪,她把皮箱提起来,歪着身子,艰难地行进。我俩在东北时,拎箱包这样重活,都是我干。我不忍心,去拽她。我不让她走,我是带她回来,与家人团聚的。过年,人家都往家走,她往外走,这破坏乡规的事,是要遭乡亲唾弃的。无论我在外多风光,今天,要是让丽丽走了,我都会被他们看不起,他们鄙视的目光,和奚落的话,都会砸过来。我抢下箱子。钱都在箱子里,没有钱,她就走不了。

我第一次向丽丽动粗,丽丽睁大眼,盯着我,像审视一个她从没谋面的陌生人。之后，她裂帛一般喊起来。她说："要么你跟我走，要么我自己走，早听说你们这儿有野人，没想到真有，这么大一群。我要走，我可不想被这些野人生吞活吃！"

她说着，过来抢皮箱，我不给，她径自走。我是男人，在乡亲面前，要保持男人的威性，我说："你走吧。你愿意上哪儿就上哪儿！"我的话，再次将她击中，她愤怒的目光变得疑惑而陌生，她说："那好，这可是你说的。我要饭也要回东北，你也别再回我们那个家！"

村人的目光，从丽丽身上，唰地一下扫向我。我在他们的目光中，硬着脸皮，朝着丽丽展示我的大男人主义。我说："我一个军人，保家卫国的时候到了，临阵脱逃，不是我的性格。"

丽丽的嘴张得大大的，半天，她捂着脸，往村外冲。

我刚要去追，一个女人冲我喊："莫管她，进了村子门，就是村里人，就得受男人管。别惯她！"女人的话，像一根无形的手指，点中我的穴位，我的脚无法迈动，站立在门口。我表面镇定，心里乱极了，我后悔不该带丽丽回家。

这时，我家电话响起，是岳父打来的，他问丽丽怎么样，吃得习惯不，睡得是否安稳。人生地不熟的，让我要照顾好她。不习惯，就早点把她带回东北。岳父说完，岳母又说，岳母说得更严重，她说："丽丽就交给你了啊，走时啥样，回来还啥样，你们那儿人野蛮，少招惹人，保护好丽丽。她要是少了一根毫毛，你就别回来见我！"他们好像有心灵感应，知道我正要在这片是非之地上，为顾及自个的脸面，投入一场战斗。

岳父高血压，岳母有冠心病，两人都不能受气。一旦丽丽有点事，他们一着急，人都得过去。这可是两条人命，加上丽丽的安危，我负不起这个责。我望着屋外围过来的人，他们的目光都落在我身上，似乎与高桥河的这场战斗，成败全在我。我被他们的目光锥得浑身不自在，我起身，到灶屋打了一盆冷水，我洗脸，我想洗掉他们粘在我脸上的目光。

有个女人提着暖水瓶走过来，要往我盆里加热水。我不让，我说："习惯了，你出去吧。"

我洗脸。水很凉，一股冰凉直抵心底。我感到自己狂躁的心慢慢地平歇下来，头脑也冷静许多，我眼前浮现丽丽在雪地奔走的情形，一股酸涩划过我的心。她这么一个人，带着怒气而去，是很容易出事的。她从遥远的东北跟我来到这片穷山恶水之地，我总得让她平安地回去吧。我冲出门去，踩着薄薄的、这年的第一场雪，冲向丽丽，把那些长舌妇的奚落声甩在身后。追到村口，丽丽回头，看见了我，但她并没停下来。她依然穿着那件红色貂皮大衣，在雪地里跳跃着，像一只奔逃的山狐狸。

北风那个吹，把地上的雪刮起，被刮起的雪漫天飞舞，像是又在下一场雪。

少年醉

竹林湾往南,是一片稻田。走过几条田埂,踏上渠道,能看见渠水不紧不慢地流淌。渠道东面是观音寨。寨很高,清晨,日头像一个火球越过寨顶的观音庙,将霞光斜撒下来,披在松树,刺槐,和梧桐树上,也披在寨子下面三间瓦屋上。陈旧的瓦屋,便与寨顶的观音庙相辉映,像是涂抹了一层朱砂,越发显出它的古朴沧桑。

观音庙建自何年何月,竹林湾的百岁老人都说不清。这寨脚的三间瓦房,历史倒不长。瓦房是我们竹林湾的队部,曾经热闹过很多年,生产队的大事小情,都在这里商议。分田到户后,各家的事,在家里就定了,没人走这曲曲折折冤枉路,这里便冷清了。瓦屋后面是一片坟地,又闹过几次鬼,这里就很难见到人影。就是去观音庙敬香的老人,都绕道寨东坡,这里常年便是死一般的静。我偶尔跟着大人,到下河湾外公家,路过这里,心就会绷得紧紧的。

开春的时候,一个姓秦的外地男人,在这三间瓦房里,支起了个铁匠铺。叮叮当当的铁锤声,便敲破了这山谷里的宁静,我绷紧的心随之活泛了。

其实,我心之活泛,是因了那个叫喜宝的女孩,她的笑,像溪流拐角处的流水一样清脆,婉转,悠长。

喜宝是秦铁匠的女儿。我不知道她有多大,似乎比我小一些。喜宝笑的时候,不但声音好听,样子也好看,露着一对小虎牙,似乎没什么愁心的事。母亲却说她可怜,是一个没娘的孩子。我问喜宝:

"你娘呢？"喜宝不吱声，收了笑，悄悄地进到铺子里，我才知道，喜宝真的是没有娘。听母亲说，喜宝的娘跟他爹打了脱离，跟一个汉口的货郎逃了。我们竹林湾的话，打脱离就是离婚。那个年代，在乡下，打脱离是天塌下来的大事，但是秦师傅好像并不在意，脸上看不出悲愁。他的铁匠铺热闹得很，除了铁锤声就是笑声——他好说笑话，都是我们小孩子听不懂的。大人们哄笑声常常撞得屋顶的旧瓦片噼噼啪啪乱响。

母亲说，可怜的喜宝，没娘的喜宝！母亲背地里说也就罢了，偏要当着喜宝的面说，这让喜宝那双大眼睛立刻像蓄满水的泉，好看，然而却不忍心看。淡淡的忧伤，像夜风似的向我袭来。我不让母亲说，母亲偏要说。我打断母亲，我说："你们看，你们看，一群人字形的大雁往南飞哩，好像在汉口的上空。"我以为喜宝看见人字形的雁群，会高兴得拍手，她却说："进屋去叫吧，这风好冷。我的心凉凉的。"风其实并不冷，我知道，她想她母亲了。我跟着她进屋，她告诉我，她娘会回来的，娘在她最需要的时候一定会回来的。

再见喜宝，母亲又说她可怜。母亲拉着我，到我家的菜园子里，摘了一个秋南瓜，红得像个火球，拍一拍，脆响，定然是又粉又甜。还有绿得像染过的韭菜，白玉似的萝卜。母亲用篮子拎着菜，我抱着南瓜，送到铁匠铺。喜宝高兴地出来迎我。喜宝的爹像跳交谊舞似的拉着风箱。他停下来，朝着母亲笑。母亲说："你别美，不是给你的，给喜宝！"娘又说，"等糯米下来了，要做些米酒，请喜宝到家里喝。秦铁匠，你也去吧。可不是为你做的，你沾喜宝的光罢了。"

秦铁匠笑，笑容从皱纹里钻出来，有些甜蜜，似乎也有些苦涩。他的脸红了，或许是炉火炙烤的缘故罢。

秦铁匠喜欢我，说："阿剑，长大了跟我当个徒弟，给我当女婿。"明知是笑话，我心却动了。谁愿意当个铁匠，一头的灰，像白毛女似的。当女婿倒是很好的，我喜欢喜宝。我怕她孤单，不上学的时候，就到铁匠铺去玩。去往铁匠铺的路太冷清，走在渠道上，斜眼会看见铺子后面的那片坟地，还有几个新近插上去的花圈，我的心就提到嗓子眼。我会喊上毛刺。毛刺乐得像啄了一嗉子米的鸡，咯咯咯一路欢叫着。

有人问秦铁匠："夜里你不怕鬼？不怕长头发的女鬼揭你的被？"秦铁匠笑道："我乐不得的，你去告诉她们一声，排着队来！"又有人问："男鬼呢？"秦铁匠笑道：鬼怕火，也怕刀。我这里炉火长年不断。我打了成千上万的刀，鬼见了我，躲得比风还快。

毛刺学着大人的样子，在铁匠铺门前问喜宝："你怕鬼不？"喜宝睁大眼，天真地摇摇头，样子有些茫然，似乎不知鬼为何物。毛刺指着门前那株合抱粗的柳树，说："女鬼晚上会出来，坐在这树丫上梳头，见有人来，就钻进坟里去了。有的鬼进了坟，头发还露在外面……""瞎说，哪里有什么鬼？"我打断毛刺的话。摆出一个男子汉的样子保护喜宝，其实，我后背早就如同裂开了一条缝，有风直往里灌。我浑身发冷，轻轻哆嗦着。

秦铁匠已停了手中的活，与一个姓崔的寡妇在那里唠着家常。秦铁匠满脸浮笑，崔寡妇双颊飞红。见了我们，崔寡妇冲我们喊："今天有人敬香，你们到庙上磕头去！"我们逃到门口，仰望寨顶。能看见观音庙，观音庙上供着观音菩萨。每逢初一十五，庙上烟雾缭绕，仙景一般。南风起时，竹林湾的空气中，飘荡着带着土腥味的香气。此刻，观音庙上烟雾缭绕。我说："走，去给观音菩萨磕头！"

上到寨顶，我们躲在庙门口，看那些敬香的人，朝着观音菩萨跪着。她们（敬香的大多是妇人）将肥大的或瘦小的屁股朝着我们探过去的脑袋。我们看见我们竹林湾有名的"刘仙姑"将那肥大的屁股沉下去，升起来，再沉下去，再升起来。她第三次沉下去时，突然放了一个响屁。我们探在门角的几个脑袋，被崩了回去，都用手捂了嘴，但笑声还是从我们的指缝里喷出来。刘仙姑起身，回过头来，冲我们横眉冷对，喷出几个字："你们得罪了菩萨，要遭报应的！"

我们吓得像受了驱赶的鸡群，一哄而散。离开观音庙，下到半山腰。那里立着一个高高的送水堤，像电影里的一列火车开到这寨子上，又像一条巨龙趴伏在半寨腰，脸盆粗的送水管架在空中，像是它巨大的触须，从龙头斜插下去，投进从渠引过来的水函里。

我爬上送水堤，毛刺跟上去。我从送水堤上，慢慢踏上抽水管，像马戏团的人走钢丝绳一样，摇摇摆摆走在上面。脚下是野草，灌木和松树，还有大青石。足有两丈高，我要是掉下去，不摔成肉饼，也会摔断手脚。可是，我不怕。我就是想在喜宝面前表现，引起她的注意。再说，我掉不下去。我们山里娃，从小山里跑，水里泡，平衡力强。毛刺胖，他走得慢，走几步，吓回去了。我在高处低头看喜宝，喜宝在下面仰头看我。我看见她睁大双眼，手捂了嘴。她怕叫出声，怕把我惊下去。

我在水管上走了个来回，踏上送水堤，再下到地面。喜宝乐了，夸我真勇敢。我心里乐开了花，我模仿着小伙子们同姑娘们说话的语气，问喜宝："你喜欢我吗？"她说："喜欢。"我问："你长大了做什么？"她说："我长大了给你洗衣、做饭、洗碗、喂猪、喂鸡。我还给你……"

给我什么？

"给你……奶孩子……"喜宝说着，纯真地笑，完全不知女孩子说出那样的话，是要脸红的。倒是我的脸臊得像火烤，一定也红了。然而，却心里淌着蜜。我看见空气里细小的尘埃欢快地跳跃。我斜眼看毛刺，他脸调向一边，撇着嘴，不高兴。我没理他，装作看远山的云。毛刺突然叫道："走，上我家看电视去，《射雕英雄传》，两集连放。"

我喜欢看电视，特别是武打片。但我不想去，因为整个竹林湾，只有毛刺家有电视，他让我们去看，是在显摆。但喜宝想去，她拔脚就跟着毛刺走，我只得也跟上去。

路过我家门口，母亲喊我们去吃午饭。她说："可怜的喜宝，没娘的喜宝，你也跟着阿剑一起，进屋里来吃一口吧。"喜宝不去，跟着毛刺走。我不想她单独跟毛刺在一起，就跟了上去。

我们围在毛刺家看《射雕英雄传》。太阳略向西偏时，今天的两集演完了，一屋子的人，像泄闸的洪水往外涌。妇人们奔向村主任家的猪圈，去取墙上的篮子，上菜园摘菜。男人们肩起扁担，往地里走，赶紧送两挑土粪吧，这么下去，一家人吃屁都赶不上热乎的。

我往外挤。我本来要去割猪草，要不，我那个爹又得把眼珠子瞪得牛卵大。但我看见了喜宝，还有毛刺，我就不想打猪草了，我要跟着他们一起。喜宝说她要回铁匠铺，毛刺跟着他，我也只得跟着。

我特别像郭靖那样，有一张弓，几支箭，到观音寨上去射野鸡。有一次，我告诉秦铁匠，让他给我打几个箭头，为此，我瞒着家里人，把我家园里的葫芦揪了两个给他和喜宝。结果，母亲以为是别人偷了，骂了半天街。母亲说，不在乎两个葫芦，偷就偷，拿剪刀剪呀，用手揪，这藤就破了，所有的葫芦都苦了，不能吃，只能留着做瓢。我家又用不了那么多瓢……猪生的，狗下的，没教养的……母亲骂了半天，全骂在她自己头上了。我想制止他，又不敢说出真相。

秦铁匠一直没给我打箭头。他说等有空就给我打，可是，等他真有空，坐在竹椅上歇息了，或是坐在门前那块平地上，和着渠水的流淌声，拉着二胡，也不给我打。我再说箭的事，他递给我一把小锄头。他说："没事多帮家里干点活。这箭，容易伤人。"我说："不会的，我又不朝着人射。"秦铁匠笑笑，没再理我，沉浸在他的二胡声里。他的二胡拉得并不动听，他完全是我自陶醉。

我们回到到铁匠铺时，秦铁匠不在，崔寡妇也不在。喜宝说他爹可能是去要账了。他早上说过，要去要账的。我们就在他家屋里玩。铁匠铺房屋旧，加之烟熏火燎，屋子里黑漆漆的。铁匠炉子封上了，但并没有熄灭，在秋日微凉的空气里，散发着热量，这热热的空气提醒了我。我说："咱们把炉子捅开，打一只箭头吧，我想做弓和箭。"我的提议得到了他们的响应，特别是毛刺，这活刺激，他愿意干。

毛刺用铁钩子钩开风箱的小铁门，拉起风箱。喜宝挑了一小块铁扔进火炉里。一会儿，那块铁便由黑变红，透明的红，像强光照射下的一个手指头，被血映照。毛刺拿起铁钳，夹起小铁片，放在铁砧上，右手拿起小铁锤，慢慢地锤打。我双手拿起中号锤，跟着他小铁锤的走向。他一下，我一下，我在他锤打过的地方，重重地锤打。其实，那只小箭头，就那么一点。他这么移动，纯粹是把他自己当成了师傅，我像徒弟，他在指挥我。他也会用小铁锤，在铁砧上，一下比一下轻,完全是凭了惯性敲打几下,这是向我发信号,让我停止,我就停止。这一切,都是我们在秦铁匠那里看来的。

我们这样烧了锤,锤了烧,反复三次,就是打不好箭头的形状,像秦铁匠,变魔术似的,能让手背厚的铁变得像纸那么薄,能让一个铁疙瘩变成一只六角形的花。

喜宝说:"算了,我看你俩也不是打铁的料,我有办法做箭。"她说着,进到里屋,拿出三棵铁钉,我们的手指头那么长。她找来筷子粗细的水竹竿,和一截粗一些的旱竹竿。她指挥,我俩抢着干。她把旱竹截成一寸长的竹筒子,保留竹节。将铁钉从竹筒里往外钉,钻过竹节,再把水竹截成半米长,插进竹筒里,一根箭就做成了。我们又做了两支。我拿着这三支丑陋的箭,非常失望。喜宝说:"没问题的,射不死野猪,射死野鸡没问题。我们山里人,就是用它捕野鸡的。"她的话,把我和毛刺逗乐了。毛刺附和说:"对对对,肯定行。"

秦师父虽然是外来人,像是要在这里把日子过下去,家里什么都有。野黄麻的皮竟然也有,像几绺牛尾巴毛挂在墙上。喜宝挪个凳子,把那些小黄麻皮抽了三绺,先是像编辫子似的,把它们编在一起,之后,搓起来,一双小手,极快极快地。我拿着刀,在门口的柳树上砍了一根柳枝,将它弯成半月形,用喜宝搓的麻绳系牢,一张弓就成了。

忙乎了一阵子,感到天暖暖的,热热的。我们就在房前屋后寻野鸡,哪里寻得着?都是家鸡,是我们竹林湾散养的,跑到这里来了。其中有我家的芦花母鸡,也有毛刺家的公鸡。我认得的。他家的公鸡追逐着我家的母鸡,追上去就去啄它,踩踏它,我气得拿起箭就射。射得准,却不能穿入鸡毛,把鸡射得满天飞,鸡毛雪片似的在风中飞舞。很快,鸡就都飞跑到寨子那边去了。

没有了目标,我们就射树。柳树合抱粗,柳枝很密,树叶很绿。柳枝像头发,像天上垂下来的云。树干虽然是死的,不如射活物好玩,但能看得见摸得着。我们把柳树干射得像马蜂窝。那些射出的小眼里冒出树油,就像一只只眼睛在流泪。喜宝说:"别射了,它会痛的。"我们就不射树。

毛刺说他武功高强，箭射得准，是郭靖。我不服。他是郭靖，喜宝自然是黄蓉了，我不干。我说我射得准。争论不下，喜宝就说让我们比试。我们就想在树上画一个个的圆圈，当靶子。树太潮，树皮光滑，黑炭画不上去。我看见铁匠铺的墙上有一顶草帽，是麦秆条编织成的，一圈一圈，像民兵打枪的靶子。我把帽子挂在树上，它一点也不老实，在风中总是动，我无法射击。毛刺冲到树后面，面向树，双手从树后抱过来，拽着帽檐，将帽子展开成一个圆形的靶。我站在十米开外，告诉他，准备射击。毛刺却说，他要先来。我藏在树干后，毛刺站在离我十步远的地方。他三箭全部命中，只不过都射在边沿处。我心里喜，论学习，毛刺不如我，论玩，他也不是我的对手。除了家里有电视，他没什么牛的。

我瞄准，射击。可是，我的手总是哆嗦，总也瞄不到靶心。就在我的箭射出一瞬间，我看见毛刺居然探出头来，同时，我听见他说："咋还不射？"这时，我的手一哆嗦，箭离弦而去，偏又歪了，直奔他探出的那张脸。

只见毛刺哎哟一声，就蹲在树后面。我扔下弓冲过去，看见他双手捂住眼睛，那只箭就夹在他的两指之间，血从他的手指缝流出来。我去掰他的手，掰不动。我问怎么了，他说："我的眼睛，我的眼睛！"我腿一软，心哆嗦着，只觉天塌下来了。我说："我看看，我看看。"他就松开手，那箭落在地上。我看见他的右眼被淹没在一汪血泊中，那血顺着脸往地下滴，他的手掌上全是血。我吓得哭了，我说："完了，完了，这下，我父非得打死我不可。"

我们那里的乡村人，不管自己的爹叫爹，叫伯或父（叔），说是这样孩子好养。毛刺管他爹叫伯，我管我爹叫父。

毛刺不断地用手背去拭眼睛。每拭一次，那手背上的血，就变得新鲜。我吓得直哭。喜喜宝也哭。她从口袋里掏出手绢，斜系着毛刺的那只右眼。她还让我用点力，怕那眼里的血流干了。

我一边哭一边说："我父一定会打死我。毛刺，怎么办，我，我得跑了，跑得远远的，可是，我跑到哪里去呢？要不，我去少林寺当和尚，你谁也别告诉，等你长大了，你到少林寺去找我。"

毛刺说："你别走，我就说是我自己射的。"我说："你自己怎么射呢。"毛刺说："我不说射箭，就说是不小心摔倒了，正好地上有个钉子，戳瞎的。你走吧，你和喜宝都走，别让大人们看见我们在一起。我不告诉你父是你射的，我也不告诉我伯是你射的。"

毛刺提到他伯，我突然感到有一座黑漆漆的大山朝着我压过来。他伯是我们竹林湾昔日的队长，今天的村民组长，是远近闻名的大力王。他力大无比，竹林湾一个石碾子，谁也抱不动，他不但能抱起来，还能举过头顶。他能吃，竹林湾历史上最大的一个西瓜，重三十斤。他一袋烟工夫，就让西瓜变成两只空瓢。

那年干旱，我们竹林湾抗旱，村西的吴家冈三个小青年来偷水，把送水堤通往我们竹林湾田里的水改道，让水往他们湾子流。大力王抓住了，要他们把缺口堵上，把我们这儿的缺口打开。他们不干，大力王一拳撂倒一个，一脚把另一个人踹到水沟里，半天爬不起来，差点淹死。剩下那一个，比兔子跑得还快。

竹林湾是小湾子，但周围大湾子的人，没人敢欺负我们湾，一个原因，就是我们湾有个大力王。

大力王杀鸡，从来不用刀，抓起鸡，一拧，那鸡脖子就断了，我是亲眼见过的。竹林湾一湾子的人都怕他。我一想到大力王，就两腿发颤。此刻，我多想是孙悟空，变成一片树叶，躲到树上去，或者变成一只鱼，躲在水里。可是，我不能变成树叶，也不能变成鱼，只能躲到林子里去，躲得远远的。

林子里阴森森的，我要是一个人走，肯定害怕。我就想毛刺同我一起去。我说："毛刺，咱们一起跑吧。你要是不跑，你伯把你吊起来打，一审问，你就什么都说了。"喜宝说："阿剑，我跟你一起跑吧。我爹也会打死我，是我教你们做的箭。"毛刺说："我不会说，我是钢铁战士，我绝对不说。喜宝，你别跑，你爹那么喜欢你，怎么会打你呢？你别跑！"

毛刺因为瞎了一只眼，便歪着脸，下巴微微上翘，尽量地将剩下一只眼正对着喜宝，等着喜宝的回答。他的样子像我们竹林湾的独眼龙刘和平,他的样子让我又忍不住哭了。

喜宝学着她的样子,也将脸歪了,下巴微翘。当然,她肯定没有模仿他嘲弄他的意思,她肯定是下意识的。她皱动了一下眉,好像是很用力地想了想,之后,将上翘的下巴低下来,很坚定地回答:"不行,我要跑,是我教你们做箭。我爹知道,会打死我的。我爹说了,一个外乡人,不惹事都不好站住脚,现在,我惹了这么大事,我爹会打死我。"

我和喜宝就开始逃跑。毛刺喊道:"你们等等我,我也去,我也到少林寺当和尚去。"毛刺边跑边说:"可是喜宝呢?"我说:"庙里也是有姑子的。躲过这一劫,养几年身体,我们再还俗。到广州打工去,一年挣好几万哩。"

我们先是往观音寨顶跑,说是跑,因为上坡,根本跑不动,只不过做出奔跑的样子。我们想到庙上的供盘里拿点吃的,还想给观音菩萨磕个响头,让她一路保佑我们。我们气喘吁吁地爬上寨顶,来到观音庙前,看到的却是一把大锁,把门锁得紧紧的。我们在门口磕了两个头,喊了两声,奇迹没有发生,观音菩萨并没手持圣水和果品来到我们面前。我们接着跑,往寨子下面跑。下了寨,前面就是树林、石子路,还有山。我们往前走,看远处的山。看不见山的时候,就仰头看云,把云当作路标。我鼓励着他俩,也鼓励着我自己。我说:"不远的,翻过三角山,天台山,大别山,就到河南少林寺了。"

天有些暗。似乎有豺狗的叫声传来,我们吓得几乎要哭了,但又不敢哭。怕惊动更多的豺狗,它们要是听出是我们小孩子的声音,定会过来咬我们的脖子。我们把脖子缩下去,好像豺狗真的就来了,就在我们身后。

又行了一程,累得筋疲力尽,直想往地上坐,就坐了下来。我说:"行了,跑了这么远,大人们看不见,找不到了,歇口气吧。"

一路走时,没觉着,坐下来,我们口干舌燥,听见溪流声,想喝水。我们循着水声从树枝间钻过去。果然有一条小溪,我们喝了几口水。毛刺说他的眼睛特别难受,要把手绢解下来。我不让,怕他受感染。喜宝惊叫道:"这水干净,这水边有鱼腥草,这鱼腥草是消毒的，这水也应该是消毒的。毛刺，你用这水洗洗眼睛吧，先消个毒，或许就不那么难受了。等到少林寺，再让那些和尚给你包。"

溪水边的确旺盛地长着鱼腥草。溪沟另一侧是稻田，秋日的稻谷，在斜阳的余晖下，放射出金灿灿的光。

喜宝帮毛刺解开手绢。毛刺将头低下去。喜宝像个大人似的忙碌着，她一手扶着毛刺的后脑勺，一手轻轻地往毛刺脸上撩着溪水。溪水从她胖胖的手指尖滑落，珍珠似的又落进溪水里。毛刺伸手去抹自己的右眼，突然惊呼道："我看见了，我没瞎，我这边的眼睛看得见。"毛刺指着他的右眼。

喜宝笑了，我也笑了。我们同时将脸凑过去，去寻他的眼。原来那支箭并没射中他的眼睛，而是射在眼眉上，血模糊了他的眼，让他产生了错觉，也误导了我们。真是万幸，要是再往下去一点，哪怕就半指宽，那眼真的就瞎了。现在，他的眼睛依然黑亮，熠熠闪光。我一下子把他抱得紧紧的，像在水里抱着一根壮实的救命树桩。

毛刺伸长脖子，转过脸去，躲避着我的拥抱。他面对夕阳，一脸灿烂的喜悦。

"我们回家吧。"喜宝说："你的眼睛没瞎，你爹不会打你。"我附和道："对，你伯也不会打我，我父也不会打我。"毛刺说："走，回去回去！"

我们掉头往回走，才知道，我们匆忙中竟逃出了这么远，观音寨的影子都看不着了。我们转身的那一刻，夕阳沉下去了，暮色像薄纱一样罩过来。喜宝说："赶紧吧，一会天黑了，看不清路。"其实，山里本没有路的，我凭感觉往回走。刚才观音寨还有我们身后的远方，现在是彻底看不见了。

迷路了。我说："走吧，看不见观音寨，还有别的山。你们看。"我指着远处的一座山的影子说，"那个尖尖的山，就木兰山。观音寨在木兰山的正北方。我们朝着这个方向走，离木兰山近了，就能看见观音寨。"

我们跌跌撞撞前行。毛刺眼睛虽然没瞎，但伤口还在疼，他一路滋滋地吸着气，好像身处数九寒冬。我问他："你伯要问这伤口，你会说是我射的吗?"他说:"不会,打死我也不说。"喜宝说:"毛刺,你是英雄,你就是郭靖。"她一甩头,那短头发在暮色里形成一道扇面,"我是黄蓉!"

"真的吗,你说真的吗?"毛刺停下来,很严肃地问她。喜宝点头说:"真的,你真好,长大了,你给你做饭、洗衣,给你喂鸡,还给你……"我知道她要说啥,急忙打断了她的话。我说:"你们听,大人们在喊我们。"

他们就都静下来。没有人喊我们,空气里,只有喜宝的话,还在耳边回荡,让我突然觉得似有一把刀,在水面划过。水裂开一道缝,不过很快又轻轻合拢了。她说得对,毛刺很讲义气,很可爱。别说她喜欢他,我也喜欢。

我们往回走,天黑了,刚放松的心情又紧张起来。我们怕,这里有野猪,有豺狗。夜幕完全拉下来,夜像一团一团乌黑的烟,向我们涌来。黑暗降临,遍布我们的周身。恐惧涌向我们的心底。我们谁也不说话,慢慢地向着木兰山的方向前行。我不知道他们在想着什么,我在想着自己的心思。我想起观音菩萨那张恬静的脸,继而想起刘仙姑那个肥硕的大屁股,想起她那句菩萨要报应我们的那句话,心里很冷。我想,我们这一段苦,是不是菩萨在罚我们。我不会敬香,我想在下一个初一或十五,让母亲替我到庙上敬香,我陪着磕几个头。我想让母亲替我说:菩萨保佑晓剑好。我还想让母亲也求菩萨保佑喜宝,让喜宝长大了,给我洗衣,做饭,还给我……奶娃……但是,这仅仅是我的想法,我咋好意思对母亲说出口?我自己向着菩萨,也是说不出口的。那我就在陪着磕头时,心里默念罢。听大人们说,默念的心愿,菩萨也是能听得见的。

风中像有人在呼喊。我说:"听,大人们在喊我们。"毛刺说:"你就别再骗人了。"但他还是忍不住,让自己安静下来。因为这个时候,我们是多么渴望听到大人们的呼喊。

果然传来了他们的声音。先是毛刺的爹大力王的声音。毛刺说:"我伯喊我了。"接着,是父亲的声音,我惊呼道:"我父喊我了。"两个男人的声音消失后,一个女人的声音响起,她的声音抖动得厉害，好像整个山谷都被她的声音带得震动了。我听出是母亲的声音。她喊着晓剑，也喊着喜宝。我正要应答，喜宝却坚持说是她娘在呼喊。她惊叫道："你们听，是我娘的声音，我说的没错吧，我娘会回来的。我娘回来了，我娘回来了！"

　　喜宝说着，前跨一步，似乎这样，就离那个声音近了许多，她站得直直的，很认真很用力地冲着声音传过来的方向应道："哎！"女人的声音再次传来，声音像一道光，在我们脑子里亮开。那声音经过稻田的上空，带着一股糯米酒的香味。一时间，我们谁也没吱声，像三只寒蝉，微闭着眼，沉醉在这糯米酒一样醇香的喊声里。